点赞

千名好支书

浙江省优秀基层党组织书记风采录（第二辑）

中共浙江省委组织部 编

红旗出版社

序 言 PREFACE

为好支书点赞

中共浙江省委书记　夏宝龙

替基层立言，为支书作传。这本《点赞千名好支书》是一部优秀基层党组织书记的风采录。这些支部书记的故事读起来亲切鲜活，令人感佩不已。他们都是普普通通的基层干部，工作在农村基层、城市社区和各领域基层一线。很多村和社区我都去过，不少同志很熟悉，也很有感情。我为浙江有这样一大批好支书，备感欣慰。

治国安邦，重在基层；管党治党，重在基础。在党的组织体系中，党支部书记是基层党组织的负责人、党在基层的形象代言人，是党员队伍的"领头雁"、基层群众的"主心骨"。习近平总书记强调，做好抓基层打基础工作，夯实党执政的组织基础，关键是要建设一支高素质基层党组织带头人队伍。基础不牢，地动山摇。支部强不强，关键看班长。基层党组织处在"两美"浙江建设第一线，是基层治理的"末梢神经"，同时也处于联系服务群众的"最后一纳米"，党支书队伍建设十分关键。实践证明，选准了一个好支书，就能改变一个村、一个单位的面貌。全省27000多个行政村、4000多个社区基层党组织，如果每个支书都很强，每个基层党组织都建设成坚强的战斗堡垒，那么我们的执政基础一定能坚如磐石，前进道路上就没有什么困难和险阻不可战胜。

干事创业有思路、村务管理有规矩、服务群众有感情、带领队伍有办法、廉洁公道有口碑，这是省委对村（社区）党组织书记的要求。在第二批党的群众路线教育实践活动中，省、市、县着力打造"千名好支书"群体，集中推选宣传了一大批百姓喜爱的优秀村（社区）党组织书记。杭兰英、俞复玲、劳光荣、杨七明……一大批名不见经传的优秀村（社区）党组织书记见诸媒体，社会反响强烈。他们中，有的毅然放弃自家产业，全心全意带领群众奔小康；有的几十年如一日，扑心扑肝造福父老乡亲；有的勇于担当，在突如其来的灾害面前挺身而出；有的敢于攻坚，奋战在治水、拆违的第一线；有的为集体的事磨破嘴、跑断腿、操碎了心，甚至积劳成疾，累倒在工作岗位上……平凡中见担当，质朴中显忠诚，他们以自己的担当作为赢得了群众的信赖和称道。这本《点赞千名好支书》中入选的支书，集中展现了我省千名好支书的风采。从中，我们不仅能看到他们的理想信念、为民情怀，还能品味出基层干部的酸甜苦辣、扎实作风和治理之道。他们是最美浙江人的优秀代表，是建设美丽浙江、创造美好生活的真正脊梁。我们应该竖起大拇指，由衷地为千名好支书点赞！

"见贤思齐焉，见不贤而内自省也。"希望全省广大基层干部以"千名好支书"为榜样，学习他们扎根基层、恪尽职守的责任担当，学习他们苦干实干、攻坚克难的奋斗精神，学习他们做好群众工作、科学治村理事的有效方法，学习他们心系群众、真情服务的为民情怀，学习他们公道清廉、干净干事的优良作风，在本职岗位上苦干实干、创先争优；也希望各级党委更加重视选好、用好、管好基层党组织带头人，全面提升我省基层党组织建设水平，不断加强基层政权建设，巩固党的执政基础。

习近平总书记指出："各级领导干部都要树立和发扬好的作风，既严以修身、严以用权、严以律己，又谋事要实、创业要实、做人要实。"这本书也为我们开展"三严三实"专题教育、深入推进"两学一做"学习教育提供了生动教材。希望每位党员领导干部以这些好支书为镜，照照自己的灵魂和担当，照照自己的责任和奉献，从他们身上汲取向上的力量，争做百姓喜爱的好党员、好干部，为推进"四个全面"战略布局在浙江的实践，深入实施"八八"战略，建设"两富"、"两美"浙江而不懈奋斗！

序 言 PREFACE

让学习看齐好支书成为一种风尚

中共浙江省委常委、组织部长　廖国勋

　　"千名好支书"是浙江基层党建的一个响亮品牌。从2015年浙江省委提出选树宣传"千名好支书"以来，全省涌现了一大批各层面各领域的好支书。杭兰英、俞复玲、劳光荣、傅企平……一个个闪亮的名字，在浙江大地大放异彩。他们的事迹和风采伴随《点赞千名好支书》一书，传遍千家万户、走向全国各地，引起社会广泛共鸣；参加全国农村基层党建工作座谈会的中央领导同志和与会代表，也纷纷为他们点赞。

　　让人备感欣慰的是，"千名好支书"的选树吹响了实干担当的"集结号"。越来越多基层党务工作者受到先进典型的感召，在"五水共治"、"三改一拆"、美丽乡村建设、服务保障G20峰会等中心工作中冲锋在前、克难攻坚，留下美丽身影，成为好支书的一员。我们为他们鼓掌喝彩，也期盼有更多基层党员干部与好支书同行。为此，2016年我们又在全省选树了第二批"千名好支书"。这次选树的好支书，领域更加广泛，既有村（社区）的党组织书记，又有两新组织、机关事业单位、高校和国有企业的基层党组织书记；年轻面孔和女干部更多，展现了好支书队伍的青春力量和蓬勃生机；事迹类型更加丰富，既有敢于担当、克难攻坚的"狮子型"支书，又有心系群众、敬业奉献的"老黄牛式"支书，既有开拓创新、引领发展的"领富型"支书，又有勤思笃行、艰苦创业的"善治型"支书。他们的先进事迹具有深接地气的说服力、平凡之中见精神的感召力、时代标杆的引领力，每个人都可以从中找到学习的榜样、对照的标杆。

一花独放不是春、百花齐放春满园，典型的最大价值在于示范引领。在好支书的先进事迹里，蕴含着许多治村理事、服务群众、发展致富的良招妙法，积蓄着强大的时代精神、前进力量，是一笔宝贵的财富。为了更好地发挥好支书的示范带动作用，我们从第二批入选的千名好支书中选取了60名好支书，挖掘提炼他们身上现实生动的好故事，汇编形成《点赞千名好支书》（第二辑）。它凝聚着基层工作的经验智慧，集中展现我省千名好支书的形象风采，细细读来每一篇都带有基层温度、透着实干味道，是基层党员干部学习教育的生动教材。

G20杭州峰会的召开，为浙江发展带来千载难逢的重大机遇。用好机遇、乘势而上、放大效应，不折不扣贯彻落实习近平总书记对浙江工作提出的"秉持浙江精神，干在实处、走在前列，勇立潮头"的要求，关键要靠广大基层党员干部立足岗位苦干、实干、拼命干。千名好支书群体忠诚向党、务实为民、干净担当，在他们身上集中体现了浙江精神、实干风范、向上力量，是带头践行总书记要求的鲜活样本。希望全省广大党员干部结合"两学一做"学习教育，自觉向书中的好支书学习看齐，人人争做心中有党不忘恩、心中有民不忘本、心中有责不懈怠、心中有戒不妄为的好党员、好干部，切实汇聚起深入实施"八八"战略、建设"两富""两美"浙江的洪荒之力！

2016 年 11 月

目 录 CONTENTS

三　勤思笃行、艰苦创业的"善治型"好支书

四　刻苦钻研、勇于创新的"专家型"好支书

五 心系群众、敬业奉献的"老黄牛式"好支书

六 凝心聚力、助推发展的"双强型"好支书

一

敢于担当、克难攻坚的
"狮子型"好支书

郑鸳鸯：馒头山上的"铁娘子"

文 | 丁春早

| 人物名片 |

郑鸳鸯，杭州市上城区南星街道馒头山社区党委书记，1971年5月出生，2004年5月入党，获评浙江省优秀共产党员、省服务保障G20杭州峰会先进个人、杭州市优秀共产党员等；所在社区获杭州市上城区先进基层党组织等荣誉。

卷发齐腰，笑容可掬，身着一袭深蓝色大衣，乍一看，40多岁的郑鸳鸯给人以江南女子温婉的印象。不过，在馒头山社区1万多名居民的眼中，社区党委书记郑鸳鸯是一位一马当先、雷厉风行、勇于担当的"大管家"，是带领大家风风火火开启"馒头山蝶变"的掌舵人。"她是一位铁娘子！"和郑鸳鸯搭档工作多年的南星街道党工委委员、组织委员蒋晓伟这样说。

▶ "铁娘子"出手治"违建"

馒头山社区位于南宋皇城遗址的中心位置，积淀了老杭州的深厚底蕴。不过，因为基础设施陈旧，加之违章搭建、危旧房密布、强弱电线罗织、排水管道不通畅，当地的老百姓对居住的环境是既爱又恨，常以"千年古都的文化，六十年代的生活"来调侃。如何整治老社区，还居民一个干净、整洁、安逸的生活环境，郑鸳鸯一直看在眼里急在心里，但苦无良机。

2015年年底，借G20杭州峰会的东风，杭州市委、市政府下决心推进环境提升综合整治工程，相关工作如火如荼地开展起来。郑鸳鸯敏锐地意识到，这是一次千载难逢的好机会，便自觉地把馒头山整治任务扛在了肩上。

馒头山区域内有常住居民6325人，在册登记外来人员4800余人，人员结构非常复杂。知己知彼，百战不殆。环境整治工作开展前夕，郑鸳鸯首先制订落实了社区分领域量化责任清单，即明确责任人，由社区干部分头负责"违建"拆除、消防

■ 2016年5月，杭州市馒头山社区内的凤凰山沿山路边，美丽的影壁透着复古气息，工人们介绍，赶来拍摄的摄影爱好者每天都有十几个

整治、群租房清退、危旧房修缮等整治领域的数据调查。各责任人迅速行动，与居民进行前期沟通，与公安、消防、行政执法等职能部门协调配合，很快汇总出涉及住房、人口、企业、重点部位的4套表格，上报给街道和指挥部。有了整治的"尚方宝剑"和这些表格中的5000余条信息，馒头山整治工作就有了底气，郑鸳鸯说干就干。

刚开始，一些业主和住户对整治工作不信任、不理解，甚至不愿意配合。有些工作人员迫于压力，产生了畏难情绪。但是郑鸳鸯不怕失败、不厌其烦，凭着一股子韧劲，一头扎进整治工作中，对社区内的环境乱象不姑息、不手软，而且治理有方。

"我们郑书记是十分较真的人，做事情认真也认理，坚持原则敢碰硬。"馒头山社区社工谭添天说。在一次协调中，凤山新村有一位老人因为拆违章建筑的事情，拿起桌子上的一个玻璃茶杯要砸社工。郑鸳鸯见状死死抓住茶杯说："违章建筑我们必须得拆，任何人都不能例外。但是拆了之后，后续工作的跟进，我们会努力、积极地去完成。您有其他方面的要求可以提出来，只要是合理的，我一定帮您解决！"看到郑书记坚决而通情达理的态度，老人的怒火渐渐平息下来，随后提了一些合理要求，在得到郑鸳鸯一定给予解决的允诺后，满意地回家了。

拆除21870平方米违章建筑，占查明违建总量的95%；全面排查、鉴定142户危房并落实修缮工作；整改清退群租房1628间，整改消防安全隐患58处……这是短短100天内，郑鸳鸯带领社工交出的整治成绩单。由于在工作中勇于担当、敢于碰硬，郑鸳鸯被老百姓亲切地称为馒头山的"铁娘子"。"馒头山整治任务这么重，没想到郑书记能在这么短的时间内让馒头山大变样。"看到整治后焕然一新的馒头山社区，当地的老百姓由衷地对"铁娘子"竖起了大拇指。

▶ "大管家"心系群众

作为馒头山社区的"大管家"，郑鸳鸯觉得自己有义务以实际行动做好群众的当家人和贴心人。

和居民打交道是一门学问。馒头山社区有12名社工，多数是"小青年"，缺乏工作经验。郑鸳鸯就经常告诉社工："和居民打交道时，一定要弄清楚对方要表达的是什么，需要解决什么问题。"郑鸳鸯还经常把社工们召集起来，手把手地传授经验：如何发动社区党员和居民骨干，怎样和职能部门、施工单位沟通，如何做好群众工作，怎样从细节上赢得群众的认可……

梵天寺路 42 号房屋年久失修，违章搭建情况严重，被鉴定为 D 级危房。由于房屋面积较小，如果拆违重建后再配置厨卫，实际住房面积所剩无几。根据这种情况，社区需要对 9 户家庭实施集体外迁。

第一天晚上，郑鸳鸯来到居民家召开协调会，每家派一名代表参加。她向大家说明情况后，居民们立刻炸开了锅：我们不搬，我们要重建！郑鸳鸯看到居民们情绪激动，对外迁方案一时接受不了，意识到需要有一个缓冲期，于是果断"收兵"。

第二天晚上，郑鸳鸯继续召集大家开会。她晓之以理、动之以情："多年来大家为了这个破房子吃足了苦头，现在上城区委、区政府要帮助我们改善生活条件，我们为什么不搬？再说，这些房子已经破旧得没有重建价值了……"这次会议之后，居民们的对峙情绪逐渐缓和。最后，郑鸳鸯在 5 天内与这 9 户家庭全部签下了外迁协议。

在半年多的时间里，郑鸳鸯一个一个项目推进，一件一件实事完成，老百姓对生活改善有了期盼，干部和居民的关系也越来越亲密。郑鸳鸯发现，一开始对改造工作将信将疑的居民们，越来越爱往社区办公楼"跑"了：有来反映问题的，有来提意见的，有来催改建进度的，有来送锦旗的……路上碰上了，一些居民也会抓牢社工打听情况。

▶ 馒头山焕发新生机

自从馒头山综合整治工程开始后，郑鸳鸯和她带领的社区团队便放弃了休息日，早上 6 点就来到整治一线，晚上经常要忙到 11 点多。为劝说笤帚湾 100-102 号房东拆除违章搭建，郑鸳鸯白天、晚上前前后后数十次约谈房东、房客，甚至一度哑着嗓子与他们沟通，"皇天不负有心人"，此处违建终于顺利拆除了。

整治中的杭州馒头山社区，从空中看整个社区焕然一新

■ 夕阳下，一位老人在新整治好的老屋前若有所思

在整治过程中，遇到急事、难事、复杂事，郑鸳鸯总是自己冲在前，给社工做好表率。"你们年纪轻，要多学点东西，与居民多接触，尽快成长，做到人人都能独当一面。"郑鸳鸯语重心长地对社工说。

郑鸳鸯家在闸口，离馒头山并不算远，但进入馒头山环境整治期后，她在家里吃饭的次数屈指可数。回家后，郑鸳鸯说的最多的两句话就是"我肚子饿""我想睡觉"。这样拼命工作的郑鸳鸯，让丈夫很心疼，劝她保重身体，但她总是说："馒头山60年来一直没有改变，我2010年到社区，一直想为大家做点事，如今难得遇到这样的好时机，能够帮助这里的居民提高生活品质，你一定要支持我。"

过去，郑鸳鸯"日子过得很清静"，经常会在休息的时候爬爬山，或者到敬老院看望照顾老人。自馒头山整治工作开展以来，郑鸳鸯每天都要不厌其烦地向居民解释政策，与各部门沟通协调，常常是用嘶哑的声音从早说到晚。"每天早上睁开眼睛，自己都不知道今天会面对什么样的问题。但是，大家如此信任我，我没有不干的理由，并且，我必须干好！"群众的信任激发郑鸳鸯成了"拼命三郎"。

郑鸳鸯正是凭着这股子干劲，想群众所想，急群众所急，始终把群众的需要摆在第一位。经过那段时间的大整治，如今的馒头山社区已经成为杭城里一颗璀璨的明珠，人人都羡慕那里的老杭州底蕴、新杭州面貌。那里的居民都知道这一切改变都离不开馒头山"铁娘子"的功劳。

（本文供图　杨晓轩　孙潇娜　梁臻）

钱金花：善打硬仗的"花木兰"

文｜王 彦

｜人物名片｜

钱金花，曾任杭州市江干区采荷街道静怡社区和夕照社区的党委书记，现任杭州市采荷街道常青苑社区党委书记，1964 年 9 月出生，2003 年入党，获评杭州市优秀社工，市防汛防台工作先进个人，江干区优秀共产党员、区十佳社工、区模范社工等；所在社区获浙江省城市体育先进社区、杭州市充分就业社区、市劳动保障规范化站室、2016 年江干区 G20 杭州峰会工作先进集体等荣誉。

钱金花自 2000 年从企业下岗后，通过考试应聘到社区工作。从面对机器到面对居民群众，工作的对象发生了改变，但钱金花没有畏惧，而是一个猛子扎下去，用心做好社区工作。

在社区工作的 16 年里，钱金花任劳任怨，不喊累、不叫苦，踏实努力办好群众关注的每件事情，被居民亲切地称为"花木兰"。如今，钱金花走在小区里，时常会有居民热情地和她打招呼，很多居民把她视为亲人，愿意和她掏心窝子交谈。

▶ 三大妙招撬开"破墙开门"难题

在杭州，有一个名扬海内外的夕照社区，它地处繁华的四季青女装街，紧邻钱江新城CBD，但与周围现代化都市生态形成鲜明对比的是社区里杂乱无章、乱搭乱建的农居。时过境迁，昔日杭州市第一批撤村建居试点村之一的常青村，变成了"城中村"。庞大的流动人口，给这里带来商机的同时，也带来了艰巨的管理难题。

要管好这样一个社区，社区书记的担子很重，压力很大，但钱金花"明知山有虎，偏向虎山行"。

夕照社区商业氛围浓厚，小摊小贩很多，私房出租混乱。就拿"破墙开门"一事来说，一间七八平方米的小店面，一年能收10万元租金，而30平方米的小房子用作仓库，每个月却只能收4000元的租金。于是，很多一楼的住户纷纷"破墙开门"。

全省启动"三改一拆"整治工作后，社区对一楼住户"破墙开门"的情况进行了排摸：428户中有252处涉及"破墙开门"，其中22处用于经营，138处做了仓库。根据要求，社区仅需先整治15处已认定的违章建筑。但为了避免陷入"反复整、整反复"的僵局，钱金花与社区班子再三思量后，决定自加压力、自立标杆，对所有一楼的"破墙开门"情况进行整治。身边不少人劝她放弃这种吃力不讨好的做法，但她的决心丝毫没有动摇。因为她早已认准了一个"理"：凡事只要敢拼敢干，敢迈出第一步，就有成功的可能。

252处，处处都涉及住户的切身利益，所以首战显得尤为关键。"大家的眼睛都盯着，第一家就得吹冲锋号。"钱金花锁定了一家美发店，老板是江山人，在社区里盘下的3个店面，都属"破墙开门"情况，门口绿化带也全部水泥硬化。刚开始，美发店的老板直接放话："你只要敢封，我100多个员工明天就上你家去。"钱金花辗转找到这位老板的亲属、朋友，从侧面沟通，尝试约谈。一次不行两次，有时两三个小时，有时几分钟。功夫不负有心人，半个月后，钱金花终于做通了老板的思想工作。首战告捷，起到了"敲山震虎"的效应。

先难后易，重拳治痼疾，是夕照社区加速拆违的第一招——"破难提速"。除此之外，还有第二招——"宣讲提速"。4月初，在社区内悬挂了100多条横幅，全面营造拆违氛围，并通过宣传栏张贴、社工走访等形式，让每一户居民都了解了相关的政策法规，形成强大的政策攻势。通过因势利导，打消群众的心理顾虑，减少了整改阻力。第三招是"公平提速"。政策公平也是提升整治速度的一大"利器"。找准了这个关键"穴位"，社区开始"对症下药"，坚持"一个政策、一把尺子、一视同仁"——只要违章，一律整治；同时，坚持"一碗水端平"，全程聘请律师驻点参与，用法律和政策说话。政策公开了，做法一致了，住户对待整治的心态也就平和了。

这三招很奏效，从 7 月份开始，工作组基本保持每天 6—10 户的整治速度，进度明显加快。在钱金花的带领下，夕照社区用 4 个月时间完成了社区一楼 252 处"破墙开门"的整治任务，而且实现了整治期间"零激化、零投诉、零上访"。

▶ 创先争优的"小巷总理"

钱金花和夕照社区的工作人员，凭着一股"不达目的誓不罢休"的韧劲和拼

■ 钱金花对建好的残疾人坡道进行回访

劲，拆除了164处违建，改出了美丽环境，改出了民生福祉，交出了完美的答卷。杭州市委书记赵一德在《今日关注》上看到夕照社区的专报后，作出批示：采荷街道夕照社区的干部敢担当、有办法、作风实，值得充分肯定，他们的做法值得推广。

"我是一名有着十几年党龄的老党员，身上背着群众的期望。所以每次解决群众困难的时候，我都要求自己全力以赴，用自己的行动让'党员'称号闪闪发光。"钱金花这样说。

2014年，为了配合"五水共治"深入开展，钱金花萌发了发动党员和辖区单位组建"党员护河队"的念头。在她的多番沟通协调下，由40名党员和2家辖区单位组成的"党员护河队"终于成立了，肩负起河道日常巡逻、河道两侧商户劝导、宣传护河治水等工作。

在"相约十五"开放式组织生活会上，护河队成员以"全民参与、治水献策"为主题展开了热烈的讨论，积极为河道整治出谋划策。"新开河死角清淤对策""河床垃圾清理办法""河道两侧小餐饮作坊集中整治方案"等相关意见和建议，得到了街道的大力支持，达到了很好的效果。在党员护河队的带动下，群众参与治水工作的积极性大大提高，主动护河治水的意识得到了加强，护河治水的效果也有了明显提升。

▶ 金杯银杯不如群众的口碑

2016年年初，江干区委收到了一封来自上海的信，寄信人名叫祝大德。祝大德的表弟先前住在夕照新村，是一位独居老人，刚刚因病过世，而此信是代表亲属专门来致谢的。信中记载，两年前，祝大德的表弟因车祸导致手臂骨折，独自一人卧床在家。钱金花知晓后，赶紧将他送到医院治疗。老人手脚不便，上厕所时淋湿了裤子，钱金花便自掏腰包买了两条崭新的棉毛裤，一洗一换……她所做的这一切，都让老人和老人的亲属感动。区委书记专门作出批示：金杯银杯不如群众的口碑，大家要向钱金花书记等基层同志学习，尽心尽力为百姓服务。

除了独居的老人，人已搬走但户口还留在夕照社区的一对父子也让钱金花经常

■ 为了做好"五水共治"工作，钱金花与社区社工定期到江干渠检查河道情况

记挂。这对父子很特别，两个人都有精神障碍，儿子的病情更重一点，经常打老父亲。钱金花在外挂职时听说儿子把爸爸打得半边脸都肿了，就赶紧跑到他们家了解情况，然后联系好养老院和医院，把父亲送到养老院，把儿子送到市第七人民医院治疗。在钱金花的帮助下，如今父子俩的生活有了基本保障。

夕照社区是老小区，许多管道都已陈旧失修，漏水是个普遍问题。张大爷是个90岁高龄的独居老人。由于楼上住户使用不当，致使原本存在设计缺陷的房屋下水管道出现堵塞，污水漫灌到张大爷家里。钱金花值班时得知了这个消息，赶紧请来物业人员为张大爷疏通下水管。结果不看不知道，一看吓一跳。不仅是张大爷家的下水管道已无法使用，整个单元楼的下水铸铁管上都砂眼密布。多年的经验告诉她，这些管道光靠疏通已解决不了问题了，它们随时都有爆裂的危险。

为了尽快解决这个问题，钱金花放弃周末休息时间，和房管站的工作人员多次上门实地查看，并全程参与管道改造工程。出入在施工一线的她，不慎被掉落的井盖砸中脚部，导致脚趾骨折。钱金花虽然脚上受了伤，可心里仍放心不下，于是人们总能看到她拄着拐杖出现在现场。"我就是这脾气，坐不住。"她笑着说。在她的努力下，管道改造工程终于顺利完成了。

社区离老百姓最近，既要完成上级布置的工作任务，又要热心帮助居民群众解决实际困难，这就是社区党员干部钱金花的工作理念。她经常告诫社区工作人员："不论事情大小，居民的事都是大事；无论多苦多累，我们都要积极去协调解决，尽量做到'上能为组织分忧，下能为居民解愁'。只要我们能把社区里那些'难弄'的事情都'搞定'，我们的工作就有价值！"

高良德：抓党建要先聚人心

文｜周尚荣

｜人物名片｜

高良德，宁波市象山县晓塘乡中夼村党支部书记，1957年9月出生，1998年11月入党，获评象山县新农村建设优秀干部、晓塘乡三个一经济发展优秀代表等；所在村获宁波市生态村、市全面小康村、市卫生村等荣誉。

站在象山县晓塘乡中夼村的河边望去，波光粼粼的河水缓缓流淌在宽阔的河道里，倒映着两旁的青山、绿树和小洋房，像一幅美丽的水墨画。而在过去，因为穷，这个村子成了有名的光棍村，曾被称为"36个光棍，72个毛棍"。走在致富路上的中夼村村民，谁都不会忘记为村庄描绘宏伟蓝图、带领村民共建美丽新农村的村党支部书记高良德。

▶ 分片担责人心齐

2013 年 7 月 5 日，象山县党员"分片担责"工作现场交流会在晓塘乡中吞村举行。村民们明白，取得这一成绩的最大功臣就是高良德。

继 2011 年成功创建宁波市小康村后，中吞村如何"守业"成为高良德一直在思考的问题。

一天，村里一位党员问高良德："党员有什么权利和义务？"这使高良德陷入了思考。长期以来，村民们习惯于有事就找村支书和村主任，村里的普通党员及村民小组长除了"拿票箱、发老鼠药"，有没有更好发挥作用的余地呢？高良德脑子里灵光一闪：得让党员们明确地承担起责任来！

2011 年 5 月，村支书高良德在村党员干部会议上宣布，每月的 1 号和 16 号这两天定为党员服务日，村干部、党员和村民代表要一起参加义务劳动。为了让党员切实发挥好模范带头作用，他还倡议将村庄划分为 6 个片区，每个片区 70 至 80 户农户，实行片长负责制。

自从推出"分片担责"制度后，片长们在自己的"责任田"内积极作为，成效明显。第六片区村民陈某患有精神疾病，煮饭时不小心引发火灾，片长俞照明得知后立刻带领村民奋力将陈某从屋里救出，保住了他的性命。由于陈某精神失常，当天晚上，他整晚大喊大叫，扰得邻居无法安睡，俞照明耐心安抚周边村民的情绪，忙进忙出一个晚上都没休息。第四片区片长林继根充分利用自己的人脉资源，帮助村民把滞销的 10 余万斤柑橘适价卖出。第二片区片长黄伯云，在强台风"海葵"来临前，积极转移危房户人员，一遍一遍地仔细检查片区内的安全隐患……

以心换心，片长们和村民之间的距离拉近了，也带动了村民爱村护村。村民陈正顺老人主动要求包干第一片区的道路保洁任务，他说：以后这条路不整洁，就找我算账；村民陈爱琴的儿子外出务工，不能参加党员服务日活动，她主动要求代替儿子履行义务参加村里的保洁活动；村委委员陈根平放下自己在县城装修房子的活赶回村里参加义务劳动；第六片区联络员潘赛亚不顾自己身体不适，坚持参加村里的大扫除……

▶ 一事一议建新村

中呑村有农户 392 户，人口 1225 人，长期以来，村集体经济收入主要靠 80 多亩柑橘林和 20 多亩河塘的对外承包款，收入约为 20 万元。这点钱，对于新农村建设来说，可谓杯水车薪。

2012 年 4 月，晓塘乡党委引进台湾金兰农业发展有限公司，全力打造精致农业园。项目一期规划建设用地 100 亩，总投资 250 万美元。中呑村以前除了种水稻，就是种柑橘，农业产业化水平很低。高良德想抓住这个机会，从乡里引进的项目中分得一杯羹，使村里的农业生产转型升级。

但如果村干部和村民的意见不统一，工作就无法开展。高良德采取"一事一议"的方式，征求大家的意见。起初，村民们反对的、起哄的、冷嘲热讽的，各种声音都有。高良德并不气馁，而是用商量的口吻向村民们提问：我们中呑的气候适合种台湾水果吗？改种台湾水果好，还是继续种柑橘好？好在哪里？

■ 指导农户修剪柠檬枝

在高良德的提问下，村民们开始查资料找答案，终于醒悟道：我们的橘树品种落后，继续种这些橘树没有发展前途，不如引进台湾果蔬试试看。

征得村民的同意后，高良德心中又有了更远的想法：先流转出46亩土地让台商在村里试种，如果成功，就带动村民一起种植台湾果蔬，由台商提供技术帮助，把村民的1000亩橘子都陆续改种台湾果蔬，真正带动村民富起来；如果不成功，还可以考虑别的出路。

台湾果苗运到了村里，村干部、各片区片长、副片长等放下自己手头的农活，帮着台商翻土抢种。台商林士杰说："到了中吞就像到了自己的家，有什么困难，村里干部都会第一时间来帮忙，中吞村人与人之间守望互助的情谊让人感动。"更让林士杰刮目相看的是，中吞村不计较眼前利益得失，为发展台湾精致果园，村集体先行垫付了32万元的费用，用最朴实的行动支持了素不相识的他。

在高良德的领导下，中吞村每一个建设项目，都通过"一事一议"的形式，通过民主讨论决定。为了做通村民的思想工作，高良德经常一次次地往村民家里跑，不停磨嘴皮子。"这些年来，我几乎把每一个村民的性格都摸透了，什么样的人要怎么样做工作，都基本心中有数。硬压肯定是不行的，得靠双脚奔得勤。"高良德说。

村里的变化是天翻地覆的，粪坑全部移除了，危旧房拆除了，生态保护起来了，河塘清理干净了，一条条宽敞平坦的村道修起来了，崭新的农民会所建起来了，自来水项目改造好了，村文化礼堂修建起来了，公共厕所和停车场也建起来了……

▶ 公私两难公为先

高良德是地地道道的农民，在没有当村干部之前，他除了种好自家的地，农闲时节就外出打工挣钱，贴补家用。自从当了村干部，他几乎天天守在村里，再也没有外出打工的时间。他现在唯一的"产业"就是10亩橘子地，收入微薄。"现在看看村里，家家户户都过得好好的，我家算穷的了。"高良德既欣慰又内疚地说。他欣慰，是因为村民们过上了好日子；他内疚，是因为愧对自己的家人。

村里的每一个工程项目建设，高良德每天都要到现场去转转，或者在现场做小工，搬砖头、抹水泥、挑黄泥，什么活都干。自从1996年任村干部以来，连续20

年，他每天都随身带着一个记账本，把村里的每一笔开支都记下来。每一个项目、每一个环节支出的资金都能一目了然。他认为，老百姓对村干部的不信任很大程度上来自于钱的问题，所以他对集体的钱特别较真。他笑着说，尽管自己文化程度不高，但每天都要写很多字，主要是记账，这个不能马虎，要记得很详细。"创业很难，我们村子穷，没有多余的资金，一定要把钱花在刀刃上。"他强调。

2015年6月5日，高良德的女儿突然遭遇严重的车祸，生死未卜。目睹女儿躺在病床上昏迷不醒，高良德的眼泪不断涌出。他多么希望，能日日夜夜守候在女儿的床边，等待女儿醒过来。可是，村里大大小小的事情，都等着他去做、去监督、去把关，尤其是涉及130户村民的"旱改水"项目。一头是在宁波住院昏迷不醒的女儿，一头是一大堆村务，该如何做出选择？高良德为难了：这些年为了村里的事，自己已经牺牲了很多，觉得愧对家人，现在在女儿生死未卜的节骨眼上，难道自己连陪伴也做不到吗？可是，当高良德坐在医院里的时候，心里却总想着村里的事，他觉得，自己必须回到村里去！他狠心告别了没有苏醒的女儿。高良德回到村里，又像往常一样，每天巡视工程进度、做小工。白天忙忙碌碌，一心想着、干着村里的事，只有到了晚上，他才会腾出时间，打电话了解女儿的情况。在电话中，他总是眼含泪水，祈祷女儿早日苏醒。

庆幸的是，3个月后，女儿终于苏醒了。高良德欣慰地说："假如我只是一个普通的农民，也许女儿出了车祸，根本就不知道该怎么办。说到底，还是要感谢村民们让我当了这么多年的村干部，使我得到历练。所以，女儿出事时也没有手忙脚乱，而是作出了正确的选择，在第一时间将她送到宁波医院，为抢救女儿的生命赢得了时间。"

2015年11月，中岙村后塘"旱改水"耕地质量提升项目通过了省级复核，成绩斐然。该项目也是宁波市最大的"旱改水"耕地质量提升项目。高良德说，这是一场痛与累的修行。

"如果下一届大家还是支持你来当书记，你还会继续当下去吗？"当被问到这个问题时，高良德一个劲地摇头。"不想当了，没有当过村书记的人，也许以为当书记很容易，只有当过，才知道那是什么滋味，才知道有多辛苦。"高良德说，"不过，要是大家一定还要让我继续当，我会尽力而为，当村支书，唯一想的，就是为村民做点实事。"

温雪峰：使尽"十八般武艺"打造"图影速度"

文｜朱文仓

｜人物名片｜

温雪峰，湖州市长兴县太湖图影旅游度假区横山桥村党总支书记兼陈湾村党支部书记，1960年9月出生，1999年3月入党，获评湖州市优秀共产党员、市"美丽乡村建设优秀带头人"、市优秀党员创业中心户等；所在村获浙江省卫生村、湖州市美丽乡村、湖州市生活污水治理先进集体等荣誉。

　　结实的身板、黝黑的脸庞、笑眯眯的眼睛，憨厚的温雪峰看起来与普通农民并没有什么两样。实际上，他不但是长兴洪桥金盛纺织厂的总经理，还是长兴太湖图影旅游度假区陈湾村和横山桥村两个村的党组织书记，人称"老温"。20多年来，他硬是靠着拼劲、闯劲与韧劲，使尽了"十八般武艺"，在太湖西南岸谱写了一曲曲为民服务之歌。

▶ 弃商从政，踏上为民服务之路

如今的温雪峰已经两鬓斑白，回忆那些年，他经历的岁月仿佛一场电影，从片头开始就吸人眼球：18岁开始闯荡社会，当过民办教师，办过浆经厂。几年以后，不甘心只做原料供应商的他租厂房，购买先进机器设备，引进人才……一手创办的纺织厂越办越红火。

1992年，温雪峰怀揣着让村民过上好日子的梦想，毅然决然地放弃老板的身份，进入村两委工作。90年代的横山桥村经济落后，村民们只能到外地打工谋生计，他看在眼里急在心里，暗下决心一定要帮助村民们找到致富路。在他的鼓励下，提花织机成了全村的新宠。没有技术，他就组织村民到外面学习纺织技术；没有资金，他就帮助村民贷款解决资金；没有销路，他就帮助村民寻找销路。几年以后，一条由横山桥村龙头企业、纤经户、中间商、织布户等组成的化纤布产业链粗具规模，产品不仅销往国内各大城市，还出口到东南亚、西亚等地，为村民们带来了不菲的收入。

在他的带领下，如今，全村已有16户村民在工业园区办起了企业，年收益都在几百万元，村里的闲置劳动力也都成了这些企业的业务骨干。他创办的金盛纺织厂还是扶助贫困村民、帮扶困难党员的联系企业。横山桥村在2014年、2015年连续两年在村级考核评比中获得第一名，并先后获得市级"优秀党员创新示范岗"、县级"五好党组织""先进基层党组织"等30多项荣誉。

▶ 勇于担当，走马上任"落后村"

2016年是温雪峰任职长兴太湖图影旅游度假区陈湾村书记的第三个年头。或许有人会好奇，温雪峰怎么会是两个村的书记？

时间要回溯到2012年，当时，湿地文化园开园在即，陈湾村启动大规模征地拆迁工作，但前期工作进展缓慢。2012年10月，温雪峰"临危受命"，担任了陈湾村第一书记。

度假区的领导怕温雪峰反悔，专程派车把他"押送"到陈湾村。原来，当时的

■ 温雪峰向村民讲解征地拆迁政策

陈湾村不仅经济落后、思想观念封闭保守，而且村里班子成员的思想也不统一，几乎是全县有名的"落后村""上访村"。

"既然组织交给我这项任务，就说明了组织对我的信任，冲着这份信任，我也要去试试。"尽管面对巨大的工作压力，温雪峰还是坚守一名共产党员的理想信念、事不避难、勇于担当，就像当初任职横山桥村党总支书记一样，一头扎进陈湾村的村务工作中，开始了每天两头跑的生活。一人肩挑两个村的"担子"，这种情况并不多见，但温雪峰不仅挑了，而且挑得不错，渐渐赢得了民心。

"只有团结一致的党员干部队伍，才能改变现状。"温雪峰决定先从改变村干部的思想，拉近他们与村民之间的距离着手。他要求"村班子成员要和老百姓成为好朋友，只有这样才能更好地开展下一步工作。"于是他和班子成员一起走家串户、促膝访谈，逐步建立起了村干部与老百姓之间的信任。

温雪峰上任后，抓的第一件大事就是修路。谁知工程开始后，村民拒绝参与，村干部们也都窝在办公室里不肯出去。温雪峰一面赶着村干部下工地，一面带头做起了小工。每天早上6点不到他就来到工地，搬水泥、和浆、筛沙子，一直忙到晚上9点。经过几个月的辛勤劳动，路修好了。村干部们发现，村民看他们的眼光也变得有些不一样了。

村里的账务问题也是横在陈湾村老百姓与村干部之间的一道鸿沟。为此，温雪峰亲自带人查账、走访、逐一核实，用了两个月的时间，把村里十几年的旧账清理了一遍。"记得那是在春节前夕，我收到温书记亲自送来的工钱。"村民陈某感动地说。当时天上下着大雪，温雪峰撑着一把小黑伞，一双手冻得通红，带着村干部挨家挨户给村民送去拖欠的工钱。温雪峰和村干部的一系列举动，逐渐感动了村民。

▶ 日夜颠倒　打造"图影速度"

对温雪峰而言，村民的事比什么都重要，所以他把所有的心力都投入到了陈湾和横山桥两个村的发展建设中。尽管他还是自己的金盛纺织厂的总经理，却一年都不曾踏入厂里一步。不论冬夏，温雪峰每天六点半准时到村，经常是晚上九十点钟才回家。在他的带动下，村干部们都开始实行"6+1""白+黑"的工作模式，尤其是在民情走访、征地拆迁等工作中，只要村民有事，他们都会第一时间赶到村民身边。

在2013年年底换届选举中，陈湾村17个承包组的组长联名递交了挽留信，温雪峰再次挑起两个村党组织书记的重任。但人毕竟不是铁打的，2014年4月，一直在忘我工作的温雪峰终因心力交瘁患神经鞘瘤而入院治疗。然而，就算是在住院期间，他仍惦记着村里的工作，甚至有几次偷偷从上海跑回村里。温雪峰动完手术仅5天便不顾医生的劝阻强行出院，回家后第三天就投入了工作。"说实话，村里的工作任务这么重，换届后新的班子还在磨合之中，我心里不踏实，就怕耽误村里的工作进度。"

遇到村民对政策不理解的时候，他一家一家地跑，一户一户地去解释征地拆迁政策，一个一个地去解决矛盾纠纷及问题。有一次，出院没多久的温雪峰来不及吃晚饭，就来到拆迁户家中做工作。"当时，他们很排斥我们，甚至连门都不想让我进去。我前后跑了10多趟，这户人家一直说丈夫还没回来，不能作出决定。"无奈

■ 温雪峰翻阅工作笔记，梳理一天工作完成情况

的温雪峰只好把自己办公室的被子搬了过来，"那我今天就住在你家里等。"看到温雪峰动真格了，这户村民终于答应考虑签约。温雪峰趁热打铁，继续做工作，真正签约时已是凌晨4点多。

温雪峰的执着精神感动了村民，在他的带领下，陈湾村创造了5个月拆迁493户、3天成功迁坟1275座的"图影速度"。2015年年底，投资200亿元的"太湖龙之梦"项目落地太湖图影，陈湾村又在规划区域内。温雪峰再一次扛起重担，率领村干部投入到紧张的征地拆迁工作中，并以最快的速度完成了任务。

是什么力量创造了"图影速度"？温雪峰认为并没有什么诀窍，重在公平、公正、公开，还有用心。陈湾村的拆迁全部实行"五步法、三公开、一口价"。所谓"五步法"即评估调摸、核对核算、复核复查、公示公开、签约腾拆；"三公开"即调摸评估基础材料公示，房屋补偿总价公示，签约结果公示；"一口价"即根据公示方案，统一进行签约、腾拆。他的真心付出赢得了村民们的信任，村民中流传着这样一句话：有事找老温，一定能解决。温雪峰用行动发声，忧村民所忧。

"只要红旗在手，我一定会让它高高举起。"陈湾村、横山桥村的田间地头留下了温雪峰的身影。村民们常常在清晨或者傍晚看见温雪峰一个人拿着图纸、握着笔行走在田间小道，抬头看看田地，低头看看图纸，时而紧蹙眉头、自言自语，时而面露笑容、圈圈画画。"有人问我，你这样的家境、这样的年纪，名利其实都不重要了，还这么拼命工作是为了什么？深奥的道理我说不好，我只求无愧于组织和群众的信任。有一天当我离开这里的时候，只希望老百姓说一句'老温还是可以的'。"

陈小红：棠溪村村民的"贴心小棉袄"

文 | 应 勇

| 人物名片 |

陈小红，金华市永康市西溪镇棠溪村党支部书记、村委会主任，1969 年 7 月出生，2005 年 8 月入党，获评永康市首届十佳女村官、市好村官、市优秀党务工作者等；所在村获永康市美丽乡村精品村、市法制宣传教育先进单位、市街角小品示范村、市文明村等荣誉。

初见陈小红，一头短发显精神，一张笑脸现诚意，一身套装见干练，只是那双有点疲惫的眼睛难掩几年来操劳忙碌留下的痕迹。

村里的阿公阿婆把陈小红当成"贴心小棉袄"，有事没事总爱和她唠唠家常；在村干部眼中，陈小红就是个"女汉子"，冲锋在前，天大的困难都不怕，大家不敢干的事情她都敢想敢做；家人眼中的陈小红却是个"傻大姐"，为了村里拼命工作不说，胳膊肘还总往外拐，凡事尽吃亏……

▶ 多方筹款重修大会堂

棠溪村位于永康第一高峰黄寮尖山脚，地处永康、缙云、磐安、东阳四县（市）交界，是个地地道道的山区村。村庄因集体经济薄弱，发展迟缓，历届村干部允诺的重修大会堂一事迟迟未能完成。"集体经济不发展、不改变，村民想过上好日子，难！"经过深思熟虑，陈小红决定重修大会堂。

"历任男书记都没能完成的任务，凭一个女人想做好？"聊起陈小红要重修大会堂，村民不禁窃窃私语。面对村民的疑问，陈小红也曾打过"退堂鼓"，心里着实没底。"当官不作为也是一种'腐败'，只要用心做，一心干实事，问题总能解决的。"开弓没有回头箭，陈小红开始整理头绪。

"修缮大会堂，资金是关键，七八十万元的缺口如何填补？"

陈小红开始走部门、跑乡镇，多方要政策、讨资金。功夫不负有心人，西溪镇党委、政府给予了大力支持，各级部门都在政策范围内给予帮助，形式是"以奖代补"，项目实施后可获补助 30 多万元。

■ 如今的棠溪村整洁秀美

"信用社要在村里开分社，5 年租金共 25 万元。"恰巧这时候，陈小红意外得知自己的亲戚与信用社达成了在村里开分社的初步意向。"若能租用村里的办公用房，就能解决部分资金缺口。"仔细斟酌后，陈小红打着"如意算盘"来到亲戚家探口风。

一进门，她就亲热地先与堂叔唠家常，再提及修缮大会堂缺资金的事情。"你家也算是村里较出挑的人家，就算为村里做贡献。大会堂修好了子孙后代都会感激你的。"一番软磨硬泡后，小红顺利筹集到了 25 万元。

随后，在召开的村两委班子、村民代表大会上，陈小红公布了这一喜讯。大家听闻后信心倍增，当场你 1 万元、我 1000 元地积极参与捐款行动，加上其他村民的捐助，共筹集到 10 多万元"爱心款"。大会堂重修项目终于顺利开工。

修缮大会堂一事让陈小红领悟到：用心为村里做事，老百姓一定会看在眼里、记在心里；事情干成了，干部的威信也就自然树起来了。

▶ 啃下"精品村"这块硬骨头

打铁要趁热！重修大会堂之后，陈小红又马不停蹄地建村文化礼堂、老年食堂。她倡议举办的"浑水摸鱼大赛""美食节""3D 立体画展"等活动，引来近 5 万名游客；加上永磐公路的修通，沉寂了多年的小村庄终于焕发出新生机。

2014 年，西溪镇党委、政府主导全镇开发影视产业。为此，陈小红带领村两委干部开始谋划"强村富民"出路，结合村里青山绿水、古朴幽静的优势，发展特色旅游。

发展主基调明确后，村里的首要任务就是开展"美丽乡村精品村"创建。棠溪村老房旧宅多，配套基础设施不齐全，村民以务农为主，生活条件不好，要创建精品村谈何容易。但如果创建成功，就能获得市里 100 多万元的奖励，而有了这笔钱就能为村里做很多事！陈小红想到这些，觉得这虽然是块"硬骨头"，但还是要硬着头皮啃下来，于是很快就递交了申报材料。

当时，心灵手巧的陈小红在城区经营着一间美食坊，制作的传统美食备受消费者的青睐。为了不影响村里的工作，陈小红悄悄地把美食坊以成本价转让掉，一门心思回村投身"美丽乡村精品村"建设。

然而，"精品村"的创建工作一波三折。为配合 7 月份启动的农村生活污水治理项目，前期的创建成果只能推倒重来，加上阴雨天气影响，工程延后了。"检查的结果很不理想，还是明年再来参评吧！"初评时，专家组真诚地建议她放弃参评。

放弃就意味着 100 多万元奖励性补助没了，不但没钱支付村民的误工费，村里的其他工作也会因缺钱而无法开展，损失将是不可估量的！陈小红在困难面前并不妥协，带领党员干部做工作，最终在半个月内完成了各项整改工作，顺利通过了验收。

陈小红说，当了书记，责任就在身上。村民都眼巴巴地看着你，遇到困难千万不能退缩，一定要铆足了劲往前冲。

▶ "贴心小棉袄"温暖众人心

陈小红的孝顺在村里是出了名的。年轻时，她就悉心照顾瘫痪的奶奶：经常帮奶奶换洗衣物、擦洗身体，照顾奶奶的生活起居。老人的衣物有时会沾到排泄污迹，她也毫不嫌弃，把衣物洗得干干净净，细心妥善地收起来。"我一直都没有嫌弃老人的念头，相反有些时候还觉得他们很可爱。"

村里人打心眼里喜爱这个孝顺的孩子。平时到了饭点，陈小红路过正在吃饭的老人面前，老人会伸出筷子打趣道："小红要不要吃一点啊。"陈小红也不拒绝，乐呵呵地张嘴品尝。往往这时，站在一旁的老人们心里热乎乎的，感觉比自己的闺女还亲。

"这其实是一种信任，我们之间互相理解，互相都有很深的感情。老人都是很可爱，很善良的。"陈小红说起这些、想起这些都会十分感动，"他们就是我的亲人。"

当了两年多书记，村里道路通了，环境美了，游客多了，不仅还清了之前的欠款，还有了结余。如何让留守的村民过上更好的生活，提升留守村民的幸福指数，陈小红又在心里默默思考。

开办老年食堂是 2014 年时的工程，当时在棠溪村可算是大事。食堂在重阳节

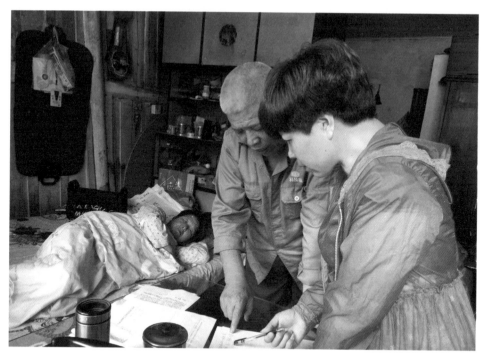
■ 陈小红走访困难群众，并为他们送上慰问品

当天开业，陈小红带头煮鸡蛋面，请200多名棠溪村老人免费吃面。老人们享受到了老年食堂带来的便利，嘴边时常挂着一句话："小红，我们都是享了你的福啊。"

老年食堂现在主要为70岁以上老年人服务，他们的子女大多在外工作，没时间照顾父母；每位老人每天只需要支付4元钱，食堂就能解决老人们的吃饭问题。这不仅满足了老年人的饮食需求，也让他们在外工作的儿女安心。

陈小红说，当干部必须要了解百姓的需求，将心比心，把他们的需求当做自己的需求，才能真正得到他们的肯定。办食堂的初衷也正是这样，食堂的运营资金基本上是靠筹资和村里的补贴。"很多经济较为富裕的子女也很乐意支持开办老年食堂，这种支持很重要，说明办老年食堂是大家真正的需要。"

用心当书记，贴心对村民。站在新起点上，对于村庄建设，陈小红心中已然有了新规划：将以打造小资文艺聚集区为目标，利用村里特有的小桥、流水、古道、老宅等资源，让棠溪村成为浙江的"小丽江"。

江志耀：配准"老大"事不难

文｜陈明明

| 人物名片 |

江志耀，衢州市常山县辉埠镇彭川村党支部书记，1959年8月出生，1984年4月入党，获评衢州市优秀共产党员、常山县优秀共产党员、县金钉子党支部书记等；所在村党支部获常山县金钉子党支部等荣誉。

"房子挨着房子建，车子根本开不进，露天厕所随处见，彭川囡妮（女儿）归来嫌。"这是彭川人曾经无奈的自嘲。时移世易，如今的彭川村，处处呈现蓬勃向上的新气象：崭新的柏油路、精巧的绿化、整洁的房子……"老大难，老大难，配准老大就不难。"水滴石穿非一日之功，彭川人心里很清楚，村容村貌之所以能够焕然一新，这与敢打硬仗、能打胜仗的村党支部书记江志耀的多年努力是分不开的。

▶ 开头炮："零招待"聚起人心

十几年前的彭川村是一个旧疾沉疴繁多、干群关系紧张的弱村，有着全乡唯一的 15 人驻村工作组。面对干群缺乏信任的现状，调整村领导班子是当时乡党委的当务之急。2002 年 4 月，江志耀临危受命，从宋畈煤矿党支部书记调任彭川村党支部书记。

如何把工作做到群众心坎里，破冰干群关系，是江志耀面临的最迫切的问题。上任伊始，他做的第一件事，就是立规矩。"正人先须正己，当干部一定要自身腰板硬"，江志耀带头作出"不插手项目工程、不牟取私利"的承诺，主动要求党员群众予以监督。同时，推行村级公务"零招待"制度。他与村两委约定，部门、乡镇的干部到村指导工作，如需在村用餐，就由分管相关业务的两委成员带回家吃便饭，一律不得在外招待。江志耀做的第二件事是要求大家做"24 小时"干部，确保在村里工作的时间和精力。江志耀一上任便辞去了宋畈煤矿的工作，全身心扑在村里，24 小时手机不关机，村民有事随时能找到他。第三件事是向乡党委提出申请，要求将驻村工作组人数由 15 人减至 3 人，只留下一个能协调解决问题的片长、一个群众工作经验丰富的"老乡镇"和一个文化水平较高的年轻干部。在江志耀看来，做工作不在人多，在于精干，人少更有利于取得群众信任，更有利于解决问题。

规矩一立，村干部以身作则，慢慢地把村民的心聚拢了起来。

"当村干部就是要做点实实在在的事情。"接下来，江志耀考虑的是把通村道路修起来。彭川村的通村道路连拖拉机都开不进来，村民生活极不方便。江志耀积极争取项目资金，2005 年终于成功修建了一条 5 米宽、500 米长的通白湖口的村道。2007 年，又修建了一条通徐家自然村的公路。

村委王太其说，在江志耀的影响下，村两委为村里干事的积极性越来越高。

▶ 助推器：并村更要并心

2013 年年底行政村规模调整，西坑村、灵峰寺村并入彭川村。江志耀说："行政村合并不是简单的改个村名、换个公章就能办好的事，不然各唱各调，各想各事，还不成了'假夫妻'？并村哪能不并心，只有把人力、物力、财力、人心集合起来，三个自然村统一步调、统一建设、统一管理，才能把人心聚到一起。"

江志耀走访了西坑、灵峰寺村的每家每户，认真地听取、记录农户的意见和建议，也了解到群众最热切盼望的有两件事：建设灵峰寺自然村的村民健身广场和西坑通往东坑的村道。这两个项目都是多年来因种种原因未能实施的"老项目"。经过再三考虑，江志耀把这两件事列入了村委2014年的为民办实事项目。

灵峰寺健身广场的建设要征用李姓农户的田地，因为家族纷争，该农户迟迟不愿意签订征用合同。江志耀摸清李姓农户上下班的时间后，连续几天起早贪黑上门做工作，还用上了自己灵峰寺村女婿的身份，才做通了老李的思想工作。在大家的共同努力下，占地1000多平方米、投资17万元的健身广场建了起来。

西坑至东坑的通村道路则涉及汪姓农户。他在1995年曾做过煤矿生意，在西坑挖了一个煤洞且配套了道路等基础设施，因此提出了27万元的征用费。江志耀对照他给出的清单，找到老汪当年征用土地的农户一一核查，核查产量补贴、土地征用等费用支付情况，提出了填方价格、50公分的单边包坎要按照现行标准支付等意见，并找到老汪的儿子做工作，让他去劝慰父亲："一担盐浸水里20多年，还能捞得上来多少呢？"最终汪姓农户同意村里给予3.53万元补偿款的方案，西坑至东坑的道路顺利通车。

▶ 攻坚战：拆出美丽新家园

受江志耀潜移默化的影响，彭川村两委长期欠缺的"钙质"——为民亲民的意识、冲锋在前的拼劲、抓铁有痕的力度，慢慢得以增长。2015年，彭川村"五水共治"、"三改一拆"、计划生育工作完成质量均列全镇第一名。而这股由江志耀凝聚起来的"彭川力量"，也很好地解释了彭川村在"三改一拆"工作中拆得掉、拆得快、拆得好的原因。

2015年9月，江志耀与村两委多次开会研究，决定打响拆除违章建筑的攻坚战，并将集中整治的第一仗选在最影响村容村貌的村口，涉及81户农户共2000多

■ 整治后秀美的彭川村景

平方米。说干就干，江志耀带着村干部从9月2日开始挨家挨户做思想工作，9月14日动工拆除违建，一天半后全部拆完，前后只用了半个月时间。

"大部分人不是不愿拆，主要是担心自己遭受双重标准和不公平待遇，因此刚开始大部分村民相互观望。我们把道理讲清楚，做到公平、公正，他们基本上就理解了。"在拆违过程中，江志耀始终坚持以身作则带队伍，以良好的党风带民风、带村风。他要求村干部带头拆、主动拆，他带头拆除附房80平方米；村支委王荣军带头拆除老房125平方米；村文书江根兴带头拆除附房70平方米……

干部干在实处，群众看在眼里、信在心里。在党员干部的示范带动下，群众自拆助拆的积极性也被充分调动起来，变"要我拆"为"我要拆"。"你让我拆多少，我就拆多少。"70岁的村民王太移主动拆除影响村里交通的自家围墙；女党员储菊香主动拎水壶到现场，为热火朝天干事的村干部端茶倒水……村民的自拆助拆率达到90%以上，第一阶段的拆违任务顺利完成。"拆了，车能开到家门口了，房屋见到光了，也更透气了。"村民口中朴实的评价，让江志耀心里更有了底气。

坚持一个政策不走样。对被拆迁人的一些不合理要求，江志耀从不做不符合规定的许愿和乱开"口子"，坚决防止造成"以闹取胜"的不良影响。曾有20多位村民涌到老江家里，以各种理由请求放宽政策要求，但江志耀一方面坚持原则，不为所动，另一方面与村民面对面沟通交流，答疑解难，交心谈心，最终解开了村民的心结。既使出现极个别村民无理取闹的情况，江志耀也坚持用"协商的办法、法治的办法"解决。

两个月不到，彭川村就累计拆除违章建筑465户2万平方米，成了辉埠镇"三改一拆"工作的"零违建"样板村。接着，江志耀带领村民拆治并举，整个村庄面貌焕然一新，常山县彭川村也因此声名远扬。

"拆掉违建只是第一步，建设美丽家园、发展美丽经济、实现村美民富才是最终目标。"江志耀说，村里已请浙江南方设计院，按照"留住乡愁"的主题，制订了村庄发展规划。

积极推进农村宅基地改革试点，累计盘活建设用地26亩，增加耕地8亩；引进3家制冷企业回乡投资，吸纳农村闲散劳动力500余人；加快公共设施建设，累计投入300万元；新建村道1600米，制作灯箱30个；投资29万元建设彭川乡贤馆，深入挖掘彭川历史先贤和当代创业名人的精神；投资100万元修建居家养老一体化中心，丰富老年人精神生活。5位乡贤出资1900万元注册成立常山川越旅游发展公司，鼓励村民以资金或土地等形式入股，共同助力村庄建设，发展现代农业和乡村休闲旅游……

在彭川村如火如荼的美丽乡村建设中，江志耀交给群众的是一份体现基层党员干部模范带头作用的出色答卷。

陆蔚蔚：引领社区前行的舵手

文｜清 风

|人物名片|

陆蔚蔚，舟山市普陀区东港街道兴普社区党总支书记，1975年3月出生，2006年10月入党，获评浙江省第六次全国人口普查先进个人，舟山群岛新区劳动模范、首届"十佳"社区专职工作者，普陀区劳动模范、优秀共产党员、先进生产工作者等；所在社区获省人口和计划生育基层群众自治示范社区、舟山市"网格化管理、组团式服务"工作十佳社区、市"四干型"先进基层党组织等荣誉。

2009年10月，东港街道派遣陆蔚蔚负责兴普社区的筹建工作，刚刚经历了家庭破裂的她决心以此作为自己最大的奋斗目标。2010年4月，陆蔚蔚和5位同事踏上了建设兴普的第一趟列车，从此感受了社区工作的困惑、烦恼、快乐和感动。

从筹建兴普社区的第一天起，陆蔚蔚就铆足了"四劲"——爱岗敬业的实劲、勤学善思的钻劲、甩开膀子干的拼劲和持之以恒的韧劲，奋斗在社区建设的最前沿。

▶ 手制"民情地图"，开启社区建设新局面

社区筹建之初，需要召开由不同层面代表参加的座谈会，由于陆蔚蔚对辖区情况不太熟悉，邀请谁来参加会议让她一时无从下手。陆蔚蔚想，如果把居民基本信息录入电脑，实施电子化管理，那么社区居民信息不是可以一目了然了吗？陆蔚蔚说干就干，马上自行设计了两份表格，随后穿梭于办证中心和小区物业公司之间，仅用了20多天时间，就把记录有社区居民信息的花名册输入了电脑，实现了信息电子化管理。

但是，要服务好社区居民，仅仅有这些信息仍远远不够。紧接着，陆蔚蔚又开始了另一项累活，那就是把走访社区居民作为基本功和必修课，照着自己走访的路线，一个点一个点、一条路一条路地记录下来，制成"兴普社区区域平面图"。在平面图上，辖区内的在建区和建成区都作了直观标示，并且对建设开工、交付入住

■ 陆蔚蔚带领党员骨干到优秀党建阵地学习取经

等信息进行动态更新。不仅如此，陆蔚蔚还给每个小区量身定制了一张平面图，每个楼群以网格为单位用不同颜色标注，楼群内每一幢楼的分布、主入口、应急通道等标记得清清楚楚。

正是从小事做起、从细处着手，陆蔚蔚和同事们很快进入了角色，和小区居民也渐渐熟络起来。如今，这一份份特殊的"民情地图"成了社区干部服务居民的好帮手。

好记性不如"烂笔头"。社区成立后，陆蔚蔚又在电脑上制作了"兴普社区民情大事记"，实则是民情日记。自到社区工作伊始的 2010 年 4 月，陆蔚蔚就养成了写日记的习惯，把社区每天发生的大事小事都记下来。如今，已经记录了整整3752 条。

▶ 身先士卒　打好文明创建攻坚战

2010 年，兴普社区下辖 4 个住宅小区，常住人口 6000 余人；一眼望去，社区都是密密麻麻的建筑工地和杂草丛生的待建区域，丝毫看不出会有今天的繁华。

创建国家卫生城市和省级示范文明城区的"两创"活动是社区成立后的第一大挑战。当时的普陀医院工地被指定为必检单位，而社区的主要任务是清理沿路两侧的堆积物。

虽说只有三四公里的路程，但由于建筑垃圾和民工丢弃的剩菜剩饭、泡面盒等生活垃圾混合在一起，臭气熏天，雇用的保洁员捂着鼻子无从下手。陆蔚蔚毫不犹豫地冲上前去，用火钳使劲地钳。火钳一用力，已经腐烂的垃圾便哗啦啦地往下掉，根本装不进袋子。情急之下，她干脆放下火钳，直接用手将软绵绵的腐烂物一把一把地装进蛇皮袋。有了陆蔚蔚的身先士卒，在场的其他人自然不甘落后，也纷纷加入了清理垃圾的行列。

2013 年，全市"三改一拆"工作启动，兴普社区也被列为首批"无违建"创建社区。对于陆蔚蔚她们来说，这确实是一副沉甸甸的担子。陆蔚蔚带着她的团队顶着各种压力，挨家挨户走访解释。尽管无数次吃闭门羹，有时被骂得进不了居民家的门，甚至还有人打电话对她进行恐吓威胁，但陆蔚蔚丝毫没有退缩，反而越挫

■ 陆蔚蔚和海景颐园一期小区业委会商讨小区工作

越勇，奋力冲在一线。政策宣传和排查摸底如期完成，21处露台顶棚、高楼消防通道建阳光房等违章建筑被限期拆除。一期拆除任务得以圆满完成。

▶ 一碗水端平　有效化解群体性事件

社区逐渐成长的过程中伴随着种种阵痛。随着东港二期建设工程的推进，因开发建设、规划调整等引发的群体性事件时有发生。这使陆蔚蔚成了信访局的常客。

2012年10月，社区发生了一起因市场升级改造引发的信访事件。当时，陆蔚蔚因右脚受伤卧床在家，她只能依靠手机接发信息解决问题。尽管她无数次苦口婆心地居中调解，但仍有几十个居民情绪激动，甚至拉着横幅去集体信访。陆蔚蔚再也躺不住了，挂着拐杖、拖着肿胀的腿一次又一次地奔走于街道、社区和小区之间，一次又一次地现身调解现场。为了给居民吃上"定心丸"，她提出了邀请设计单位专家论证、进行房屋质量鉴定等方案，并力争到多方认可后予以实施。最终，这件历时两年的纠纷以顺利签订调解协议而画上句号。

在处理群体性事件的过程中，社区往往变成"夹心饼干"。这些年来，正是因为陆蔚蔚她们心中自有一杆秤，才使朱家尖大桥复线工程、海天国际广场打桩引发海景颐园小区地基下沉等17起群体性事件得到及时有效的化解；在不折不扣落实好党委、政府各项政策的同时，也让居民的合法权益得到了保障。

一天，一位多次在信访中采取过激行为的阿姨拿着一包喜糖来到社区。她拉着陆蔚蔚的手说："小陆啊，我家儿子结婚了，阿姨以前做了很多对不起你们的事情，希望你们能原谅我。"那一刻，陆蔚蔚情不自禁地流下了泪水，她深深地感受到手里捧的不仅仅是一包喜糖，更多的是广大居民群众的理解和信任。

自从成为兴普社区的一把手，陆蔚蔚每天的生活、工作规律几乎一成不变，单位、家里"两点一线"，但重心更多地放在了工作上。她经常忙得无暇照顾家里人，自己也坦言愧对父母和孩子，但与此同时，她认为自己收获了更多其他的东西。

"我收获了居民的亲情，他们把我当女儿，把我当姐妹……我收获了团队的'女汉子'力量，面对常住人口1.8万的大社区，环境整治她们冲在前，抗台转移民工她们冲在前，处理群体性事件她们还是冲在前。我更赢得了党和政府、各级领导对我的关心、支持和厚爱，还给了我这么多荣誉。这些都将成为我人生中最为宝贵的精神财富。"

有人说，世上的女人只有两种：一种是幸福的，一种是坚强的。幸福的，是被捧在手心里，无需坚强；坚强的，是被化在泪水和委屈里，不得不坚强。这些年来，丰富的工作阅历和坎坷的生活经历使陆蔚蔚成长为一个既坚强又幸福的女人，她感慨地说："这辈子，我甘心舍小家，无悔顾大家，值！"

蒋马良：马良书记让农村大变样

文 | 厉景华

| 人物名片 |

蒋马良，舟山市定海区白泉镇金山社区党委书记，1978年11月出生，2003年12月入党，获评浙江舟山群岛新区"十佳"社区专职工作者、区农村股改工作先进个人、区"三改一拆"行动先进个人、区和谐促进员、区优秀共产党员等；所在村获浙江省文化示范村、兴林富民示范村、巾帼示范村、非物质文化遗产传承基地、科普示范社区、舟山市渔农村全面小康社区等荣誉。

　　蒋马良是一名优秀的退伍军人，在1998年时曾参加过国防光缆施工，同年还不畏艰险地参加了江西九江抗洪抢险。1999年退伍后，他便走上了自主创业的道路。2011年，正当他的事业蒸蒸日上时，在村民们的多番要求下，蒋马良毅然决定回村做一名村干部。他结合自己的所学知识和亲身经历，扎根基层，全心全意为群众服务，奉献社会，致力于新时代背景下的新农村建设。

▶ 社区书记的首要工作就是抓党建

作为一名党组织书记，蒋马良始终坚持把抓基层党建作为硬性任务摆在突出位置，切实承担起党建工作的主体责任，做到重点工作亲自督促、突出问题亲自过问、关键环节亲自把关。

蒋马良特别重视把党建工作和社区经济发展、重点项目推进、环境卫生改善等有机结合起来，在开展"治水护水、扮美家园"先锋行动、清理村级"三多"问题、规范农村垃圾分类等过程中，注重发挥社区党员的作用；在"联系不漏户、党群心贴心"和"四必到、四必访"等联系服务群众制度的基础上，不断调动党员的积极性，发挥党员的先锋模范作用。

2015年，蒋马良带头领办基层党建项目1个，确定整改问题8个，制定整改措施9项，在实施过程中，他定期向上级党委上报进展情况和存在问题，不断总结推进社区党建工作，完善党建硬件基础，突出党建特色和成效，把金山社区打造成了全镇的党建示范社区。

"社区经济基础扎实了，我们开展工作更应该民主、透明。"在实施社区（村）日常工作事务通报制度过程中，蒋马良把群众重点关心的问题，如社区主要工作及计划、社区重点项目进展情况、便民服务事项等都编到了每季度印制的《社区事务公开季报》中，再通过党员日常活动点、周一"夜访"、村落小店发放，在社区公开栏张贴等方式使社区每个党员群众知晓，使社区的财务、村务在群众的监督下阳光运行。

在有效贯彻落实民主决策"五步法"制度的基础上，蒋马良还在社区全面推行社区（村）重大事项党员票决制，即在村级集体经济股份制改革、村规民约制定、股权分红等村里的重大事项上，采用党员票决的方式，所有决策需要得到党员的一致同意。在党员票决后，蒋马良带头落实相关政策，并积极做好政策宣传和解释工作，以确保相关工作的顺利推进。

■ 蒋马良在股改工作中为村民发放股权证

▶ 股权分红制确保村民的长远利益

2015年3月底，在蒋马良的带领下，金山经济合作社成功完成了金山股份经济合作制改革。因金山村集体经济比较雄厚，很多村民都只看到眼前利益，萌发了分钱入户的念头，强烈要求将现有的1亿元村集体资金全部平分，这使得集体经济的有效管理利用产生了一定的难度。

"把钱分了，眼前是好，但是花完了怎么办？"蒋马良和村干部几经商量，认为必须着眼长远。为了妥善处理好各种利益关系，有效解决农村特殊群体的利益保障问题，蒋马良决定创新工作理念，实行股权分红制，将村股份经济合作社的集体资产的收益量化，量化到股东、量化到人。

自2015年7月起，在册股东按不同年龄每人每月可拿到200元分红，每半年发放一次，其中60周岁以上的在册股东每月可在股东分红的基础上再拿土地回收老年优待金 200 元，每年预计发放红利及老年优待金共计 600 余万元。

股权分红制的实行真正使农村集体资产在阳光下运行，让村民利益以股权的形式得到有效保护。此举也使得村民对村干部更加信任，更加支持各项村集体事业的发展，大家都盼望着集体经济能够更加壮大，这样可以分到更多红利。尤其是村里的老年人，几乎靠着村里的股权分红就可以安度晚年，这大大减轻了子女赡养的负担。村民们都十分感激这位全心全意为老百姓谋福利的年轻支书。

▶ "以文养文" 打造精神文明家园

蒋马良不但重视经济建设，也非常重视精神文明建设。

金山村是个文化底蕴非常深厚的村，在这里土生土长的蒋马良从小耳濡目染，他曾担任金山社区的文体干部，非常支持社区的文化事业发展。

■ 蒋马良带领班子成员上门为年老体弱、行动不便的老党员送去 "两学一做" 学习资料

2013—2014 年，社区先后投入 40 余万元，整合了现有的文化阵地，规范了农村文化礼堂的建设标准，按照"四有四型"，即融合礼堂、讲堂、文化长廊、文体活动场所多功能于一体的文化阵地综合体（包括文化活动室、农家书屋、广播室、"春泥计划"活动室、文化体育场地、文化信息资源共享工程基层网点）的要求，建成了分散组合式的农村文化礼堂。

金山社区还在原有礼堂的基础上，打造了 30 多米的文化长廊，设立了一个 20 平方米的民俗文化陈列室，将舟山锣鼓、舞龙、舞狮、跳蚤舞等民俗文化以图文和实物等相结合的形式进行陈列，总面积达 1000 多平方米，倡导乡风文明和生态文明。2015 年，村里继续投入 30 余万元资金，对文化礼堂的顶部进行修缮，及时更新长廊内容并定期维护、修缮文体设施。

金山社区的非物质文化遗产包括舟山锣鼓、跳蚤舞、舞龙、舞狮、高跷，这 5 项节目由于均来自白泉镇，金山社区村民"近水楼台先得月"，可以就地传承学习。在舟山所有演出队伍中，金山社区队表演这 5 项节目是最专业的一支。

社区不但组建了成人的舟山锣鼓、跳蚤舞演出队，还成立了少年演出队，有效利用文化礼堂为传承基地，做好传承工作。演出队在重大节日期间负责市、区、镇以及社区的行政性演出，成人演出队甚至对外参加商业性演出，成了"以文养文"的良好典型。

社区每年定期组织演出队参加各类比赛，不断加强民俗文化队伍建设，及时更新龙、狮、锣鼓等道具以及服装，3 年来共投入资金 20 余万元，促使民俗文化村落项目长效有序地开展下去，坚持做好民俗文化传承工作。作为舟山市农村文化礼堂的样板社区，金山社区共接待省、市、区、镇各级部门前来参观学习 40 余次。以"邀进来、走出去"的模式，每年组织各类文化演出 100 余场。

现在金山村已如其名，成为定海区村集体经济最富裕的村庄之一。风生水起的事业自然离不开当家人的有效带领，村民们心里很感激这位既能带领集体经济发展，又能引领精神文明建设的马良书记。

鲍景福：庄河村的好当家

文 | 叶 霞

| 人物名片 |

鲍景福，丽水市松阳县四都乡庄河村党支部书记，1960年10月出生，1992年2月入党，获评丽水市百姓喜爱好支书、松阳县优秀共产党员、县优秀党务工作者、十佳农村好支书等；所在村获丽水市生态文明村、市卫生村、市养生乡村、市农村党风廉政建设四星级党支部、松阳县先进党支部等荣誉。

　　每天早上，无论雨雪阴晴，在松阳县四都乡的盘山公路上，村民们总可以看到一辆银灰色的小汽车驶进村里。不少村民说，如果哪天没看到车子进村，心里就空落落的，因为他们知道，除非是车子的主人病了，否则他绝不会不来。

　　车子的主人名叫鲍景福，在四都乡庄河村党支部书记的位置上一干就是9年，一直为庄河村的发展兢兢业业、勤勤恳恳地工作。修公路、提升饮用水工程、新建文化活动中心、完成全乡首个居家养老中心、成立村级合作社等一件件民生工程，极大地改善了村民的生活条件。这一切都离不开村里的"好当家"——村支书鲍景福。

▶ 穷而思变重基础 "一路一水"为乡民

四都乡庄河村坐落于海拔 730 米的寨头岭背，2 个自然村共 354 人分布在 5.2 平方公里的土地上。10 年前，这里交通闭塞，村内道路坑洼不平；百姓的住房破烂陈旧；村民人均收入不足 1000 元，集体经济十分薄弱。

当时，鲍景福外出打工 20 年后返乡，算是当地掘到改革开放好政策第一桶金的成功人士。当他看到家乡的破败、感受到村民渴望致富的热切愿望后，在全村党员的支持下，毅然担任起村党支部书记一职。

"群众的事情大于天，村里的工作摆首位。"这是他上任后给自己定的座右铭。任职以后，他常常思考这样一个问题：如何当好全村群众的当家人，怎样才能帮助他们早日过上美好的新生活。

第一件事：要致富，先修路。他一方面积极争取乡党委、政府的支持和帮助，拿到了村道修缮的项目和资金；另一方面深知村里的干部群众对他这个新上任的支部书记心里没有底，持观望态度的现状，因此要修路，除了争取到项目和资金，还必须得到乡里乡亲的广泛支持。于是，他带领党员干部挨家挨户上门做思想工作，晓之以理，动之以情，一家、两家……一次、两次……在他们坚持不懈的努力下，终于赢得了百姓的支持。2008 年，一条投资 30 万元、占地 5000 平方米的村机耕路完工了。看着平坦的道路，村民们笑了。

"好当家"就是要让村民们实实在在过上好日子。路平坦了，农民进出县城方便了，村里的萝卜等农产品换来了一叠叠钞票，村民乐了，但是鲍景福并未满足。

第二件事：解决"用水"问题。庄河村海拔高，村庄没有水源地，缺水是百姓司空见惯的事情。2009 年，有村民反映家里的用水不方便，经常断水。鲍景福马不停蹄地开始了"寻水之路"。不知道项目对口单位是哪家，也不知道资金安排归部门管，他就用最笨的办法，一个个单位去敲门，一个个部门去咨询。他几乎把县里的单位和部门跑了个遍，大家也记住了这个皮肤黝黑、办事执着的"能跑支书"。

在各部门的鼎力支持下，庄河村当年就投资 30 万元完成了 3 公里长的自来水管道入户工程。随后，鲍景福又向县里争取资金，开始了全乡首个自来水提升工程，解决了村里 82 户农户的用水问题。村民都喝上了放心水，原先的传染病发病率下降了，村民的健康水平明显提高了，生活质量也得到了改善。邻里之间再也不会出现因为争水而导致纠纷的事情了，村民关系变得融洽了。

▶ 变而思进稳阵地 新招频出建队伍

基础不牢，地动山摇。村党组织处在"美丽四都"建设的第一线，也是联系服务群众的"最后一纳米"，因此村干部队伍的建设十分关键。鲍景福一上任，就把村干部队伍建设当作"重头戏"来抓。

第一件事：民主治村，为民办事。首先，鲍景福依托党员活动室，完善了"三会一课"、党员固定活动日、党员联系户等制度；利用远程教育系统对党员干部群众进行种植、养殖培训，提高党员素质和群众的致富能力，一个具有坚强领导核心的村级党支部集体逐渐形成。其次，鲍景福充分让民主治村成为常态，凡是涉及村内设施建设、土地征用、财务收支等与村民公共利益有关的事务和热点难点问题，

■ 鲍景福带头拆除违章建筑

全部公开透明，由村民代表大会讨论决定，并在公开栏中张贴，接受群众监督。

针对村中年轻人大多外出打工，留守老人、孤寡病残老人较多的现状，鲍景福通过村民代表大会决定，为每条村道安装路灯，申报居家养老服务中心项目。这不仅让百姓老有所养，而且也让外出打工的青年人消除了后顾之忧。

第二件事：设岗定责，甘做一块砖。"共产党员是块砖，哪里需要哪里搬"。这是鲍景福在党员大会上常说的一句话。他告诫全村党员同志，党员是一面旗帜，是一份荣誉和责任，而不是吹嘘的资本，是付出而不是所得。针对村庄发展实际情况，鲍景福结合各个党员的特长设岗定责，做到每位党员都能够找到适合自己特长和群众信任的岗位。

如今，村党支部设立了传播知识岗、带头致富岗、维护秩序岗、落实任务岗、民主管理监督岗、倡导新风岗等多个岗位。党员干部也实实在在地发挥着战斗堡垒作用。在抗击暴风雨的时候，冲在最前面帮助百姓转移物资的是党员；发生邻里纠纷，第一时间赶到现场调解的是党员；村民遇到事情或难题，第一时间通知的人是结对党员。

▶ 进而谋远抓生态　"花样村庄"在路上

在第三个任期快结束的时候，鲍景福看着原先破败而萧条的小山村越来越有生机，看到宁静的小山村愈发显现出她的美丽动人，不仅喜在脸上也更定下了心，庄河村必须走绿色生态发展道路的思路在他脑中愈发明朗。

第一件事：让百姓有事做！庄河村是山区村，农忙之余群众基本就是在家聊天打牌，村里也提供不了更好的娱乐场地。鲍景福召开村民代表大会，大家一致决定新建文化活动中心。说干就干，项目处理好了，资金到位了，很快一座占地240平方米的村文化活动中心楼建成了。利用文化活动室，村民们茶余饭后纷纷走进这里，自娱自乐唱起山歌，学习农业知识等。鲍景福请来各类种植能手和专家对村民进行茶叶、香榧种植等方面的培训，部分农户也通过借阅科技书籍和远教光碟重新走向田间，拓展了种植业，过上了好生活。

第二件事：让百姓有钱可挣！一个人富不算真富，百姓都富裕才是真正的富

■ 鲍景福下地采摘蔬菜，及时将党员"爱心农场"的蔬菜供应给村中老人

裕。听说浙江省农业科学院的专家到四都乡指导高山水稻种植，鲍景福一下子兴奋了：这可是个千载难逢的好机会！因为自小在庄河村长大的他知道，村里有大面积的高山梯田，加上常年云雾较多，空气湿度适中，极易培育水稻。他马上联系四都乡的领导，邀请专家到庄河村实地考察。最终，浙江省农业科学院的绿色无公害生态有机水稻项目落户在了庄河村。村里还成立了老寨农农民专业合作社，创建了"老寨农"品牌，通过配套礼盒精包装，产品走进了高端市场，百姓的钱包更鼓了。

如今，鲍景福又把目光投向了生态旅游。在鲍景福的带动下，村民们开始了"花样村庄"的建设和云民宿的打造，他们要把绿水青山、云雾山景等生态资源变成真正致富的源泉！村庄环境整治了，茶园改造落实了，高山水稻规模化了，农旅结合的思路也敞亮了。

"好当家"鲍景福用他十年如一日的付出和不懈追求，赢得了村民们的信赖和尊敬。他说："于家庭，我有愧疚，孙子、外孙都读幼儿园了，但我没有时间照顾他们，也没有尽到做丈夫和做父亲的责任；但于村集体，我用心了，我尽到了一个农村基层干部的职责，每天坚持到村里办公，与百姓打成一团，我问心无愧。"正是这样一位朴实无华的村支书，用自己的实际行动，实践着入党时的誓言，向人们展现了一个共产党人的情怀和风范。

二

开拓创新、引领发展的
"领富型" 好支书

沈柏潮：身残志坚撑起一片艳阳天

文｜唐胜兰

▌人物名片▌

沈柏潮，杭州市桐庐县分水镇后岩村党总支书记、村委会主任，1964年7月出生，2007年6月入党，获评桐庐县残疾人自强楷模、桐庐县优秀共产党员、桐庐县劳动模范等；所在村获浙江省文明村、省卫生村、杭州市"清洁乡村"先进单位、桐庐县最清洁村、桐庐县新农村建设标兵村、桐庐县基层优秀党组织等荣誉。

走进分水镇后岩村，一条条整洁的水泥路相互交织，一座座农家宅院错落有致，村庄整洁美观。沈柏潮担任村干部这几年，使后岩村实现了从穷乡僻壤的山区村到美丽乡村的华丽转身。村民们知道，是身有残疾的沈柏潮把后岩村这个"家"当得如此"利索"！

沈柏潮的命运注定要比一般人曲折得多，但他身上有一股不服输的精神，不仅自己创出了一番事业，而且连任三届村干部，带动全村人奔小康。

▶ 一条残腿：命运坎坷不言弃

沈柏潮是土生土长的后岩村人，皮肤黝黑，中等身材，透着一股乡土味。8 岁时，他右腿摔伤，由于当时没钱医治，最终落下了残疾，导致走路"一高一低"。

沈柏潮原是社办企业（即"社队企业"，后更名为"乡镇企业"）的总会计，1994 年由于工厂倒闭，他和妻子一起下岗在家。当时，上有老、下有小的夫妇俩到处筹措资金进入商海，历经失败但并不气馁，三年后生意才开始风生水起。

2005 年，在外闯荡 10 余年的他回村里过年，这时的沈柏潮的事业已小有成就，可面对家乡他却心感苍凉：村里的变化不大，老百姓整天生活在脏、乱、差的环境里，走在村道上是雨天一身泥、晴天一身灰，村民的生活用水是肩挑的又黄又黑的井水……

这一年正好赶上村级组织的换届选举，沈柏潮自告奋勇地参加村委会选举。"后岩村养育了我，我只想为村里做点事，让大家过得更好。我可以不要一分钱工资，但是得先把村里的自来水管道接通，再把村道修好！"朴实的承诺深深打动了村民，他高票当选为村委会主任，2008 年又当选村党总支书记。

▶ 一种信念：当干部就要干事

这些年来，一个简单的信念始终支撑着沈柏潮不断前行：做一名干事的村干部。

不过，要做好一个村的当家人并非易事。给村民解决饮水问题时，沈柏潮便遇上了难题。当时，饮用水改造的预算是 20 多万元，但村集体经济收入几乎为零。为此，村两委班子成员有了分歧，反对改造的理由是：每家每户都有井，自己抽水可以解决饮水问题；也有人认为后岩村距离取水地有 5 公里远，工程量大，所需资金会比预算更多，该方案不切实际。但沈柏潮认为，这事关乎村民的日常生活，必须解决！他通过多方努力，说服了两委班子成员，让大家齐心协力地来解决自来水问题。

一回回，沈柏潮拖着残腿到村民家中做工作。一次次，他忍着疼痛联系有关部

■ 后岩村入村口已成为一道靓丽的风景线

门。最终，在县、镇及相关部门的支持下，后岩村筹集到了资金，村民们终于喝上了清澈的自来水。

沈柏潮刚当上村委会主任的时候，村里没有固定的办公场所，村委开会就像打游击战一样，今天在这个村干部家里开会，明天在那个村干部家里。这种状况既不利于村委会开展工作，也不利于村民们前来办事。沈柏潮当选之后，积极奔走、协调、争取，终于在2006年建成了后岩村村委办公大楼。

2008年，沈柏潮当选为村党总支书记、村委会主任之后，更加积极地与各部门沟通，争取资金。历时5年，规划新建的3000多平方米的村综合楼于2015年10月正式完工。该综合楼集办事厅、地下停车场、老年食堂、老年活动中心、文化礼堂、党建阵地为一体，设施齐备、功能齐全，使后岩村的基础设施、村容村貌等各方面都有了较大的改观。

▶ 一个愿望：让村民生活好起来

说起沈柏潮的好，村民康某一下子打开了话匣子。老人曾因为家里失火，全部家当连同房子付之一炬。当时多亏沈柏潮帮着办理宅基地审批，争取到困难人员补助，老人才住进了新房。

有一次，村子遭遇狂风暴雨，沈柏潮和村民一起连夜抢救财物并转移人员，忙完后回到家时，他的腿已肿得不行；实施垃圾堆放点改造工程时，他现场指挥，一站就是四五个小时，实在顶不住了，才搬张椅子坐下来歇一歇……让村民印象深刻的事其实还有很多。

沈柏潮任书记期间，着力完善公共设施，开展了庭院整治、桥头休闲公园建设、道路硬化以及道路两侧绿化等多项民生工程，为新农村建设和各项事业的发展添上一笔又一笔的靓丽色彩。现在的后岩村已今非昔比，硬件设施非常齐备，但沈柏潮认为"村里硬件好不算好，只有老百姓口袋鼓起来才是真正的好"。

后岩村经济基础薄弱，如何让村民致富，成为沈柏潮一直在思考的问题。他带领村干部一方面鼓励青壮年外出创业，一方面引导设立多个来料加工点，增加老人和妇女的收入，还主推标准农田建设，建成一个400余亩的蚕桑基地，村民的人均年收入得以逐步提高。

▶ 一份奉献：扶贫济困暖人心

沈柏潮在村干部的岗位上默默奉献的不只是美好的青春，还有满腔的热情和个人的财富。

沈柏潮在担任第一届村干部期间，把3年的工资报酬全部捐给了村老年协会，由后岩村老年协会利用这笔资金慰问老年人，并组织老年人开展各种活动。沈柏潮的这种行为感动了很多老党员、老干部，温暖了村民的心。他为全体党员树立了一面无私奉献的红旗，也为所有村干部树立了一个克己奉公的榜样。

沈柏潮还合理使用村里有限的集体经费，开展助学帮困等工作。不管是哪个村民家里办红白喜事，沈柏潮知道后肯定第一个到，送去慰问和关心，金额虽然不多，但让村民心里感觉很温暖。有村民考上大学之后，由于家庭困难交不起学费。沈柏潮了解情况后，除了个人对其进行捐助外，还积极向上级部门争取相应的助学政策。

沈柏潮虽然身体残疾，但是他有着积极热情的工作态度，也愿意为村庄的发展四处奔波。在村民看来，他是一位处处为村民着想的当家人，大家也相信沈柏潮会带领村民在致富的道路上奔向更加美好的明天。

如今的后岩村可谓是村貌悦目协调美、村容整洁环境美、村稳民安和谐美、村风文明身心美、村强民富生活美。10多年村干部的历程使沈柏潮深刻领悟到：身残不可怕，关键不能志残，要永怀一颗感恩之心，永怀一颗自强之心，好好地去经营自己的人生，好好地去把握生活的点点滴滴，才能活得精彩、活得芬芳。

林初平：为民书记的"三步棋"

文 | 方耀星

| 人物名片 |

林初平，温州市苍南县马站镇棋盘村党支部书记（2016年考取苍南县乡镇机关公务员），1977年1月出生，2004年6月加入中国共产党，获评温州市文化礼堂建设工作先进个人、市慈善工作先进个人、苍南县优秀共产党员、县法制宣传教育先进个人、县"四边三化"工作先进个人等；所在村荣获国家级生态村、浙江省慈善村、省卫生村、省党风廉政建设示范村、温州市十大最美生态村、市文明村、市森林村庄等荣誉。

　　"林初平书记想干事、能干事、干成了事。棋盘村这几年的发展变化，我们都看在眼里，喜在心头。说实话，我们从来没有像现在这样幸福过。"群众的眼睛是雪亮的，2016年大年初二召开的新春恳谈会上，老党员朱纯松一语道出了棋盘村的新变化，并对林初平大加"点赞"。

▶ 排忧解难赢得"民心棋"

2010 年 12 月 15 日下午 3 时，呼啸的北风裹挟着倾盆的暴雨，但棋盘村三楼会议室内却掌声雷鸣，满票当选的新一任村支书林初平正在发表热情洋溢的就职演讲。他没有用更多言语表达承诺，寥寥数语却让大家感受到满满的担当："感谢党组织与同志们的信任，让我们一起心怀希望，放飞梦想，真抓实干搞建设、齐心协力谋发展吧。"

务过工、经过商的林初平，非常清楚党建工作关乎农村发展的基础，党支部是农村建设的领导核心。当选后第二天，林初平便与村两委班子一起进村入户、访贫问苦，挨家挨户与村民促膝而谈，广泛听取了村民对棋盘村建设与发展的意见和建议，以拉家常的方式，拉近了干部与村民心与心的距离。历经 12 天的走访，林初平基本上摸清了棋盘村存在的各种问题、面临的困境以及群众平时在生活上、农事上的迫切诉求。他做好笔记，并进行了认真的梳理，变上访为下访，进一步占领了民心高地。至于怎么下好这盘棋，林初平也早已胸有成竹。

民心齐，泰山移。虽然党龄不长，但林初平具有较高的政治敏锐性。林初平常说：在这大众创业、万众创新的时代，农村党建工作不能墨守成规，没有两把刷子，怎么以党建引领新农村建设，怎么凝聚民心干大事？

多年来，他善当伯乐，悉心发现和培养"千里马"，发展了 18 位年轻党员，让年轻党员队伍成为建设社会主义新农村的主力军，更好地发挥了党支部在领导农村建设中的先锋堡垒作用。林初平身先士卒，成立党员志愿者队伍。谁家水龙头坏了、灯泡不亮了、煤气灶打不着火了，打个招呼，林初平和党员志愿者立马赶到，在棋盘村，他们热心服务群众的佳话不绝于耳。

2012 年七一党员大会上，林初平倡导成立了苍南县首个"党内关爱基金"，并带头慷慨解囊。首捐仪式上共募得 5.65 万元"红款"，对困难老党员、重病老党员给予了人文关怀，让他们感受到党组织温暖的同时，也增强了他们的组织归属感。为了让更多的外出党员能过上正常的组织生活会，他还建立了党员 QQ 群，每次开组织生活会，在外党员均可通过 QQ 群远程视频参会，不让任何一个党员成为"编外"党员。

■ 林初平在田间
地头了解大棚
蔬菜长势

▶ 精准定位下好"致富棋"

棋盘村地处半山区，域内面积为 1.13 平方公里；有 231 户共 1016 人，其中低保户、五保户共计 15 户，二级以上残疾 9 人；水田面积 420 余亩，除了种植水稻、大豆等传统作物外，还种植食用菌等经济作物；2010 年村民人均收入只有8530 余元，在苍南县是一个较落后的村庄。

棋盘村食用菌园区占地面积 106 亩，有 30 多年的双孢蘑菇种植史，可一直沿用着老工艺、老品种，机械化程度低，亩产不高，产业化发展缓慢。但食用菌种植无疑符合棋盘村的农业基础与地域优势，林初平历经无数次的思考、调研和论证，提出了"一村一品"的发展格局，决心大力做强做大食用菌产业。

2014 年年初，林初平带领 20 名种植户直赴东北考察学习猴头菇种植技术。由于双孢蘑菇与猴头菇同属食用菌，种植管理方法几近相同，而且猴头菇种植不属于劳动密集型产业，因此棋盘村食用菌产业转型也较顺利，增收明显，得到了农户的一致好评。2014 年 6 月，在林初平的四处奔波和多方努力下，村里通过招商引资成功引进了浙江康硕生物科技有限公司。公司投资 2000 余万元，在村里建成了集研发生产、经营管理、加工销售于一体的一条龙猴头菇产业链，并与江西某药业集团签订了成品菇"订单式"生产、点对点销售的合同。猴头菇项目不仅拓宽了棋盘村的农业产业结构，也为村民的增收致富提供了有效的保障。

马站四季柚享有"仙家名果"的美称，声名远扬，林初平带领村民先后开发了355亩无公害四季柚。另外，还开发了225亩大棚蔬菜……6年间，他一直带领棋盘村在奋发图强的路上摸爬滚打，上下求索，使棋盘村实现了人均收入从2010年的8530元到2015年的27500元、村集体经济收入从零到20万元的跨越。

▶ 因地制宜规划"生态棋"

棋盘村以棋为名、因棋而兴。500多年的象棋文化、千年古桥群、斑驳的清初四合院、四代单传的省级"非遗"——陈舜猜提线木偶，无不在诉说着千年来棋盘村的沧海桑田。深厚的文化底蕴、优美的田园风光、村民们期盼的眼神，激发了林初平全力以赴下好一着棋——美丽乡村建设。

2013年年底，在他的倡导下，棋盘村流转了41亩农业低效用地，投资450万元，建成集亲水栈道、广场、廊亭、音乐、灯光、水车、喷泉、莲花、垂柳、景观鱼及舞台于一体的乡村荷塘夜色主题公园，和集休闲、观光、娱乐、垂钓、农事体验于一体的浙南象棋文化主题公园，引得游客纷至沓来。两大公园带动了棋盘村民宿业和餐饮业的有序发展，同时也促进了农产品的销售。

近几年来，棋盘村的变化可谓是翻天覆地。2011年实施了小流域治理、农村生活污水治理、五水共治等工程，村容村貌焕然一新；2012年建设农家书屋、露天影院，丰富了村民的文化生活；2013年建成了占地面积23000多平方米的象棋文化主题公园，筑巢引凤，游客多了，村民的农产品销售也不成问题了；2014年实现了食用菌园区从种植蘑菇到种植猴头菇的华丽转身，亩产提高了，村民的腰包鼓了，就地就业致富问题解决了；2015年文化礼堂建成并投用，"村晚"首场秀让村民找到了满满的文化自信。

在林初平的带领下，棋盘村村民正一步一个脚印地朝着环境美、风尚美、人文美、秩序美、创业美的"五美"乡村创建目标砥砺前行。

王掌林："农"字做出大文章

文｜周 真

| 人物名片 |

王掌林，嘉兴市嘉善县西塘镇红菱村党总支书记，1963年7月出生，2000年11月入党，获评嘉兴市优秀村干部、嘉善县优秀共产党员等；所在村获浙江省全面建设小康示范村、省森林村庄、嘉兴市绿化示范村、市平安农机示范村、嘉善县先进基层党组织等荣誉。

为村里的发展奔走，王掌林的脚步总是那么匆忙，但脚印清晰地留在红菱村的万亩土地上。这位"心系群众、真抓实干"的村党总支书记，一步一个脚印，让西塘镇红菱村从一个负债村变成了发展强村，带领全体村民一起唱响幸福之歌。

▶ 大胆创新　开启致富之路

红菱村位于西塘镇西北角，由8个村合并而成，是个纯农业村，面积占了西塘镇域面积的十分之一。没有基础优势，没有产业优势，没有区位优势，2011年该村负债有三四百万元。在这样的困境中，王掌林当选了村党总支书记。

喊破嗓子不如甩开膀子。王掌林放下了家里经营多年的水泥制品小厂，一心谋划起"大家"的发展。在发展集体经济的过程中，王掌林遇到了很多阻力。上任后，他尝试了很多方法，建设标准厂房、公建配套用房……然而很多美好的设想，最终都因为现实的种种制约而"破灭"。"只有因地制宜，才能真正让村变强大。"王掌林最终选定了适合红菱村的农业产业发展道路，通过内强管理、外借政策，不断拓宽发展集体经济的渠道。

2011年，红菱村农技专业合作社成立；2012年，红菱村粮油专业合作社建立；2013年县供销社红菱村有限公司组建起来……一个个实体像一根根柱子，为王掌林大力发展农业产业筑起了扎实的平台。

王掌林除了处理村里的事务，还积极为村里争取相关的农业项目。红菱村建成了烘干育秧中心和粮食高产功能示范区，完善了农业一条龙式服务，为粮农提供育种、插秧、收割、烘干、销售等全程服务，实现农业服务性增收。在村集体承包的土地上，王掌林和其他村干部在处理好社会性事务后，经常到田间劳作，把集体的田当作自家的田，为的就是减少人工开支，多增加点村级收入。如今，红菱村在农业基础设施上的资金投入已经达到2500万元，村里的固定资产"水涨船高"。

村级集体经济强起来，才能更好地服务群众。王掌林将目标聚焦在村里的存量资产上，谋定而动，一场腾退低小散产业、实现低效土地再开发的"战役"，在他的指挥下迅速打响。刚开始时，一些小企业主不理解，对工作不配合。面对这样的情形，王掌林明白，一个合格的村党总支书记，一定要坚定信念、坚持原则，不怕得罪人、不当老好人，不回避、敢担责。他深入一线，晓之以理，动之以情，使企业主的思想逐步转变。王掌林还从亲戚朋友入手，让他们带头关停小企业，真正做到公平公正，让群众心服口服。这场"战役"最终取得了可喜的成果，红菱村腾退了70多亩低效用地，通过再开发，大大增加了村级集体经济收入。

■ 王掌林在村育秧中心向种粮大户了解标准农田质量提升项目的推进情况

在王掌林的不懈努力下，这个负债数百万的贫困村在他上任仅3年的时间内就实现了零负债，2015年村经常性收入更是达到了256万元。

▶ 凝聚民心　共建美丽乡村

如今的红菱村如同一幅优美的画卷：白墙黑瓦的民居，沿着宽阔的河道错落有致地排列着，房屋上的几处墙画展现了农村的新活力。画卷背后是王掌林对"美丽乡村"建设的深谋远虑——建设美丽的家园要资金保障、要凝聚合力、要具有特色。

网埭浜自然村是王掌林心中的"大石"。这个曾经幽静的村庄，常住村民有120户。社会发展带来了地方经济的兴盛，却丢失了河流的美丽。网埭浜沿岸搭建起来的违章建筑堵塞了泄洪通道，随意乱扔的垃圾更让河道成为天然的"垃圾场"，村里环境逐渐恶化。在详细调研拆违工作面临的难题后，王掌林决定重拳出击治理当地环境。

要治水，先聚力。王掌林和村干部一起，兵分几路，做起了群众的思想工作。说明河道整治计划，畅谈村里环境现状，展望家园美好蓝图……一次次走访，一次次交心，村民们的环保意识被唤醒了。曾经的走访工作"重点户"，纷纷成为治水工作中的"积极户"。从同意拆除家中的违章建筑，到帮助工作组上门做其他村民的思想工作，党员群众的支持让网埭浜的治水、拆违攻坚战迅速推进。

在村干部的努力和村民的配合下，网埭浜的所有违章建筑拆除了，河道疏浚清淤工作进行得顺风顺水。紧接着，王掌林在村里开展了"美丽乡村建设"先锋行动，带领党员签订先锋公约，带头认领责任区，打造网埭浜县级美丽乡村精品点。村里还配备了两名保洁员，进行环境卫生长效保洁。应群众的需求，王掌林还在网埭浜河道上新建一座九曲桥，方便村民出行。如今，这座九曲桥已经成为网埭浜自然村的一景。

美化庭院活动开展，成为村民房前屋后整治"新动力"；"文化礼堂"活动深入推进，营造建设美丽家园"好氛围"；文体队伍建设，丰富"美丽乡村"建设新内涵……一种文明健康的社会风气在红菱村升腾起来。

"人心聚，村庄才能美。"王掌林露出了笑容，心中的"大石"终于可以放下了。

■ 王掌林在网埭浜先锋站主持党员学习日活动

▶ 红色代办，党员帮你来办事

对于地域位置偏僻、村域面积较大的红菱村来说，泥泞、湿滑的道路，曾经严重影响群众生产生活，成了制约经济发展的难题。在民情走访过程中，王掌林深刻地感受到了群众希望改善道路基础设施的迫切性。

"我们村要完成村道路网的修建，大约需要修筑至少五六十公里道路，资金缺口很大。"面对修路的资金难题，王掌林带领村干部"开足马力"。一方面积极向上级政府争取农业综合整治项目资金支持，另一方面加大村里资金的投入。道路修筑时，王掌林每天必到现场，认真监督工程质量。"幸福之路"不断延伸，王掌林不仅把道路通到了农户的家门口，还通到了群众的心门口。

为了凝聚发展内在核心动力，红菱村立足争创基层党建先锋村，深入开展"联系不漏户、党群心贴心"活动，用好"民情在线系统"，坚持"四必到、四必访"，每名村干部全年走访所有农户2次以上。针对村域面积大的实际，王掌林还深化"网格化管理、组团式服务"模式，在网格内建起了10个党员先锋站。

"以前交个保险、办个证件挺麻烦的，一是路远，再是不懂办证流程。现在把资料交给村里的代办员就不用管了，在家等着就把事办好了。"村民薛某说道。这项名为"红色代办"的服务，受到了红菱村村民的交口称赞。

"红色代办"简单来说就是群众有事、党员干部来跑腿，这也是红菱村实施的一项新的党员服务群众机制。"虽然现在交通条件有了较大改善，但村民到镇上、县城办事，来来回回起码得花上大半天，既费时又费力。特别是一些上了年纪的老人，就更不方便了。而村干部代办可以省去很多麻烦。"说起开展党员"红色代办"服务的初衷，王掌林这样说。

村里按片区分布，培育了30名"红色代办员"，打造群众家门口的"便民中心"。"村民想要办理任何手续，可以直接把办理需要的材料送到村委会来，或者就近交给片区的红色代办员。"王掌林说着打开随身携带的笔记本：给低保户老张办理危房改造手续，复印低保证、身份证；给沈阿姨换新残疾证……一项项代办事项写得密密麻麻，这些民生事项也始终印刻在王掌林心上。

沈汉忠：主导"经济薄弱村"的嬗变

文 | 秦 夫

| 人物名片 |

沈汉忠，嘉兴市海盐县秦山街道秦兴社区党委书记，1962年12月出生，1994年12入党，获评嘉兴市优秀社区干部、市重大国际峰会保障服务工作先进个人、海盐县创先争优优秀共产党员、县十佳优秀村干部等；所在社区获嘉兴市文明社区、市民主法治社区、海盐县发展壮大村级集体经济十佳优胜村、县慈善社区等荣誉。

　　沈汉忠担任海盐县秦山街道秦兴社区党委书记的10年，正是开展秦兴村改居，承担国家、省级重点工程核电方家山50万伏扩建征迁、核电应急道路征迁、何家桥河道拓宽征迁等重点工作的关键时刻。他带着全体村干部耐心细致做好群众工作，确保各项重点工程的顺利推进，切实为民办实事，解百姓之忧，帮群众之难，为社区经济和社会事业发展辛勤付出，使秦兴社区发生了翻天覆地的变化。

▶ 誓要摘掉"经济薄弱村"的帽子

秦兴社区位于海盐县秦山街道中部，东临杭州湾，远眺秀丽的白塔山，秦山大道穿社区而过，交通十分便利。2007年以前，秦兴社区的集体经济年收入不足20万元，是个名副其实的经济薄弱村。怎样才能迅速改变现状是沈汉忠担任书记后主要思考的问题。

沈汉忠首先想到的是节流，但这就要从社区班子自身动刀。由于秦兴社区由两个村合并而来，仅留任的村干部就有十几人，再加上村机站管理人员、电工等工作人员多达20多人，微薄的村集体经济收入难以长期承担这些人员的工资。有几年村干部甚至要等到来年才能领到上一年的工资，影响了他们的工作积极性，从而也导致村民对村干部的意见越来越大。

沈汉忠明白，社区要实现发展，必须精简人员，事情再难也必须由自己承担。下定决心后，他随即对精简人员逐一做起思想工作，晚上还上门一对一谈心，不厌其烦地把社区的困难讲清楚，以求得这些老干部们的理解和支持。同时，沈汉忠想尽各种办法，主动帮助联系工作，让精简人员提前三个月找工作，并按在社区工作年限给予一定退岗补助。经过半年多的努力，沈汉忠终于顺利完成人员精简。随后，他在干部管理中推行岗位包干，进一步强化每位村干部的责任担当，既得到了村民的认可，也为秦兴社区实现集体经济的腾飞奠定了基础。

2008年对于社区来说，是一个非常重要的转折点。正当苦于经济发展"走投无路"时，秦兴社区迎来了一次机遇，即海盐县政府将对经济薄弱村进行新一轮的扶持。作为第二批经济薄弱村，秦兴社区得到了县政府提供的50万元资金补助，以及秦山街道25万元的配套补助。利用资金补助和优惠政策，加上位于钱塘江沿线的区位优势，沈汉忠竭力争取到了与浙江钱塘港口物流有限公司的合作。社区投资建造5481.3平方米的物流仓储中转站，交由钱塘港口物流有限公司承租，用于货物堆放。仓储物流中心的建设为社区每年新增45万元的租金收入，社区发展有了经济基础。

同时，沈汉忠紧盯发展机会，抓住一个又一个的发展项目。在社员的支持下，社区拿出51.5万元，对抵给秦山信用社的原万兴水泥厂进行返拍。拍得资产后，社区将动产部分转卖，将属于社区的不动产部分用于出租。这样一来，社区每年又可以增加 10 万元的收入。

就这样，在沈汉忠的带领下，秦兴社区不断地开源，积累起坚实的发展基础，朝着经济强村的方向逐步迈进。

▶ 坚持公益助人美村庄

沈汉忠十分重视村级公益事业的建设。上任后，他就抓起了村级活动场所建设，建造了乒乓球活动室、阅览室和篮球场，丰富了村民的精神文化生活。在基础设施建设方面，短短几年间，社区的到户道路硬化率就达 100%，使居民日常出行更为方便。社区还新建卫生服务中心，不断提高卫生医疗条件。

沈汉忠平时有句口头禅："只有我们把群众的急事放心上，群众才能把你记在心里。"这从他持之以恒地抓村级慈善工作就能充分体现。几年来，沈汉忠带领班子成员深入农户和辖区企业，与群众和企业主面对面沟通交流。针对在外创业的企业主，沈汉忠想方设法与之取得联系，将社区慈善工作的相关情况告诉对方，并动

■ 沈汉忠带领村民开展党员志愿服务

员其积极参与。通过宣传，三家在外发展的企业主均回乡捐款，一位远在深圳的企业主还委托朋友代为捐助。经过精心准备，秦兴社区成立了秦山街道首个村级慈善工作站，通过工作站这个平台，共募集慈善帮扶基金 142930 元。

为实现慈善工作的可持续发展，沈汉忠设计了"慈善捐助榜"，榜上公布了捐款企业名称，以及个人捐款 100 元以上的名单和捐款数额，其余居民捐款则以承包组为单位公布。"慈善捐助榜"公布在社区服务大厅外的醒目位置，不仅增强了捐赠人（单位）的荣誉感，更是成为向群众进行慈善教育的有效窗口。

同时，沈汉忠坚持践行"联系不漏户、党群心贴心"，每月的 5 日、10 日、15 日、25 日，他都坚持"三定直联"中心户。一到节假日，他就积极走访慰问困难老干部、老党员，平时只要知道有党员或承包组长生病住院，他都会带领班子成员前去看望。

一次，村里有个女大学生得了重病，因治疗花光了家里的所有积蓄，令这个原本就不富裕的家庭雪上加霜。沈汉忠得知消息后，马上发挥社区慈善工作站的力量给予慰问，同时将情况积极上报民政和慈善部门。经常一下班，就组织班子成员上门看望，进一步了解情况，并号召全体村干部及党员群众开展捐款，使这个因病致困的家庭很快得到了社会的关心和帮助。

▶ "就算只剩一名义工，我也会陪着走下去"

自省、市、县提出"五水共治""三改一拆""美丽乡村"等工作以后，沈汉忠总是第一时间召开班子会议，分析社区实际情况，制订工作计划，召开动员会议，号召全体村民积极参与。但这些年来，村民对经济利益更为重视，党组织是否还有过去的强大动员能力？经过一番思虑，沈汉忠决定身先士卒，他带领村干部放弃休息时间，冲锋陷阵作表率，干部带头在先，而后连片包组，动员各承包组党员行动起来，带动热心村民加入，营造出良好的社会氛围。通过全体班子人员及全体村民的积极参与，河道变清洁了，村庄面貌有了明显的改变。

如何才能持之以恒地把各项工作做好，如何才能动员全民参与把工作做实，这是沈汉忠新的思考。他多次组织党员和村民代表商议，拟定一系列工作措施，明确

■ 沈汉忠带领村干部参加农民运动会

各项工作任务。通过宣传动员、自愿报名的方式，社区成立了有20多名成员的党员红色义工队，他们通过志愿服务协助环境保洁。

沈汉忠更是亲自带头，利用节假日等休息时间，发扬不怕苦、不怕累的精神，通过清理河道、捡拾生活垃圾、打捞水中漂浮物等，以自己的实际行动，投入到村庄卫生整治的第一线，洁化周边环境，同时也增强了队伍治水护水的责任感和使命感，并带动更多的群众积极投身志愿服务中来。

红色义工队每月定期开展活动，一年来共清理了43个池塘、6条河道，得到了广大群众的好评。沈汉忠说："队伍是我号召建立的，我要对每个队员负责，只要是好事、群众拥护的事，哪怕以后只剩下一名队员，我都会陪着一直走下去。现在，义工队规模越来越庞大，说明这件事是做对了、做好了。"

自当选秦兴社区书记以来，沈汉忠勇于担当，甘于奉献。在他的带动下，秦兴社区摆脱了经济薄弱村的帽子，各项公益事业建设得到大力发展，正朝着富裕、民主、生态的发展道路稳步迈进。

朱永良：先锋书记的"致富经"

文 | 李夏洁

| 人物名片 |

朱永良，嘉兴市桐乡市濮院镇新联村党委书记，1972年2月出生，1993年3月入党，获评嘉兴市先锋书记、嘉兴市优秀共产党员、桐乡市优秀共产党员等；所在村获浙江省文明村、浙江省示范村便民服务中心、浙江省民主法治村等荣誉。

"永良啊，年纪轻轻，能干得很！我们村本来跟塘南比差好多，但是这几年越来越好了……"在濮院镇新联村，提及村书记朱永良，不少村民都会竖起大拇指。上任以来，朱永良凭借灵活的头脑、敢于担当的魄力，勇挑发展重担，从农民最现实、最迫切希望解决的问题入手，使新联村村级集体经济翻了7倍，把一个经济相对薄弱的村变成了远近闻名的新农村建设样板村、村民口中宜居和谐的"幸福村"。

► 村级集体经济驶上快车道

新联村位于桐乡市濮院镇运河北侧的原新生集镇，2000 年由联丰村和新生村合并而来，总面积 4.38 平方公里。

作为一个普通的农业村，曾经的新联村村级集体经济相对薄弱，2005 年村级集体经济收入不到 100 万元，农民人均收入不到 13000 元。但经过十几年的努力，2015 年新联村村级集体经济收入 791.1 万元，农民人均收入 25886 元，实现了翻番。

如此巨大的发展变化，村民们最要感谢的自然是村书记朱永良。在新联村，只要和村民一说起村书记朱永良，大家便称赞不绝。从 2005 年担任村书记至今，十几载春秋，朱永良取得的成绩是有目共睹的。

朱永良坦言，在上任初期，自己肩上的担子曾经压得他喘不过气来。如何才能成为一名合格的村书记，让村民满意呢？冷静思考后，朱永良决定优先发展村级经济。军人出身的他，身上有着一股敢为人先、开拓进取的冲劲与干劲。他认为，只有村里先富起来，才能谈发展，才能为百姓服务！

通过多次召开村班子会议，朱永良想出了两条切实可行的路子：一方面是组建村施工队，积极争取濮院地区的施工业务，将工程项目盈利纳入村级集体经济收

■ 朱永良与村民交流蔬菜种植技术

入。村里的施工队承包的项目有社会停车场、凯旋路人行道、政府停车场、香海寺前人行道等，2015年工程队收入达到200多万元；另一方面是在经济活跃度高的濮院镇区投入资金，跨村新建临街商品房，用租金扩充村级集体经济收入，2015年濮院镇房屋租金收入119万元，镇管资产租金收入17.38万元。

靠着一个个办法、一个个项目，新联村的"腰包"越来越"鼓"，也有了为百姓服务的本钱与底气。村民对这位年轻书记的认可度日益提升。但面对成绩，朱永良并不满足，他说："只要有条件有机会，我们还要争取其他工程项目不断壮大集体经济，使全村百姓更加受益！"

▶ 让"硬骨头"变成"香饽饽"

2009年，濮院镇启动"两新"工程（简称新市镇和新社区）建设，正当各村在仔细盘算"两新"工程建设成本这本帐时，朱永良抢抓发展机遇，大胆接下了这个试点工程，也就是从那个时候起，世纪新联作为濮院镇乃至桐乡市的样本，开始名声大噪……

如今的世纪新联，有着错落有致的排屋、绿树成荫的道路、整洁开阔的广场。走在小区里，很多人都会大吃一惊，纳闷城市里才有的高品位排屋小区竟然会出现在普通农村，而且家家户户竟然都是村里普普通通的农民！

就是这样一个人人向往的小区，在建设初期也遇到了诸多阻力与困难。进行新村建设必然要进行征地拆迁，拆迁工程浩大，涉及到农户的切身利益，若是进行不当，必然会引发村委会与村民之间的矛盾纠纷，这也是许多村都不愿接下这个任务的原因。

朱永良却敢于迎难而上，啃下了这根"硬骨头"。他说："我当时想，虽说建小区有难度，但其实农民谁不想住新房呢？只是每户家庭的经济状况不同，对于旧房和土地的赔偿要求也不一样。但村里八九成的农户家里的房子都挺旧了，只要我们积极向市里争取资金支持，在补偿政策上制定合理的价格，对新房制定合理的价位，同时对小区进行精心合理的规划设计，不怕没有村民来报名！"

抱着一份热情，怀着一股韧劲，朱永良带领村干部，从动员宣传，鼓励报名，

■ 朱永良与村民分享丰收的喜悦

实施征地，到开工建设，最后竣工交付，一路走来，付出了无数辛勤的汗水。但是，看到村民们终于住进了自己的梦想家园，圆了建房梦，朱永良露出了欣慰的笑容，村民获得幸福就是对他这位村书记最大的认可。

▶ 古朴村庄焕新颜

村里的"钱袋子"鼓了，村民的新房子建成了，接下来，朱永良将注意力集中到了提升整个村庄的整体环境上。

在村级道路建设方面，六七年前新联村几乎都是泥路、石子路，"雨天一裤泥，晴天一身灰"，给村民的出行带来了极大的不便。要致富，先修路，如何改变这个面貌？朱永良和村班子通过集体商量，决定通过多方筹措资金，以镇、村两级共同承担建设的方式，对村级道路进行全面改扩建。最后浇筑、硬化维修道路约10公里，解决了村民出行难的问题，全面实现通路到组到户。

2010 年，在村民的提议下，朱永良还向相关部门争取到了村交通主干道——中新路的改扩建项目。中新路是新生集镇的南北向主干道，许多村民每天早上都要通过这条路去上班、上学、就医、买菜，道路两边有商铺、幼儿园、卫生院，中新路的忙碌景象可想而知。由于路面较窄，交通流量较大，在高峰时段经常发生拥堵情况，交通摩擦也时有发生。

在朱永良的奔走和带领下，2011 年年底，中新路正式改造完毕，原本拥堵的道路变得开阔而整洁，村民们走在马路上都说"感觉心情都舒畅了很多，不再感觉那么'堵得慌'了！"

不仅如此，朱永良还积极实施河道治理与绿化种植，对妙智港、永兴港、凤南、凤北等近 1.5 万米的河道进行了治理，对小区、道路、河边、田野防护林进行绿化新种和补种，实现了村庄绿色化、农田林网化的良好生活环境。同时，在世纪新联小区建造 2 处集中污水处理池；聘请专业保洁员每天及时打扫清理，保持健康的卫生环境。

物质生活好了，朱永良又开始思考如何丰富村民的精神文化生活。2013 年以来，村里先后投入资金 500 多万元，建造了两个村文化礼堂。他想通过建设文化礼堂打造一个集学教型、礼仪型、娱乐型、长效型于一体的农村文化综合体，让其不仅仅是村民嫁娶设宴的办事场所，也是村里进行道德教育的有效载体。

"一朵彩云盛开在蓝天，一朵鲜花盛开在田野，一颗明珠闪耀在乡间……"在文化礼堂里，一群孩子正手拿歌谱，齐声欢唱新联村的村歌，他们不仅唱出了新联村的美丽，更唱出了自己对新联村的热爱。作为桐乡市首个拥有村歌的村庄，新联村的农村新社区建设实践着另一种别样的美。

谈起新联村的未来，朱永良胸有成竹，信心满满。他说，一是将进一步加强基层党建工作，带头争创基层党建先锋村，通过创新党建工作载体，浓厚党建氛围，凝聚人心、激发活力，提高村班子和全体村民的工作合力；二是将继续发展壮大村级集体经济，通过土地流转承包经营扩充村级集体经济，通过发展效益农业、物业项目、抱团项目等继续壮大村级集体经济；三是将继续优化环境，加强基础配套设施的建设，提升全村文明程度和村民文明素养，让新联村房更美、景更美、人心更美……

胡金璋：主导一个矿村的新生

文 | 范慧杰

| 人物名片 |

胡金璋，湖州市德清县洛舍镇砂村村党总支书记，1965 年 10 月出生，1986 年 5 月入党，获评德清县优秀共产党员、县优秀人大代表、县"双带"优秀村干部等；所在村先后荣获浙江省五星级民主法治村、湖州市先进人民调解委员会、湖州市文明村、湖州市生态村、湖州市农村信息化示范村、德清县先锋工程五好村党组织、德清县社会治安综合治理先进单位等荣誉。

  长期以来，砂村村一直是以发展农业经济为主，村级集体经济薄弱，村民更谈不上致富奔小康了。然而从 30 年前起，因为一个人，改变了一个村；也因为一个人，世人开始注意到这个名不见经传的小村。也许就如村民所言，砂村的命运就如"砂"字一样，注定了要和石头扯上千丝万缕的关系。

▶ 开矿谋发展　贫困村走上致富之路

砂村村地处杭嘉湖平原，依山傍水，北连太湖，西枕天目山麓，有东苕溪穿境，村地域面积 14.16 平方公里，拥有水田 2870 亩、桑地 718 亩、鱼塘 484.5 亩、林地 13260 亩。

靠山吃山，望着村里 14000 多亩的山丘，村干部开始动起了脑筋。在广泛听取群众意见后，村两委决定因地制宜，以全村的村民直接入股的方式筹集资金，对村里的矿山资源进行合理、有序的开采。

1984 年，胡金璋还只是一个不到 20 岁的年轻人，作为村委委员，他正式进入砂村村委工作。1986 年 5 月，当胡金璋还沉浸在父亲去世的悲伤中时，接到了上级让他接管矿业的任命。

"刚开始，矿山是承包给个人开矿的，但因为经营不善，亏损严重，所以决定由村干部接管这项工作，我当时就作为副矿长，负责日常管理，矿长则是由村主任

■ 胡金璋与村班子成员商量"和美家园"建设方案

担任。"对于初出茅庐的胡金璋来说，想要管理好矿厂并不是一件容易的事，毕竟之前的个人承包失败了。

抓质量、重销售，是胡金璋接管后的重点工作。他仔细分析了原先经营失败的缘由，发现产品质量不高、销售渠道单一闭塞是最主要的原因。找到症结后，胡金璋对症下药，便在产品质量上做文章。与此同时，他还积极拓宽石料的销售途径，成功将石料销往上海。当这个消息在圈内传开后，浙江周边地区的客户也纷纷来砂村村采购石料，石矿的销路渐渐打开了。

经过多年的合理开采，砂村村一度迎来了大发展：13个矿、29套机组、72个码头，连采矿落下的灰尘都被大家捧为"黄金灰"。村级集体经济收入大大增加了，村民们渐渐富裕起来了，家家户户盖起了小洋房，开起了小轿车，砂村村也从一个不知名的贫困村一跃成为远近闻名的富裕村。

▶ 闭矿寻商机　矿村重获新生

通过开矿，砂村人变得富有了，但是村里的环境却被破坏了。每天，来往不断的石料运输船将河水搅得十分浑浊，部分河道还因泥沙沉积而堵塞；漫天粉尘无孔不入，村民都不敢打开自家的门和窗户。

2013年，砂村矿山在德清县治理生态环境的号角声中，开启了关停的脚步。"开矿不是永久的，我早在和村民签署合同的时候，就和他们说得很清楚了，所以当政府要求闭矿时，我并没有觉得很惊讶。"面对闭矿决定，胡金璋显得很淡定，似乎这一切早在他预料之中。

为了能和谐闭矿，胡金璋多次召开会议，带领矿山企业主拆除矿山机组、码头，劝返外来务工人员。由于时间紧、任务重、难度大，胡金璋和村干部们一起加班加点，深入农户，多次利用休息日开展工作。石矿关停后，东苕溪岸边的码头也逐一拆除，原来满是泥浆的河流开始回归清澈。

烟尘和喧嚣远离砂村的同时，一个棘手的问题却摆在了砂村人的面前——新出路究竟在哪里？

那段时间，洛舍镇的干部和砂村村的干部到处奔走，积极帮助矿山企业主寻找新出路。当时，已经有一批砂村村的"矿老板"走出德清县，甚至走出浙江，转战湖北、江西、安徽、广西等地投资采矿业。胡金璋就带着他们去各地考察，寻找合适的场地，为"矿老板"的新出路出谋划策。

"有的矿老板想转行发展，我们就一起商量谋划，寻找新的商机。"胡金璋说。除了转战外地重新开采矿山的"矿老板"外，另有一部分人通过发展生态农业、办木皮加工厂等方式，纷纷转型走上了绿色发展之路，有的干脆办起了钢琴企业，成了洛舍镇钢琴产业大军中的一员。

▶ 转型美生态 既美了环境又美了生活

闭矿后，胡金璋首先想到的是如何将废弃的矿山基地变废为宝。2014 年 3 月，经过平整后的近万亩砂村废矿山，成了炙手可热的招商热土。"按照规划，矿山平整后引进的企业将需要配套 10000 多名员工，不仅给村里带来了大量的工作岗位，也将催生周边几个村庄的服务业。"洛舍镇相关负责人介绍道。

土地平整带给砂村的还远远不止这一个利好。"我们后来又陆续腾出了 2100 亩耕地，其中的部分土地已完成复垦，用于种植水稻、西瓜、玉米等作物，为集体经济带来了稳定的收入。"胡金璋说。

针对目前如火如荼的旅游休闲度假浪潮，胡金璋带领村干部认真分析了砂村村的历史文化和地理区位优势，建成了砂村村红色文化礼堂，积极引导村民开办具有村庄特色的农家乐，同时依托工业平台配套商贸房、宿舍等服务设施，搞活了农村经济从而达到创收。

2015 年 9 月 9 日，在德清县公共资源交易中心村级集体土地拍卖会上，德清县洛舍镇砂村村 20 亩村级集体土地 40 年的使用权，经过多轮竞价，最终由林国强以1150 万元竞得，落下浙江省集体土地入市第一槌。其中村民出资占股 41% 的商贸投资项目，也使村集体经济和村民都得到了很大的实惠。

长期沉睡的农村资本被唤醒，当地村民成了直接受益者。作为村里的一分子，洛舍镇砂村村党总支书记、村股份经济合作社董事长胡金璋，见证了村庄翻天覆地的变化。"我们实实在在地享受到了改革的红利，农地入市，也体现了我们砂村村

■ 胡金璋带领村干部检查村庄环境卫生

从原先矿山经济成功转向商贸服务业，为集体经济的增强注入了新活力，也为村民们增加了收益，为我们砂村的转型发展奠定了坚实基础。"胡金璋表示。

经济发展有了新出路，胡金璋和村干部又开始谋划如何还村民一个崭新的生活环境。"我们共投入了8000多万元来建设和美化家园。"胡金璋介绍说，村里9公里的村道经过柏油重新浇筑，显得平整、宽敞；从2016年10月开始，村里对10条河道进行清淤，并做了生态护岸工作；20多万平方米的绿化遍布村子的各个角落，相当于480个标准篮球场的面积。

自1997年当选为砂村村党支部书记以来的近20年时间，胡金璋带领村干部，充分发挥了领头雁作用，出色地完成各项工作任务。一分耕耘，一分收获，2016年村级集体经济总收入1450万元，村民人均收入29500元。目前杭宁高速洛舍互通已经开通使用，砂村与高速公路实现无缝对接。优美的风景加上齐全的配套，为德清砂村的招商引资增加了新的筹码，砂村商旅综合体项目也已经启动建设。如今，砂村人都说，"生活在砂村，真的很幸福。"

褚雪松：一手打造"蜗牛村"的村支书

文 | 沈卫强

| 人物名片 |

褚雪松，湖州市安吉县上墅乡刘家塘村党
总支书记，1972年12月出生，1991年6月
入党，获评湖州市优秀"党员创业中心
户"、市"三农"工作先进典范、市"十佳
农产品营销大户"、市高校毕业生优秀创业
项目优胜奖、安吉县优秀"党员创业中心
户"等；所在村获浙江省文明村、浙江省
卫生村、浙江省民主法治村、浙江省绿化
示范村、中国乡村旅游创客示范基地等
荣誉。

　　2010年，褚雪松在自己事业正旺的时候，经过选举进了刘家塘村村委，用他
爱人的话说，他想为村里做些实事，用他当初创业的激情在村里做出一番新事业。

　　在褚雪松的带领下，经过两年的美丽乡村建设，刘家塘村发生了翻天覆地的变
化，现在的刘家塘村已远近闻名，更有了个响亮的外号——"蜗牛村"。面对刘家
塘村的华丽蜕变，村民们纷纷表示，没有褚雪松，就没有刘家塘村的今天。

▶ 打造慢生活的"蜗牛村"

2013年换届选举，有着3年村委工作经验的褚雪松高票当选，村民们之前看到他像当初经营自己的事业一样经营村庄，所以相信并拥戴他，希望他能为村里做出新的贡献。就这样，在全村村民的期望下褚雪松走马上任，当起了刘家塘村的领头羊。

为了发展壮大集体经济，褚雪松想着把整个村作为一个景点来设计，打造刘家塘村特有的"品牌"。但他绞尽脑汁，却始终找不到合适的切入点，为此，他到处与人沟通、向人请教。

功夫不负有心人，曾经与村里合作过的一家创意公司建议，既然上墅乡的品牌是"天目慢谷·幸福上墅"，而刘家塘作为上墅乡的一个村，自然也是该做"慢"的文章。经此提醒，褚雪松立马有了思路，"慢"字最合拍的就是蜗牛，我们何不拿蜗牛来做点文章？说做就做，他立马召开班子会商讨落实此事项。经班子会讨论通过后，决定将原狮子石水库一带打造成"蜗牛谷"。

光有名字不行，褚雪松首先想到的是建设蜗牛爬行慢道。道路的建设涉及面广，涉及到5个自然村、80余家农户，由于村里集体经济有限，在没有征地款的情况下，拓宽拆迁成了最大难题。

当时，有很多农户想不通为什么要建设慢道。如何做好这些农户的思想工作，成了褚雪松的当务之急。"现在你家虽然没有车，但等以后有了车，拓宽的道路将会大大地方便你们的出行。"褚雪松带着方案挨家挨户地开展思想工作，"老刘，你家是经营农家乐的，慢道建成了，整个村域景区建设好了，你家的客人会大大增加的。"

经过褚雪松和村干部的轮番上门做工作，村民们终于明白了建设慢道的长远意义所在。最后褚雪松承诺除拓宽外，不破坏农户的一田一地。终于在三天内，所有涉及农户都签署了同意书。

慢道建设好了，蜗牛形象落地了，景区有了雏形，接下来要考虑的是如何把游客吸引过来。褚雪松想到了办节会的点子，他找到了乐一村乡村创意公司一起合作。在双方的共同努力下，成功举办了乐一村·刘家塘"谷粒节"。通过让游客们

■ 硒源合作社创新生产的竹酒受到国内外游客一致好评

体验传统方式的割稻、打稻，享受丰收的快乐，活动第一场就吸引了上百名游客。

经过两年的打造以及多场活动的开展，刘家塘"蜗牛村"的名号已经远近闻名。如今，褚雪松又开始琢磨如何将农家乐与休闲旅游捆绑在一起共同经营，将极具刘家塘村特色的美丽乡村经营模式不断深入下去。

▶ 办"合作社" 带领村民脱贫致富

由于近年来毛竹的价格越来越低，竹林的收入越来越不景气，刘家塘村的竹农们总是唉声叹气，褚雪松看在眼里急在心里。为了解决竹农面临的问题，增加竹农收入，褚雪松带领班子成员和竹农们走出去取经，对竹林的现状进行调研，对刘家塘村自身所具有的资源进行分析，并邀请专家出谋划策。

通过学习调研和集思广益，褚雪松决定牵头成立硒源竹笋合作社，吸收竹农们以山林承包经营权入股。刚开始竹农们害怕效益不好，入股的比例少，但看到先入股的竹农得到了实惠，大家都开始踊跃入股。经过这几年的经营，现在社员申报入社的山林面积已达到 4700 余亩，共有社员 136 户。根据不完全统计，目前参加合作社的社员和农户直接增收总计已达 130 多万元。

现在合作社的富硒竹笋达到了"国家级绿色食品"标准并注册了"宋家坞"商标，为长三角地区的广大消费者提供绿色环保、营养保健的高档富硒竹笋。与此同时，褚雪松还鼓励并带动农户种植富硒蔬菜、富硒番薯、富硒水稻等其他富硒产品，开拓增收来源。

▶ 强"民生基础" 提升居民幸福指数

村民们富裕了，褚雪松开始考虑如何让村民的精神生活丰富起来。凭借全省开始建设农村文化礼堂的契机，褚雪松组织发动村里老党员整理村史资料、带领村干部考察学习，并积极对接上级部门，争取各方资金，建筑面积 1388.9 平方米的文化大礼堂终于在 2014 年年底胜利竣工。

一天，村里的老党员张土根找到褚雪松反映："看着村里翻天覆地的大变化，村民们都得到了实惠，但村里的年老体弱的老年同志还没有落脚点。"褚雪松听说后，马上又开始了新一轮工作，准备给村里的老人们一个满意的交代。为此，褚雪松没日没夜地投入到居家养老照料中心项目的落实中，经过多方筹措和几个月的努力，村居家养老中心终于建立起来了。

说起基础设施，刘家塘的村民们最想解决的是生活污水处理问题。村民张某说："以前一到夏天，竹林以及河道旁就有一股怪味，因为附近农户的生活污水没地方处理，就顺势排到竹林和河道附近，不仅蚊子、苍蝇聚堆，还影响大家的生活和健康。"

2014年1月22日，安吉县正式启动"五水共治"实施计划，褚雪松抓住契机，决意把全村的生活污水一次性整治好。想法一提出，就遭到了村班子的反对。生活污水处理涉及全村农户，光是青苗赔偿的钱村里就拿不出来，而且上级政府又没有相关补助，村民还不一定欢迎，这摆明了是一件吃力不讨好的事。但褚雪松力排众议，认为不能因为有困难就放弃，一旦错过这个机会，以后处理生活污水只会更难。

最终，褚雪松力排众议，把决心变成了决定。可生活污水整治工程铺设的管道长，涉及到青苗赔偿的农户多，这一实际问题又摆在了褚雪松面前，虽然是惠民工程，但农户不配合，工作很难落实。

农村生活污水处理要安装一个终端设备，最后落实方案的地点是农户邱桂清的竹林地。刚开始邱桂清说什么也不愿意，但褚雪松为了说服邱桂清，再次发挥出他的钉钉子的工作作风，专门请环保、林业专家上门为邱桂清进行专业解说，并鼓励他发挥党员的先锋模范作用。最终邱桂清同意了，并且没要一分青苗赔偿款，刘家塘村顺利实现了农村生活污水处理的全覆盖。

在褚雪松的带领下，这些年来刘家塘村发生了翻天覆地的变化，不仅村庄发展打开了新局面，而且村民也逐渐富裕了起来。村集体收入从2013年的30余万元增长到2015年的165万元。美丽乡村精品示范村、美丽宜居示范村等项目建设快速推进，"一中心两纽带三片区"的村庄休闲旅游格局也逐步完善，还荣膺了"水环境优美村"等称号，刘家塘村真正成了幸福的宜居村。

何金灿：金灿灿的"梦"

文 | 王 丹

| 人物名片 |

何金灿，绍兴市诸暨市赵家镇东溪村党支部书记，1966年8月出生，1996年12月入党，获评诸暨市优秀共产党员、市农村基层组织建设十佳村官；所在村获浙江省农家乐示范村、绍兴市卫生村、市森林人家特色村、市民主法治村、诸暨市文明村等荣誉。

  桥通了、路宽了、灯亮了、村子里更整洁了……说起赵家镇东溪村的变化，村民们脸上洋溢着幸福的微笑，并不约而同地提到了村党支部书记何金灿，正是他给村里带来了这些新气象。自2006年担任村支书至今，何金灿成了东溪村的"当家人"、村两委班子的"主心骨"以及带动村民致富的"领头羊"。村民说，在何金灿担任村支书的这十几年里，东溪村迎来了大发展。

▶ 为家乡开启第二次创业

2006 年，诸暨市行政村调整，何金灿毅然决定回村。当时的东溪村存在着党支部凝聚力不强、新农村建设落后、村民收入低、矛盾纠纷多等问题。身边的朋友都劝何金灿专心经营好自己的企业就行了，没必要去接这个烫手的山芋，家里人还担心他会因为当上村支书而分心，从而影响企业的经营。

但是，为了心底深处那份难以抹去的浓浓乡愁，为了这片养育了他的沃土，更为了"我是党员就要为群众作出应有贡献"的初心，何金灿毅然回村，带领全村村民，开始了他人生的第二次创业。

当时的东溪村可谓是个各方面落后的"后进村"，何金灿接手村党委工作后，利用自身优势，多次组织党员干部外出考察参观，学习先进典型，东溪村党员的思想观念有了很大程度的转变。同时，何金灿制订了《村规民约》，发挥党组织和党员示范作用，提高服务群众的能力；筹建了照料独居老人的东溪村居家养老服务中心；每月固定几天为党员活动日，带领党员进行一系列志愿活动。

功夫不负有心人，在何金灿担任村支书的十几年里，东溪村实现了经济发展的大突破，一步步摘掉了"后进村"的帽子，2015 年，东溪村更是被确立为全国基层党建示范点。"后进村"早已成为过去，现在的东溪村，是名副其实的"先进村""示范村"。

▶ 小山村里的"一廊一路"

来到东溪村，游客都会对美丽的游步道和漂亮的廊桥印象深刻。这里溪水清澈、环境优美，不仅是村民休闲娱乐的场所，更是令无数外地游客连声称道、流连忘返的地方。这"一廊一路"的美景正是何金灿打造美丽东溪的一张金名片。

上任后何金灿做的第一件大事，就是对村内道路进行改造。由于规划的道路两边地势有高低，道路一侧地势较低的村民拒不配合改造工程，前几任村委每次都是做完前期测量工作就无功而返，而道路的改造工作也是一拖再拖。

何金灿深知，道路改造对于东溪村的建设有着基础性的意义，如果村内道路不

■ 何金灿向村民传授香榧栽培技术

改造完成，环境建设等其他工作都无从谈起。于是，他身先士卒做好群众工作，对一时无法理解的村民动之以情、晓之以理。另一方面动用乡情、亲戚朋友等各种社会关系，从外围入手做群众的思想工作。在一次次的解释和耐心的劝说之下，原本不配合的群众也纷纷表示支持，美丽乡村建设也终于迈出了坚实的第一步。

2012 年，村内公路改造完成，道路硬化、亮化和绿化也逐渐成形。看着越来越好的环境，何金灿心里充满了欣喜。但是，有人不经意的一句话，让何金灿的眼光落到了黄檀溪边。

一次，有位外地客人来东溪村参观游玩，在黄檀溪畔看到溪边一排破败的老房子时，客人对何金灿说："何书记，要是没有这排房子，你们东溪村就更美了。"

原来，东溪村是依黄檀溪而建，呈狭长状分布。溪水潺潺，散发着古朴静谧之美，但是美中不足的是溪边有 14 间年久失修的老房子，严重影响了整个村庄的景色美观。

何金灿将客人的建议记在了心里。建设美丽东溪村是何金灿一直以来的心愿。经过和村两委班子的一番商议，最终决定改造黄檀溪边的老房子，建设廊桥，打造东溪村景观带。

何金灿与村两委班子全体成员开始挨家挨户做工作，协调各方面关系，解决群众各类困难。功夫不负有心人，短短十几天就完成了涉及十余户群众的14间老房子的拆迁工作。

紧接着，村里陆续投入2000多万元，完成了6个标段的景观工程建设，包括山体游步道、观光平台、吊桥、亭廊及游步道路灯等改造工程。

如今，美丽山村里的"一廊一路"成为了东溪村的特色美景，拆旧建新、道路拓宽、绿化亮化，让这座古老的山村焕发出新的生机与活力。

▶ "三棵树"成了"绿色银行"

香榧、樱桃和茶叶，这三种作物世世代代在东溪村的山山水水之间扎根生长，已经成为村庄的标志。是否可以利用这"三棵树"让村民们发家致富？何金灿在积极思考、摸索后，开拓出了一条绿色经济发展之路。

从一年只有四五十斤的香榧产量，到驰名国内的"老何香榧"品牌，何金灿自己的创业史让他深知，地处山区的东溪村要想实现经济"突围"，根本点还得着落在发展生态农业上。于是，何金灿带领村民全力发挥东溪村的生态优势，做好香榧、樱桃、茶叶这"三棵树"的文章，将"三棵树"打造成了村民的"绿色银行"。

何金灿作为香榧行业的领头人，积极参与申请地理保护产品标志，引领村里的农民大力推进农业标准化。同时，村里注重挖掘香榧的文化内涵，以香榧森林公园为依托，吸引国内外游客来诸暨观光旅游，将香榧的品牌传播出去。

除了香榧之外，何金灿也不忘做好另外"两棵树"——樱桃和茶叶的致富文章。自2007年第一届赵家镇樱桃节落户东溪村以来，每年的樱花节和樱桃节，东溪村都会吸引大量的游客纷至沓来。东溪村是浙江省名牌越州龙井的原产地，山腰上的一片片茶园每年也会给东溪村的茶农们带来丰厚的收益。

"在各级党委、政府的关心下，东溪村的变化很大，村民的生活也逐渐好起来了。以前别人眼里的小山村，如今成了风景秀丽的旅游村，作为村民，我由衷地感到自豪。"何金灿说。

陈文云：逐梦"两山"的领头雁

文 | 蒋 挺

| 人物名片 |

陈文云，台州市天台县街头镇后岸村党支部书记、村委会主任，1970年1月出生，2009年1月入党，获评台州市先进党务工作者、天台县"实干论英雄"先进个人等；所在村获国家AAAA级旅游景区、国家级美丽宜居示范村、全国休闲农业与乡村旅游示范点、全国特色景观旅游村等荣誉。

任职近十年来，陈文云坚持以红色党建引领绿色发展，凭着一股子硬气、灵气、傻气、正气，带领党员群众大力发展乡村休闲观光旅游，探索形成了"红色党建＋生态文明＋共同富裕"的"后岸模式"，为老百姓带来了财富，赢得了群众点赞。后岸村如今已成为浙江省建设"绿富美"的排头兵，生动践行了"绿水青山就是金山银山"的"两山理论"。

▶ 从"卖石板"到"卖风景"

后岸村地处天台县街头镇西南部，2016年有农户348户，人口1203人，党员60人。从20世纪90年代初开始，后岸村靠着几百亩的石矿资源，家家户户打石板，做石板生意，据悉当时村集体的收入高达24万元，被当地人称作"街头的小香港"。

吃"石板饭"一度让后岸人过上了好日子，但也付出了惨重的代价——开矿的20多年间，全村石尘飞扬、噪音不绝，先后有129位村民死于安全生产事故或"石肺病"。2007年12月，新当选村委会主任的陈文云，干的第一件事就是向村党支部建议，狠下决心关闭石矿，改变村民"以命换钱"的生存方式。封矿的决定按照村级民主决策"五步法"通过后，断掉了一些矿场股东和部分村民的"财路"。不肯轻易放弃的他们找来铲车和挖机，准备偷偷开采。陈文云得知后，就一直守在现场，与他们软磨硬泡，直到用水泥和钢筋将矿口封死，才彻底关掉了石矿。

■ 陈文云带头参加党员自留地劳动

石板矿彻底关停了，如何带领村民致富，成了陈文云心中的一块石头。一次偶然的机会，他听说磐安县的乌岩村曾经也是个石头村，但现在村民已经靠办农家乐，在家门口赚到了钱。陈文云决定马上组织村两委干部和村民到乌岩村考察。多次学习考察后，大家达成了共识：咱们也可以这么干，准成！

为了打出名气、找到客源，陈文云又带领村里的党员干部，拿着厚厚的一沓推销资料，走遍了上海大大小小的旅行社……功夫不负有心人，陈文云终于成功签约了第一家旅行社，为后岸村掘到了"第一桶金"。从此，买石板的卡车和顾客不见了，换成了一批批前来休闲观光的外地游客；昔日尘土满天的后岸村不见了，恢复了山清水秀、柳绿花红的乡村风貌。后岸村正式走上了从"卖石板"到"卖风景"的转型之路。

▶ 从依样"画饼"到自己"做饼"

"他这个人特别能钻，只要听说哪里有好路子、好方法，他就赶过去学。"村干部和群众都是这样评价陈文云的。听说杭州农夫乐园办得很有特色，陈文云马上带人赶去考察。回来后，他立即着手办起了乡村大食堂、卡丁车、水上乐园等项目。

陈文云并不满足于依样"画饼"，他想着法子自己"做饼"。面对传统农家乐经营分散、收费标准不统一、服务质量良莠不齐的发展困境，他提出了"统分结合、公私共赢"的经营理念，注册成立了寒山旅游开发公司，实行"统一宣传营销、统一分配客源、统一服务标准、统一内部管理"的"四统一"经营管理模式。这种统分结合的经营模式，一方面有效避免了村民之间恶性压价竞争的问题，另一方面让游客游玩在山水、采摘在田园、吃住在农家，体验生态美景和农耕乐趣。

2016年，后岸村共有74户农家乐，床位1800余张，村民人均纯收入由2011年的6000余元增至现在的35000元，村级集体经济也年年以近乎翻番的速度增长。

2013年年底时，陈文云高票当选村党支部书记、村委会主任，实现了"一肩挑"。"对我们村来说，党建抓实了就是生产力、凝聚力和战斗力。"陈文云说。后岸村把党群服务中心和游客集散中心融合在一起，推动党建融入发展，实现党员与群众共享党建红利。看到后岸村上上下下这股子干事创业的热情，各级党委、政府也整合各方力量参与共建，组建了一支由"第一书记"、农村工作指导员、联系领导等组成的"强基惠民村村帮"帮扶团驻村帮扶，各部门也纷纷把项目、资金、人才、信息带进来，与当地群众一起，齐心协力共筑"后岸梦"。

如今，后岸村已经从学标杆变成了做标杆，辐射带动张思、金满坑、寒岩等周边村竞相发展乡村休闲旅游，成为浙江省乡村休闲旅游领域一块响当当的牌子。

▶ 既赔时间又赔钱的"傻当家"

"有亏先吃，有利要让，村民和集体的利益要永远摆在前面。"陈文云这么想的，也是这么做的。回顾后岸发展历程，每当困难多、风险大时，陈文云就带着党员干部先上先干，给大家做示范；等收益稳定了，前景明朗了，党员干部们又主动把发展红利让出来。

2009年年初，发展农家乐的提议经党员大会审议后，第一次由村民代表会议进行表决，可结果大大出乎陈文云预料，村民代表支持的很少，可谓"全军覆没"。办农家乐真的有生意吗？面对群众的质疑，陈文云等村干部凭着一股傻劲儿，"怂恿"陈逢地等7名党员率先办起了农家乐。慢慢的，村民们见效益不错，就纷纷从"站着看"变成"跟着干"，不仅400多名外出打工的村民回来了，还吸

■ 陈文云走访
开办农家乐
的村民

引了 150 多名外乡人前来"捞金"。

村里刚办农家乐时，有些村民担心陈文云如果自家办了农家乐，就会把游客往家里拉。陈文云敏锐洞察到村民的这一担忧后，在村民代表会议上明确表态：大家要我带头办，我就办，不同意我办，我就不办！这些年，陈文云带富了村民，自己却始终没有单独经营农家乐，为的就是让村民看到"公平"二字。

2009 年年底，陈文云提议开办一家村级的农家乐，但村民们并不赞同他的提议。"我个人垫资，不计利息，还钱不设期限。如果经营得好，利润归村集体，亏了算我个人！"此话一出，村民们沉默了，同意了他的决定，陈文云的"傻气"也随之声名远播。

在陈文云的带领下，后岸村党员干部群众都心甘情愿跟着一起"傻干"。几年来，他创设了"党员先锋行，共筑后岸梦"的载体，推出"党员工分制"。每月 15 日党员固定活动日的时候，组织党员义务投工投劳、开展志愿服务。2012 年，为承办全国首届老年气排球邀请赛，陈文云带领全村党员干部义务劳动，夜以继日地赶工，短短三个月时间就建成了 2300 平方米的多功能体育馆，被组委会评价为"后岸速度""后岸质量"。

"大事小事都要管，既赔时间又赔钱。我这个当家人在村里的威信提高了，可是在家里的地位却大不如前了……"但看着眼前正在发生翻天覆地变化的后岸村，陈文云的脸上还是写满了自豪。

后岸村的美丽蝶变，是浙江省新农村建设的一个缩影。后岸的发展经验，生动诠释了农村"领头雁"们在引领发展中的"主心骨"作用，充分印证了"党建＋"工作方式的强大生命力。如今，村民的钱袋子鼓了，乡风变文明了，百姓的幸福感也提升了，曾经看似难以企及的"生态梦""致富梦"也正在慢慢变成现实。

何伟峰："杨梅书记"为村民铺平幸福路

文 | 李 峰

| 人物名片 |

何伟峰，丽水市缙云县舒洪镇仁岸村党总支书记，1970年2月出生，1995年12月入党，获评丽水市优秀党务工作者、市百姓喜爱好支书、市新农村建设先进个人、缙云县优秀共产党员、县优秀人大代表、县最美治水人等；所在村获丽水市绿化示范村、市生活污水治理先进村、缙云县绿化示范村、县"五水共治"优胜奖等荣誉。

　　"杨梅书记""以地换木""仁岸速度"以及"567"工作模式等一个个故事在缙云大地上流传，而这些故事都指向一位努力为村民幸福铺路的人——缙云县舒洪镇仁岸村党总支书记何伟峰。20岁担任村委会主任，26岁接任村党支部书记，如今何伟峰担任仁岸村双委主职干部已有20多年了。何伟峰说："大家选我，正是看中我'初生牛犊不怕虎'的干劲！"

▶ "杨梅书记"趟出致富路

走进仁岸村，漫山遍野的东魁杨梅，会让每一位来访的游客赞叹不已。谈起这个，村民们都说，多亏了何伟峰当初独到的眼光和超前的理念，才使他们走上了发展特色产业的致富之路。因此，何伟峰被村民亲切地称呼为"杨梅书记"。

然而1990年的仁岸村还是一个产业结构单一，人均年收入仅有600元的穷山村。为了让村民尽快摆脱贫困，过上富裕的生活，颇有经济头脑的何伟峰与村干部精打细算后，决定引种当时仅出产于仙居的东魁杨梅。

这时，有的村民却犯起了嘀咕：因为种植的杨梅需5年后才能产果，回报周期较长，而且收果期仅10余天，易受天气因素影响。所以刚开始，只有少数人引种了500亩杨梅。为了发动村民，何伟峰率先砍掉了自家的老杨梅林，自掏腰包修筑了直通山顶的"杨梅山路"，以方便村民运输和售卖杨梅。

1991年，正好赶上缙云推行"一村一品"政策的顺风车，镇里要求各村发展特色产业致富，很多村民在何伟峰的带动下，也纷纷种上了杨梅。

起初，仁岸杨梅的产量、甜度一直难与仙居杨梅比肩。而且因摸不透杨梅的习性，刚开始几年杨梅的收成很不理想，很多村民发出了质疑的声音，甚至有的村民还动了砍掉杨梅树的念头。

何伟峰意识到只有农业技术才能解决难题，他就厚着脸皮到处"求医问药"。2001年，何伟峰找到了刚刚进驻舒洪镇的农技站站长陈岳强，和他组成了"最佳拍档"。两人常泡在杨梅山上，讨论商量如何改良杨梅品种。为了避免使用农药，他们选择了生物灭虫灯和人工方式生态种养；采用疏果技术，将每棵果树的结果数控制在杨梅甜度最高的水平线上。

功夫不负有心人，杨梅甜度的提升助推了价格的高涨，村自主品牌"仙仁杨梅"的售价也从两三元每斤的低价，一度涨到最高可卖50多元一斤。从2008年商标注册起到2012年，"仙仁杨梅"还两度荣获浙江省农业吉尼斯擂台赛上"浙江最甜杨梅"的荣誉。

随着杨梅的知名度不断扩大，外地收购商贩逐渐增多，细算了投资效益，何伟峰又开始谋划建设杨梅市场。2015年，何伟峰立足长远，带领村民再度出发，在

■ 何伟峰指导村民如何种植杨梅

盘溪堤岸滩涂上建起了占地4亩的杨梅交易市场。不到两个月，一座崭新的杨梅市场矗立在穿村而过的盘溪北边，并成功举办了仁岸村第一届东魁杨梅节，吸引了上千名游客入园采购。

如今，仁岸村的杨梅成了农业支柱产业，种植总面积达5000亩，盛产面积超3000亩，2014年村民人均年收入超过3万元。可是何伟峰的皮肤却由白变红，由红变黑，活脱脱像一颗个大味甜的东魁大杨梅，村民们也因此称他为"杨梅书记"。

▶ "以地换术"开拓美丽乡村

"仁岸村以前的村貌真的是不敢恭维，简直可以用脏乱差来形容。"何伟峰坦言。是什么改变了仁岸村的脏乱差现象，成为了美丽乡村的样板村？原来，何伟峰有他自己"巧"干的一面。

起初，仁岸村的基础条件较差，经济底子薄，防洪堤两岸建设面临后期缺少绿化资金的问题。为此，除了村干部自己先"贴钱"，何伟峰开始寻找新的融资模式。

2014年8月，何伟峰找到了大源育苗场并达成"以地换木"的合作协议。按照协议规定，由仁岸村出资对土地进行整理，育苗场则负责设计，并免费提供苗木在规定地块进行种植。两年内，当村集体资金充裕时，可以以种植时的市场价格分区块进行收购。两年后，没有被村集体收购的苗木，育苗场可以进行买卖，但是土地不能留白，需要种上新的苗木，完成绿化修复。而且苗木所有权归谁，谁就负责养护和施肥。

"我们一拍即合。"大源育苗场负责人李国林说，他有200多亩苗木，随着年限增长，苗木需要移植，移植就需要场地，租地就需要费用。"以地换木"刚好解决了这个问题。

何伟峰不花一分钱就让全村12亩的河岸和村边地块装扮一新，绿意盎然。"以地换木"的模式不仅化解了防洪堤项目的"绿化危机"，解决了"六边三化三美"工作中资金卡脖子的"美丽难题"，还实现了"政府减负担、苗圃免租费、村子添绿色"的多方共赢。搁在从前，要想完成全村'六边三化三美'，村里至少需要先拿出70多万元。现在，防洪堤公园已成为仁岸村乃至附近村庄村民饭后散步的好去处。

在巧解美丽难题上，何伟峰可不止做了这一件事情。为了节省资金，仁岸村从村干部和村民代表中挑选人员，专门负责采购，常常货比三家，择优购买；拆除违建废弃的条石，用于花园建设；就地取材，用竹子造围栏；废旧水电站成了博物馆和办公室；竖过来的水泥管子造就了池塘中心岛……

依托仁岸村打造的良好生态自然环境，何伟峰还带领乡亲们搞起了农家乐和民宿产业，让这里良好的环境面貌和村风民风换来实实在在的效益。何伟峰说："要让美丽经济和美丽乡村真正结合到一起绝不能满足于'外表光鲜'，一定要将产业发展与农家乐和民宿相结合，以开展采摘游等形式，多渠道增加致富途径。"

▶ 率先垂范争做"美丽党员"

"村干部不是一个职业，而是一份责任。"正值壮年的何伟峰从1990年开始担负起全村"大管家"的重任，其中有过许多不为人知的曲折和苦恼，但直到今天他还依然坚守在自己的岗位上，说到底还是因为这沉甸甸的"责任"二字。也正是这份责任，何伟峰始终保持着一个共产党员的先进性，心系群众、为民服务、廉洁奉公、以身作则。

村里建设资金短缺，何伟峰就自掏腰包，拿出数十万元先行垫付，不够的部分与施工单位协商。"虽然建设资金的短缺很令人头疼，但为民惠民的建设刻不容缓。"何伟峰毫无退缩之意。

"农村党员队伍建设的好坏，直接关系到党在群众中的威信、地位，"何伟峰经常这么说，"现在的仁岸村党总支由原先的仁岸、清井湾、半衣坤、季坑4个党支部撤并组建而成，由于党员较多，很多党员互不认识，很难起到相互监督、批评等

■ 何伟峰带领党员管护"党员先锋林"

101

作用，同时在一定程度上也存在着'小支部'观念，使党员对村集体发展的关注度和参与热情淡化。加强党组织建设，组织党员活动，一来可以增强'大支部'观念，提高党员的集体意识和荣誉感，二来可以加强党员思想教育，提高党性修养，为党和人民群众贡献更多的力量。"

在何伟峰的带领下，仁岸村村两委成员和全村党员团结一致，众志成城，每个人都积极投入到全村各项公益事业工作中。村里建设防洪堤，党员主动退地；通村道路建设，村民自行拆除了简易房；村庄整体绿化，村民自觉无偿捐献机动田地……

何伟峰，就是这么一个草根的"杨梅书记"，他舍小家为大家，把自己全身心泡在美丽乡村的建设里，展现了一名共产党员无私的情怀，把村民带上了致富的康庄大道。

三

勤思笃行、艰苦创业的
"善治型" 好支书

陈宏伟：一个农村社区书记的"规矩"

文 | 郭秀勤

| 人物名片 |

陈宏伟，杭州市西湖区转塘街道横桥社区党支部书记，1967年8月出生，2009年7月入党，获评浙江省G20杭州峰会工作先进个人、杭州市"双百"优秀乡村干部、杭州市西湖区优秀共产党员、区最美西湖社区工作者、区西湖好书记等；所在社区获杭州市西湖区五星级社会服务管理中心、区小康村、区三星级民主法治社区、区安全文明村、区新农村等荣誉。

"规矩"不离口、办事老道的陈宏伟，在上任的1个月内就把原本分成两派的社区班子拧成了一股绳；4个月内，他带领班子解决了浙江音乐学院周边397座坟地的搬迁难题；上任的当年，所在社区先后荣获美丽乡村建设先进单位等10多个奖项，成为转塘街道2013年度获奖项最多的社区。这些变化的背后，都倾注了社区党支部书记陈宏伟的心血。论起从政资历，陈宏伟担任党支部书记才不过3年时间，但他能把工作做得风生水起，让村民都夸他"守规矩、讲仁义、肯吃苦、有办法"。

▶ 一拳"砸"出了团结

1983 年，16 岁的陈宏伟就前往无锡闯荡。2006 年，他与大舅子合股开了一家建筑公司，在当地算得上是个小有名气的企业家。

2013 年，横桥社区面临班子换届选举，社区多数党员推荐他到社区当支部书记，但其实家里却是一片反对声。爱人说，你管那摊闲事干什么，将来肯定后悔；爸妈说，社区做事没那么容易的；大舅子最不乐意了，吵嚷着说公司业务没人管了。顶着质疑和不解，陈宏伟最终还是选择服从组织的安排。在这次社区选举中，陈宏伟获得了 39 张选票中的 36 票。

陈宏伟刚上任没多久，在一次社区班子会议上，两位成员竟因一句流言争吵起来，边上的另外两个社区班子成员非但不劝架，还各自帮腔。这时，陈宏伟一拳砸在桌上，吼着"开炮"了："团结就是力量，要是连 6 个人的班子都捏不拢，今后怎么干事？我们都是大家选出来的，肩上是有责任的，心里没有一点规矩，谁还配坐在这里？"这一番慷慨陈词，说得原本冒火的双方都觉得愧疚了。一来二去，以前总闹矛盾的社区班子，渐渐被陈宏伟整治成了一块"铁板"。

对于社区工作人员，陈宏伟制定了严格的绩效考核，用他的话说"干得好奖励，干得不好回家！"另外，陈宏伟还认准了一个理，那就是只要按规矩办事，大家就会心服口服。上任以来，他牵头制定了 10 多项工作制度：每周一次例会，每月一次党员大会，每季度一次股民代表大会，每半年一次总结会；会场里不许接电话；不能参加会议的人员必须提前请假……对于每一条规矩的执行，他都动真格地落实下去。

"干部有威信，才能办成事。"陈宏伟说。如何确立威信，那便是首先要自己守规矩。

▶ 要时刻把规矩装进心里

2015 年 4 月底，陈宏伟参加了转塘街道的一次紧急会议，会议的议题是要在当年 9 月浙江音乐学院开学前解决山体白化问题。按农村"五黄六月不做大事"的

■ 陈宏伟巡查辖区内的河道卫生

风俗，迁坟需等到农历七月初一以后。陈宏伟不禁倒吸一口凉气：这肯定来不及了。于是，他立刻召开班子会议，决定分组行动。当天下午举行的党员和居民代表大会上，他第一个签下祖坟迁移承诺书，并劝导社区干部、党员和居民代表带头表态。

在一次次上门走访动员的过程中，别人指着他的鼻子开骂，他只有赔着笑脸；别人闭门谢客，他拉着一群亲戚、朋友，上门软磨硬泡地劝说。

有诚心、有耐心、不灰心，一来二去，陈宏伟还真说服了不少人。有一户陈姓人家，祖坟的迁移需要涉及13个堂兄弟101人，陈宏伟和社区班子成员前前后后去了27次，终于签下协议。曾有人想借机牟取利益，可他一句"按规矩办事，少一分不行、多一分不给"，硬是端平了一碗水。在他的带领下，社区班子成员在4个月内动员居民搬迁祖坟397座。

拆迁被称作天下第一难。2014年，陈宏伟在重点项目A-01-02区块的拆迁中再一次遇到了棘手问题。拆迁对象黄某的妻子身患残疾，家人担心拆迁后安置问题没法解决，执意不肯签字。但令黄某想不到的是，不久之后，陈宏伟不但带来了拆迁协议，还安排他的妻子入住养老院。有了医生护士照顾等系列的"解决方案"，黄某终于在感动中签了字。

社区要发展离不开集体经济。陈宏伟发现社区还有很多拖欠多年的承包款未结清，多的有50多万元，少的也有几百、几千，于是他就下决心催收欠款。几经权衡，陈宏伟决定从欠账大户渤兰湾农场入手。他晓之以理、动之以情，并拿出租地合同，以法说事、据理力争，终于收回了欠款。随后，其余的欠款也全部收齐，硬是填上了这个"大窟窿"。从此，拖欠集体款的事情再也没有发生了。土地出租、厂房招商、合作开发留用地……他上任以来，社区的总收入从2013年的1300多万元增长到现在的1800多万元。

▶ 办好居民的事是铁规矩

农村有在自家门口办红白喜事的习俗。横桥社区整村拆迁，农民变成居民住进了楼房，没了房前屋后的院子，而规划中的红白喜事用房还没建成，居民急得直跺脚，冲着陈宏伟直倒苦水。群众的急，让陈宏伟很自责。他暗下决心，哪怕不睡觉也要把事情办好。

2013年年底，社区建成了操办红白喜事的场所，还配套盖起了四星级公共厕所；老年活动中心的破桌椅全部换新，还配备了电视机；残疾人康复中心每周三下午开门迎客；小区门口的空地变成了健身苑……

社区里没有工作的居民总喜欢有事没事往社区办公楼跑，吹牛闲聊，一泡就是一整天。陈宏伟觉得这既影响工作又带坏了社区的风气，就千方百计地帮助这些人找工作。他上任以来，帮助30多名下岗无业人员走上了再就业之路。"炳荣的儿子现在开挖机，阿贵的儿子在房产公司当司机，小土家的去了公交公司……"说起村民的就业故事，陈宏伟扳着手指一一列举。如今，社区风气好、有秩序，干部忙着做事，来社区办公楼闲聊的无业居民也很难见到了。

由于工作认真负责，做事公平公正，陈宏伟与群众的关系更"铁"了，但烦心

■ 陈宏伟慰问退休老党员

事也来了。过年过节，总少不了居民邀请他一起吃饭。"要是去吧，影响肯定不好；不去吧，大家都是街坊邻里，会伤了他们的脸面。"于是，陈宏伟就给自己定下了一个规矩：要是经常来往的弟兄请吃饭，他就拉着他们到家里吃几个家常菜；要是遇见非拉着往饭店去吃饭的村民，他中途就先把账给结了。

2014年春天，社区公开招聘会计，陈宏伟两个侄媳妇的条件都够得上。可他把脸一板："谁不知道我们是亲戚，你俩要是报了名，哪个会相信招考是真公平的？"陈宏伟硬是不让她们报名。"我们自己委屈，却能换来大家的信任，还是值的。"为此，他也没少被自家人埋怨。不过，侄媳妇的工作他也一直记挂在心上。侄媳妇要开店，陈宏伟帮着选地址、出主意。最终，亲人们还是理解了。"在社区工作，总要做出点牺牲。"这是他常对家人说的一句话。

作为一名普通的农村基层党员干部，陈宏伟每天从事的工作平凡而琐碎，却与横桥社区每位居民的柴米油盐紧密相连，凭着上千个日日夜夜的操劳和付出，他逐渐树立起了一名基层党员干部敢担当、重实干、有作为、讲廉洁的鲜明形象。

黄宝康：邵家丘村的"凤凰涅槃"

文 | 张旭鹏

| 人物名片 |

黄宝康，宁波市余姚市临山镇邵家丘村党总支书记，1963年1月出生，1998年1月入党，获评浙江省美丽乡村建设突出贡献奖、浙江好人、宁波市劳动模范、最美宁波人、余姚市劳动模范、市优秀共产党员等；所在村获浙江省文明村、省卫生村、省绿化示范村、宁波市全面小康建设示范村、市生态村等荣誉。

如今，走进余姚市临山镇邵家丘村，仿佛徜徉在一个公园里，有着一条条平整的水泥路，道路两旁是整齐的树木，绿树掩映下是一户户别致的农家小院。曾经，这里垃圾遍地、草棚乱搭，是集体经济欠账多、群众意见多、打官司多的"三多"村庄。用当地村民最朴实的一句话来说，这一切的改变，是村党总支书记黄宝康用13年的心血换来的。

▶ 走马上任"三多"村

难以想象，邵家丘村曾经是远近闻名的矛盾复杂村：集体经济欠账多、群众意见多、打官司多，且人心不齐。而在最近13年间，邵家丘村不仅获得了省、市的各种荣誉，还是最早推行"道德银行"的村庄，诚信友善蔚然成风。说起邵家丘村"凤凰涅槃"的故事，村民心中的故事主角必然是他们的"宝康书记"。

2004年10月20日，刚由邵家丘、沈家丘、哑潭三村合并而成的邵家丘村面临党支部换届选举，这个远近闻名的"三多"村的村支书人选成了一个烫手的山芋。当时，党员们把选票都投给了黄宝康，一致希望他出任新一届的村党总支书记。

刚开始的时候，黄宝康对当村支书并不"感冒"。当时，正当壮年的黄宝康和妻子办着一家纸塑彩印厂，一年有近2500万元的产值，过过小日子是绰绰有余了。大家之所以看好黄宝康，最主要的还是因为他人品好，在村里威望高。

当上村支书后，面临的困难远比黄宝康预想的多。很多村民对村干部的工作并不理解，黄宝康就和村干部一起，挨家挨户地将哑潭片的302户农家走了个遍，摸清了村情民意，也感动了造路拆屋要赔偿的11户农户。

村里刚竣工不久的800米长的三队江河道整治工程是近年来投资较大的项目。在修整河道时，有一段400米长的河岸土质不好，临岸的7户人家的房屋出现了地基下沉的情况，并且可能有坍塌危险。这时，邵家丘村面临是否要对这几户人家进行赔偿的问题。

"赔偿就要定标准，大家很可能会为维护自己的利益而争吵。最终，不但邻里关系搞坏了，标准也拿不出来，工程更是进行不下去。"在黄宝康的劝说下，这几户人家都放弃了赔偿要求，自己重新拆建了临河的部分房屋。村民何建良就是其中一户，他之所以放弃赔偿，最大的原因是"相信宝康书记"。何建良说，这个工程本身就让住在岸边的人受益最大，自己多花一点钱也合算。

为保证村级工程实施质量，黄宝康提出了跟踪式管理，一旦发现偷工减料，必须"推倒重来"。正是黄宝康的这份较真与执着，在10多年时间里，全村的道路分批得到了改造硬化；村庄周围、道路两侧和部分庭院进行了充分绿化，新增绿化面积4.2万平方米，全村绿化率达到95%；全村污水处理率也达到100%。

▶ "道德银行"让讲诚信蔚然成风

"改民风，首先要改变村里事情干部说了算的作风。"为此，黄宝康与村干部约法三章：村民来电来人反映情况，必须登记在册，并落实专人处理；设立村民议事会，村里的事让村民参与管理和监督，改变过去村干部说了算的局面；对村民之间的矛盾处理提前介入，尽量把矛盾化解在萌芽状态。

在召开村民议事会之前，黄宝康总是要求村干部和村民小组长去征求村民的意见、建议，然后梳理出村民最急需解决的大事、难事，与村干部商量后，形成"解决议案"，再通过议事会讨论，对"议案"进行投票表决。黄宝康说，村里不管大事小事，只要牵扯到群众利益，均会在议事会上"摊牌亮相"，由村民讨论决定。

2012 年 5 月，余姚市文明办与农村合作银行试点"道德银行"，以"文明作担保、诚信作抵押"，诚信者最高可贷款 50 万元。这与黄宝康"道德立村"的想法不谋而合。他和村领导班子一起，细化了道德积分的评比标准：道德积分总分值为

■ 黄宝康长期坚持"道德立村"，村里通过关爱老人向村民传递向上、向善的正能量

100分，按"遵纪守法、行为文明""热心公益、支持发展""诚实守信、勤劳致富""家庭和睦、邻里团结"四大板块，每季度公开评分，道德积分达到80分的，就可以成为"道德银行"的客户。

为了做好这项试点工作，黄宝康提出了开发民情信息化平台的建议，即把每户人家的基本信息采集起来录入电脑。与此同时，每个月黄宝康都会召集村干部、村民小组长、村民代表聚在一起，对村民的道德积分情况进行评分登记。黄宝康说："每个村民的品格好坏，大家基本都心里有数，再加上我们每周都会走村串户去了解每家的动态，保证了评分的客观公正。"

村里的小企业主倪建康，由于良好的信用，成为了首批获得信用贷款的受益者之一。倪建康通过"道德银行"贷到了20万元，靠这笔贷款他为自己的五金厂购置了新设备，现在将生意经营得蒸蒸日上。

"道德银行"的试点工作，在村民中引起了强烈的反响。目前，该村已有29户农户通过"道德银行"获得490万元贷款。"道德银行"已成为邵家丘村实施村民思想引领工程、营造文明诚信道德风尚的一个重要载体。

▶ "入户巡访日记"记满百姓的冷暖

熟悉黄宝康的人都知道他有个习惯，就是喜欢做工作笔记，村民的诉求、企业主的建议、村里该办的事、上级的最新政策，他都会一一记在笔记本上，然后一件件去落实。他当了13年的村党总支书记，厚厚的、大开本的笔记本已记满了13本。

黄宝康说："'记'只是一种形式，重要的是在入户时要把功夫下在解民忧上，把百姓家里的繁杂琐事、生活冷暖都'记'在心里，并以最快的速度解决问题。只有这样，'入户巡访日记'才记得有意义。"

走村入户了解民情，对黄宝康来说，已是一种工作习惯。只要黄宝康不出村，他几乎每天都会出去走访，逢年过节也不例外。每年春节期间，黄宝康都会婉拒亲戚朋友的应酬，这个时候，他一般都要到村民家去拜年，并征集村民对村委工作的意见和建议。

"尊敬和关爱老人是美德，孤寡和残疾老人更需要关爱。"黄宝康说。基于这样的想法，村里于2008年投资60万元，建造了占地3.2亩、建筑面积为650平方米、共有22间居室的居家养老幸福院，开始探索居家养老的新模式。村里将残疾、高龄以及享受政府低保金的空巢、残疾老人集中起来供养；同时，成立了居家养老幸福院志愿者服务队，定期上门为老人们服务。

　　关爱老人，更要关爱孩子。2012年8月，黄宝康在走访中发现村里有几户单亲家庭的孩子生活比较困难。他提议专门成立单亲（留守）儿童关爱基金，对单亲孩子进行帮扶。黄宝康又与村干部商量，整合了困难群众基金、单亲（留守）儿童关爱基金、老年人爱心基金等多个帮扶基金项目，新成立了道德基金，构筑起特困、年老、单亲等弱势群体帮扶机制。此外，道德基金还将用于表彰奖励邵家丘村涌现出来的好人好事，激励普通群众的"凡人善举"，引导形成人人争当好人、争做好事的良好社会氛围。

　　"村干部好不好，就看村民对你信任不信任。"黄宝康在工作笔记本上这样写道，"要想取得村民的信任，最主要的是要为村民办好事、办实事。"黄宝康在工作中勤勤恳恳、任劳任怨，带领全村广大干部群众从村级集体利益出发，各项工作都走在全镇前列，真正做到了让群众满意。正是在他的带领下，邵家丘村才实现了"凤凰涅槃"：集体年收入已由过去的负增长变为现在的净收入249.5万元，村民人均年收入也达到了23971元。

毛伟亮：阿亮书记的"轮值经"

文｜沈奕廷

| 人物名片 |

毛伟亮，宁波市鄞州区明伦村党支部书记，1970年7月出生，1993年4月入党，获评宁波市计生工作先进个人、鄞州区十佳"好搭档"村主要干部、区公务员三等功、区优秀党务工作者等；所在村获全国民主法治示范村、浙江省先进基层党组织、省全面小康示范村、省文明村等荣誉。

在浙江省宁波市鄞州区五乡镇有个远近闻名的小康村——明伦村。"明"——明辨事理，"伦"——尊崇伦常，这是村内最大姓氏张姓族人秉承了近千年的祖训，明伦村也因此得名。这几年，村里的变化特别大，中车产业基地落户了，轻轨通车了，新农村建设即将收尾了，村子的环境整洁了……最重要的是，村民们的幸福感也越来越高了。这些变化，村民们看在眼里，"热乎"在心里，"明伦的大发展，离不开阿亮书记和轮值村官们！"

▶ 主动请缨要求啃"硬骨头"

2011 年年初，中国中车（当时为中国南车）宁波产业基地将要落户的消息在明伦村传开了。谣言和不理解的情绪在村子里蔓延，"地统统要被卖光啦！子孙们要喝西北风啦！当官的就知道卖地，不知道干实事……"村民的对抗情绪很大，导致征地工作迟迟不能有效推进。就在这节骨眼上，当时在五乡镇政府工作的毛伟亮找到镇党委、政府主要负责人："领导，我来立军令状，保证把明伦村这块硬骨头啃下来！"

我曾在明伦村担任过党支部副书记、村主任，对那里有很深的感情。"毛伟亮说。中车产业基地落户在明伦村，对村子的发展是一件大好事，看到因为部分村民误解而导致工程进度缓慢的情况，他万分心急。

困难还是大大超出了他的想象。来明伦村报到的第一天，他刚走进办公室，就

■ 毛伟亮与"轮值村官"一起到新村建设工地现场作验收检查

115

被30多名村民团团围住。村民们你一言我一语，"没了土地，阿拉（宁波语，"我"的意思）今后怎么活命？""你来，我们欢迎，如果还是要卖我们的土地，那还是请你回镇里去！"

村民们很快发现，这新来的村书记跟以前的干部不太一样。每到晚上和节假日，毛伟亮就挨家挨户地上门做工作，宣传产业基地落户将给村里和村民们带来的发展机遇，帮他们算好短期和长远两本账。

一个多月，毛伟亮把全村450户家庭跑了个遍。与此同时，毛伟亮坚持大事小事民主商议、决议结果上墙公布，他还邀请部分党员、群众代表全程参与和监督，保证征地拆迁工作公开透明。村民们开始觉得：这事，靠谱！

为了彻底打消村民的顾虑，毛伟亮决定先把最硬的"骨头"啃下来。村里的征迁户张某因多年前和村干部闹矛盾，毛伟亮多次交涉后，他仍是不肯签字。毛伟亮就每天晚上到他家里做工作，硬着头皮坚持了20多天后，张某终于松口了。

很快，明伦村顺利完成了几百亩土地的征用补偿，确保了产业基地如期落户。从此，"阿亮书记"的名头在村里彻底叫响了。随后，在轻轨一号线二期工程施工过程中，明伦村需征地约70亩，拆迁房屋近3500平方米，迁移坟墓50余座，工作难度可想而知。但在毛伟亮的带领下，这些工作却完成得异常顺利，进度全镇第一。

▶ 明伦村的"轮值村官"

2014年年初，各地正在开展党的群众路线教育活动。当过兵、办过厂、有30多年党龄的周宝康与毛伟亮商议："上级这么重视群众工作，我一个老党员如何发挥作用？"毛伟亮就问他："老周啊，你愿意为村里出力，我们当然求之不得。那么，你来做些什么事呢？""我想来管管你！"周宝康开玩笑地说。

毛伟亮心头一亮！现在村里遇到前所未有的挑战与机遇：南车工程落户本村，轻轨一号线穿村而过，村民生活污水处理工程需要推进，宝瞻路拓宽工程要拆迁，经营多年的新村建设项目有的要动工、有的要收尾……村级经济要发展，各种矛盾要化解——一个字，忙！如果能让像周宝康这样有工作经验、有奉献精神的党员、村民代表参与村委的工作，倒不失为治理村务的一个好办法。

■ 毛伟亮与村干部讨论新村建设规划

"好!"毛伟亮十分爽快地说。但以什么名义请党员、村民代表参与治村,既不增加村干部编制,还不增加村里的开支?毛伟亮想了不少点子,最终想到:联合国有"轮值主席",村里何不设一个"轮值村官"?

2014年4月,"轮值村官"方案正式试行,党员、村民代表轮流当"村官",全程参与一天中所有的村级事务活动。一周安排6位"轮值村官",每人安排一天,一月一任期。"轮值村官"不发一分薪水,也无编制。这种做法在党支部和村民群众之间搭起了交流的"桥梁",为党群、干群关系注入了新的"润滑剂"。

安排在每周二轮值的周宝康家住宁波。当上"轮值村官"后,他每周二就早早地从宁波出发,一早来到专门安排给"轮值村官"的办公室里"上班":早上,翻开工作日志,清理备忘录,标出几件当天急办的村务;中午,买点快餐当午饭;下午,到村里转转,与村民聊聊他们关注的事情,有时还列席村班子会议。一天的工作紧张有序。

"轮值村官"张惠忠,年近60岁,是一名协警,分管全村暂住人口管理工作。他每天都在村里巡逻,发现问题也到村里反映。"我原来处理矛盾常常是师出无名，现在当上了'轮值村官'，村民来向我反映问题的多了，处理起来也更理直气壮了。"张惠忠说。

毛伟亮推行的"轮值村官"制度得到了上级组织部门和广大村民的普遍认可。群众觉得与村里的沟通渠道多了，事情解决得快了；党员干部觉得参与村务的力量更强了，干劲更足了。这项机制运行至今，已先后有30余位党员、村民代表上岗，累计参与处理和解决各项村务120余项，办结各类"民事"委托90余项。

▶ 建设新农村就要带着群众一起干

新农村建设是毛伟亮上任后心心念念的一件大事。他没有一个人枯坐在办公室里想方案，而是召集了村干部和"轮值村官"们一起进行"头脑风暴"。同时，毛伟亮挨家挨户上门谈想法、听意见，把村民们对于新农村建设的建议都一一记在了本子上。他还邀请新农村建设方面的专家来村里办讲座，为大家答疑解惑。为了使新农村建设有序推进，在毛伟亮的主导下，明伦村制定出台了《和美家园建设实施办法》，积极邀请"轮值村官"、拆迁户代表共同参与。

要让村民信任，办事就要公开透明。在工程招投标时，毛伟亮坚持公开透明原则，由被拆迁人和村民代表投票决定施工单位，村干部仅负责组织、服务和监督，真正做到由民做主、让民得利。村民的参与意识进一步高涨，经常主动监管村里的建房工程。

为了加快新农村建设进度、减少重复施工，毛伟亮创新推出了"统筹规划、统筹配套、统筹管理、同步实施"的"三统筹一同步"建设模式，将道路绿化配套、污水管网及煤气管道建设、农村漏电保护器安装等工作与新农村建设统筹同步推进。

短短三年时间里，明伦村家家门前有绿化、户户底下通污水、通煤气，农村漏电保护器也实现了全覆盖。毛伟亮又联合"轮值村官"做了一件大事——在村里建起了一座2500平方米的文体中心，成为村民们丰富文化生活的主要阵地。

墙体美化了、道路整洁了、环境美化了、文体设施丰富了……这些，村民们都看在眼里，"阿亮书记实在，办的都是大事实事！"而毛伟亮却说："这些事能办下来，多亏了'轮值村官'们的辛勤付出，他们功不可没……"

吴一明：要让美丽春天长驻

文｜陆 遥

｜人物名片｜

吴一明，嘉兴市海宁市周王庙镇长春村党总支书记，1967年2月出生，1992年10月入党，获评嘉兴市城乡发展一体化工作先进个人、海宁市优秀党务工作者等；所在村获浙江省文明村、省卫生村、省绿化示范村、省兴林富民示范村、省森林化村庄、省美丽宜居示范村、省全面小康建设示范村、嘉兴市先进基层党组织等荣誉。

20世纪80年代，长春村的工业企业红极一时，群众的腰包鼓了起来，但随之而来的变化也让吴一明心头沉重：电镀厂、化工厂污水乱排，河道几近干涸，空气质量下降……亲身经历让吴一明意识到，经济要发展，环境更是"金不换"，这也成了他以后深植心底的治村理念。为此，他不遗余力地将长春村打造成"四季长春的大花园"，实现让村民住在"美丽乡村"的幸福愿望。他总是说："为村民办实事，多一件也是好的；为了让农村更美丽宜居，早一天实现也是好的。"

▶ "拆出"一个美丽乡村

清清的河道、池塘，竹林、枇杷等绿树融于乡村美景之中，木栈道从中蜿蜒穿过，让人可以更好地亲近这片大自然。一条名为油车港的河道上架起了一座木桥，将河两边的板桥头和水心里两个自然村连接在一起。走进长春村，村中绿树成荫，道路整洁，宛若世外桃源。我们通过'拆违'，拆出了一个美丽乡村！"吴一明感慨道。

"违章建筑随意搭建，严重影响村庄美观，'拆违'势在必行……"这是由村里的党员、青年、村民代表组成的评议团开展的乡风评议会上的一幕。为了顺利"拆违"，吴一明想出了召开乡风评议会，借助村报、村广播等媒介进行宣传的"金点子"，收到了良好的效果，顺利拆除了涉路涉河、擅自占用农用地、污染环境及影响村容村貌等违建对象。长春村也因此被海宁市评为首批"无违建示范村"。

■ 吴一明在大棚与种植户一起查看草莓收获情况

其实，早在 10 年前，时任村委会主任的吴一明便将"绿水青山就是金山银山"作为发展理念，制定了"三不计划"——不养猪、不设废旧物资收购点、不办有污染的企业，坚决不能为了发展经济而污染环境。

2005 年以来，村民的住房越建越好，但是门前屋后的环境卫生却不尽如人意，于是吴一明开始抓起了村卫生整治。"我们做了一个大胆的决定，启动了门前屋后绿化项目，统一为农民复垦房屋周边的土地，同时由村里出钱购买四季常青的果树苗免费发放给村民种植，实施'村购买、户种植、户管理、户收益'的模式。这个方法一直坚持到现在，村里总共买了几十万棵树苗。"如今长春村 649 户人家的庭前院后、村庄杂地都变成了果园，实现了"四季长春大花园"的目标。

早在 2006 年，长春村就在全市率先启动了河道保洁工程。长春村共有 13 条河道，总长 10.5 公里。当年，长春村就成立了环境卫生管理站，实施生态治水，收集垃圾、整治河道、养护绿化。横幅港是长春村的河道之一，治理前河里满是生活垃圾。担任横幅港的"河长"后，吴一明严格控制来自农业、工业和生活方面的污染源。2013 年 7 月长春村正式步入"无猪村""无温室甲鱼养殖村"行列；村办小企业的 26 个排污口均得到封堵或纳入管网；作为海宁市首批五个"整村整治村"之一，2015 年长春村将来自全村每户家庭的卫生间、厨房间的生活污水全部纳入管网……整治后的横幅港年年被评为海宁"最美河道"，全村河道水质和生态环境得到了进一步提升。

▶《村规民约》打造乡风文明的典型

"上要养好老、下要教好小，家和万事兴。""打好工、种好地、创好业，勤劳致富最光荣。""以群众满意为标准。"……为了更好地实现村民自治，2005 年，长春村通过村民代表大会制定了一份《村规民约》。

"文绉绉的书面语，让每天和土地打交道的农民怎么'消化'？"吴一明说。为此，他可没少动脑筋，带领大家把这份《村规民约》"翻译""提炼"成了简单易懂的四句"顺口溜"。

"说是村训，其实就是家训。每户家庭都是长春村大家庭的一个细胞，把每一个小家治理好了，大家才能更加美丽富饶。"吴一明说，"当这些文明理念深入人心，村民自然就乐意加入村庄建设，并能把创建行为变成一种自觉。"

为此，吴一明开始着手大力宣传新鲜"出炉"的村训。凡是有党员小组长、村民小组长、妇女小组长参加的会议上，他都反复宣传村训，再让小组长们把这些理念带到群众中去。在他的建议下，村里还打造了一种"柱子文化"，请擅长书法的老同志将村训和一些宣传诗句写在了电线杆上，成了长春村一道亮丽的风景。

2008 年起，长春村开始举办"文明家庭"评选以及好婆婆、好媳妇等评选活动。"绝不是摆摆花架子，评比结果要上'红黑榜'的，并且会在村里的显要位置公布出来。"通过这一举措，达到了鼓励先进、激励后进的作用，目前全村 95% 的家庭都已经达到了"文明家庭"的标准。"接下来，我们还要把新的《村规民约》等宣传到位，让长春村成为乡风文明的'代名词'。"吴一明信心满满地说。

▶ 妙招选出助推农村的美丽蜕变

垃圾分类在城市都很难推行，更何况要在农村推行。而且整个海宁市内未有垃圾分类的先例，很多人并不看好这个项目。然而，吴一明果断揽下了这个"烫手山芋"，他心里有一盘棋：垃圾分类势在必行，任何对环境友好的改善，都是为村民谋的福利，早一天实行也是好的。

没有经验的吴一明到处去学习，远赴杭州桐庐县富春江镇芦茨村、金华浦江县郑家坞镇、湖州德清县武康镇五四村等地考察。回来后，他自己画图、设计了资源化处理中心，确保其结构合理、通风顺畅。从确定选址到征地补偿，从建设资源化处理中心到周边绿化美化，从选择垃圾分类桶到订制垃圾分类车，从建设四分类宣传亭到发放餐厨垃圾桶，从订购资源化处理设备到配备垃圾分类保洁员队伍……在吴一明的领导下，农村垃圾分类逐步从梦想变成现实。

在垃圾分类最后一步的机器处理中，需要利用木屑与餐厨垃圾一起加工才能最终生产有机肥。为此，吴一明想了个"妙招"——将废弃秸秆、柴草在粉碎机中粉碎，从而代替木屑的功能。这样既节约了购买木屑的成本，又解决了农村废弃秸秆无处处理的难题，对于破解农村废弃秸秆难题具有现实指导意义。

■ 美丽的长春村迎来小游客

　　做好垃圾分类关键在于长久坚持。吴一明要求发动党员积极参与垃圾分类，制定生活垃圾分类考评机制，对农户垃圾分类实行考评，通过评比垃圾分类示范户、促进户等方式，逐步提高农户参与垃圾分类的积极性。"我们所有的工作，不管是推行垃圾分类，还是五水共治、美丽乡村创建，都是为了让农村水更清、天更蓝，让大家记得住乡愁。"吴一明说道。

　　十几年来，长春村在各方面都有了很大的变化，变得生态良好、民风淳朴。村民章云夫说："我们长春村是很早就实现了'家家门前水泥路，户户门前汽车开得进'的村庄，也是很早开始实施'送树苗入户'生态绿化和垃圾分类的村庄。吴书记有想法，有干劲，为我们群众着想。生活在长春村，我们觉得很幸福！"

李阿三：美丽乡村的筑梦人

文 | 王 斌

| 人物名片 |

李阿三，湖州市南浔区双林镇邢窑村党总支书记，1960年6月出生，2007年7月入党，获评湖州市创新争优优秀共产党员、市美丽乡村建设优秀带头人等；所在村获湖州市美丽乡村等荣誉。

李阿三是在村庄"乱局"中上任邢窑村党总支书记的。在他任村支书的8年时间，村庄美了、村民乐了，邢窑村在外的名声也打响了。村民调解矛盾时有他，河道保洁时有他，村庄建设时有他……8年来，李阿三走遍了村庄的大小角落，也走进了村民的心中。

▶ 从负债村到示范村的华丽蜕变

2009 年，在外打拼多年的李阿三回到邢窑村担任党总支书记，原以为能当一回"太平书记"，没想到摆在他面前的却是一副烂摊子：村里负债 100 多万元，村组织涣散，党员凝聚力不强，村里没有一条像样的水泥路……

对于"阿三书记"的上任，村里的老百姓也是将信将疑：他到底能不能当好书记呢？面对疑问，李阿三没有一味蛮干。他进村入户访民情，召开村民代表和村民小组长会议听取民意，心里渐渐有了一个发展方向。"老百姓家门口连条像样的水泥路都没有，基础设施都不完善，更别提往后的发展了。"于是，李阿三首先把目光瞄准了村民最为关心的修路问题上。

既然要修路，就不可避免地要涉及到老百姓的土地征用。那段时间，李阿三每天早出晚归，亲自上门做思想工作。他用摆事实、讲道理的方式，对村民动之以情、晓之以理，通过苦口婆心的劝解，终于赢得了大家的支持。那一年，村里顺利修筑了 3000 余米的水泥路，彻底改变了村里"晴天一身灰，雨天一身泥"的尴尬状况。"以前家门口只够自行车通行，现在小轿车都能开到家门口了。"村民邢云泉开心地说。

路修好了，李阿三又马不停蹄地开始挖掘村里的潜力，谋划集体经济的发展壮大。上乡镇"讨"政策、跑区里争取项目、到外面招商引资，李阿三忙得不亦乐

■ 李阿三带头参与鸭棚拆除

乎，还抽空为村里的 20 多亩集体土地办好了土地证。

在外闯荡多年的李阿三敏锐地觉察到挖掘村集体经济增量的重要性。2013 年，村里建起了一条商业街，不仅方便了村民的日常购物，更完善了邢窑村的商业业态。通过 22 个店面的招商，同时完善餐饮、超市等公共配套设施，邢窑村实现了经济增收与服务完善的双赢。

由于没有启动资金，村里连厂房都盖不起。于是，李阿三积极向上级政府争取有关项目和政策的同时，还亲自走出去，吸引外来资金建设厂房，村里则收取租金。在李阿三的努力下，2014 年村里巧借外力，通过土地入股的形式，不花一分钱就造起了标准厂房。李阿三说："随着土地资源的日益紧缺，我们还将重点做好存量盘活这篇文章，通过招商引资的方式，让行政村的存量土地活起来、用起来，为行政村发展输送源源不断的新鲜血液。"

2016 年上半年，原先机埠的旧房子拆除后，村里投资 100 多万元，将空地建成标准厂房并出租给客商，预计每年能获得 20 多万元的租金。"土地能有效利用的同时，村里也产生了企业集聚效应。"李阿三坦言，这些年来，村级集体经济每年都向前大跨步，依托厂房出租，每年的稳定收入就有近 70 万元。邢窑村实现了从"负债村"到"示范村"的华丽蜕变。

▶ 事情要办到村民的心坎里

晚上 6 时，李阿三吃过晚饭后，买了水果来到村民於选清家中。"饭吃过没有？最近身体怎么样？"几句问候后，於选清就和李阿三聊开了。85 岁的於选清是村里的孤寡老人，平时生活缺少照顾，李阿三和村主任顾水坤就经常去老人家中陪他谈心，自此，老人内心的一些心结也慢慢打开了。2016 年 4 月，於选清特地带着"情系夕阳，我心永润"的锦旗来到村办公室，并亲手把锦旗悬挂在墙上。

"当了 8 年书记，我的感受是，事情不能办在纸面上，而是要办到村民的心坎里。"李阿三说，要做会说"漂亮话"的村支书，更要做伏下身办实事的村支书。"村里的大事小情，只要是李阿三到场协商，没有解决不了的。"村主任顾水坤说。如今村里的小夫妻吵架、邻里闹矛盾，大多依靠村干部调解。

■ 李阿三在台风来临前转移年老体弱村民

2015年7月，台风"灿鸿"期间，李阿三带着村两委班子成员奔波于村民家中。得知村民老张仍旧不肯撤离，他三次上门劝说。7月10日下午4时，李阿三再次带着村干部登门劝说老人转移。这次，老张终于点头同意了。见老张走路不便，李阿三就背着老人赶往村日间照料中心。当时的李阿三没顾上穿戴雨具，一路小跑到达了安置点。发现老张有些感冒后，他又立即从村里拿来了应急药物让老人服下。

2014年，李阿三在村民小组长中发起志愿服务活动，村民小组长纷纷带头履行宣传员、调解员、管理员、监督员的职责，既负责宣传党在农村的路线方针政策，负责治安稳定，还要协助和配合完成本组内的各项工作任务。

比如在拆除露天厕所的攻坚活动中，因为村里老旧住宅较多，部分自然村基本上每户家庭都有露天厕所。面对困难，李阿三亲自上门走访了几位老党员，老党员们纷纷表示要以身作则，立即着手拆除自家的露天厕所，其他党员和生产队长闻讯也争相响应，一下子就让拆除工作有了个好的开头。"只用 20 天的时间就完成了全村 430 多间露天厕所的拆除任务。"李阿三回忆说。

村干部干实事，村民看在眼里。如今，不少村民也加入到了村庄建设的志愿队伍中来。

▶ 征迁工作说难不难

在李阿三看来，征迁工作是个难事，却又是个易事。为什么这么说？他说，农村人都认一个理：要致富，先修路。既然是造福群众的好事，村民没有不理解的，但是各家都有不同的困难，那就需要干部们设身处地为村民考虑。"政策到位、服务到位，怎么会有解决不了的问题？"

2013 年，318 复线启动建设，需要村民老许家配合拆迁。"拆迁政策到位了，但是如何安置自己的老父亲让自己犯了难。"老许说。让已经 88 岁高龄的老人临时去住安置房，说实话，老许有些不忍心。

安置房的方案不被接受怎么办？李阿三只好再想其他办法。他根据老许一家人的实际情况"对症下药"，第一时间跟镇上的敬老院取得联系，将老人送到敬老院，让老人在过渡期间能得到专业的照顾。同时，为了减轻老许一家的经济负担，村里承担了敬老院每个月 200 多元的花销，直到老人搬进新房。"去敬老院那天，还是李书记亲自开车送去的。"村干部们的细致考虑和妥善处理让老许一家深受感动。最终，这个"钉子户"变成了"带头户"，助推邢窑村的征迁工作顺利开展。

征迁村民家家情况不同、难题各异，为了更好地解决征迁村民的难题，村里还成立了临时服务队，由村干部、生产队长和志愿村民等 8 人组成，帮着村民搬家具，给安置房里装修卫生间等，目的就是要为征迁村民提供最好的服务，让他们在征迁过渡中也能过得舒心。

将工作责任细化到组到人、深入每家每户做工作、妥善帮助村民解决困难……人性化的服务，让邢窑村的征迁工作得到了极大推进。3 个月的时间，邢窑村就完成了所有征迁任务，征用土地 160.56 亩，搬迁坟墓 53 座，拆迁农房 29 户，拆迁面积达 6177 平方米，为之后的工作打下了良好的基础。

俞伯良：把村当作"家"一样经营

文 | 张　钰

| 人物名片 |

俞伯良，绍兴市新昌县羽林街道马大王村
党支部书记，1952 年 11 月出生，1993 年
12 月入党，获评省级文明县城创建工作先
进个人、绍兴市先进党员、新昌县十大百
姓心中好村官等；所在村获浙江省文明
村、省农村基层党风廉政建设示范村、省
卫生村、省城文明县创建工作先进集体、
省园林城市创建先进集体等荣誉。

在新昌县羽林街道马大王村，一边是通往繁华城市的平坦大路，一边是通往秀
美乡村的羊肠小道，夹在中间的马大王村闹中取"净"，热闹而不失洁净，规整而
不乏特色。马大王村"麻雀虽小，五脏俱全"，在大家眼里，它是一个很"杂"的
山村。谁都想不到，10 多年前还是垃圾满天飞的马大王村，在村支书俞伯良的
"铁腕"治理下，如今摇身一变，逐步实现了道路硬化、路灯亮化、卫生洁化和环
境美化。

▶ 发挥城郊优势为集体"淘金"

马大王村位于新昌县城北郊城乡接合部，俞伯良刚上任时，马大王村还没有一条水泥马路，雨天村民进城上班需穿胶鞋。村里没有像样的办公室，村小学就办在一座破庙里。为改变落后面貌，俞伯良紧紧抓住城市建设的契机，改造了村集体一片8亩地的橘园，为村集体经济"淘得"了"第一桶金"。

有了资金后，俞伯良做的第一件事就是选址新建了村小学，让村里的孩子们有了一个崭新的学习场所，剩余的资金用于硬化村中道路。至1993年，村中所有的主要道路都得到了整修硬化，电力线路等涉及群众日常生活的基础设施改造得以实施，马大王村的面貌发生了翻天覆地的变化。

俞伯良非常有经济头脑，而且富有创新精神。随着马大王村的城郊地理位置优势凸显，许多房地产开发商看中了沿新大线公路边的土地，"精明"的俞伯良顶住压力，没有将土地一转了之，而是留下发展的空间：把所开发的商品房一楼营业房

■ 俞伯良查看农贸市场经营情况，听取经营户的意见、建议

产权归集体所有，由集体统一经营。

2007年，随着外来人口的逐年增加，俞伯良察觉到了商机，计划在马路边的集体土地上建设一个农贸市场。村两委干部都觉得主意不错，但是建造资金从何而来？俞伯良胸有成竹地说："钱由村民来出，让村民当股民！"于是，资金难题就这样轻而易举地被解决了。

农贸市场建成后，不但为当地群众，更为周边10多个乡村村民的日常生活提供了极大便利。现在，村集体营业房和村农贸市场这两个项目每年为村民人均增收4000多元，为村集体增收20多万元。村民们都高度赞扬俞伯良有眼光，做事有长远打算，能够造福子孙后代。

▶ 村级账单送到家晒到户

俞伯良上任后的20年里，马大王村大大小小的工程项目建设约有几十个，涉及的建设资金不下几千万元，但村里从未出现过工程项目建设方面的信访问题。村民们对村两委班子的信任和放心来自于班子成员良好的自身素质，也与俞伯良廉洁自律、事事严格要求分不开。

在农村，村务公开和村级财务管理是一个"老大难"问题，但在马大王村，村民不仅可以在村务公开栏中看到村里财务收支情况的"明细账"，而且每个季度每家每户都会领到一份关于村级财务的"现金日记账"，村中的财务收支大到几万元小到几十元，在"现金日记账"中都记录得一清二楚。村民对"现金日记账"有疑问的，还可以要求村两委成员作出解释。

看似简单的一份"现金日记账"，却让马大王村的村民赞个不停。用村民的话说："村务公开栏中公开的'明细账'，我们忙的时候可能就没有时间去看，现在村两委把'现金日记账'发到每家每户，里面的账目一目了然，我们当然放心。""现金日记账"制度也是俞伯良的一个创新之举。当初，一位村干部自己请客吃饭，却被村民怀疑花了集体的钱，为了给群众一个明白，还干部一个清白，俞伯良决定干脆"送账上门"，主动接受群众监督。

"现金日记账"制度在全县属于首创，马大王村坚持实施该制度已有整整10

■ 俞伯良向老百姓作相关政策的解释说明

年。除此以外，俞伯良带领党支部还相继制订完善了村规民约、村务和财务公开制度、重大事项集体议事制度、村民代表议事制度等，并严格按照制度办事。在新昌县农村党风廉政建设"评星晋级"活动中，马大王村连续七年被评为"五星级村"。在争创"五星级"行政村活动中，马大王村的党员干部始终走在最前面，村子发生的巨大变化至今仍被广大村民津津乐道。

"你是党员，你就要让老百姓认识你，知道你是个党员，你就要主动替老百姓办实事；你是干部，你就要对得起老百姓对你的信任，你就不可以有私心，你就要把更多的心思留给老百姓。"俞伯良就是这样对马大王村两委成员和24名党员要求的。

▶ 出狠招刹住赌博歪风

俞伯良刚上任时，马大王村是远近有名的"赌博村"。许多村民游手好闲、不务正业，有的甚至沉溺于赌博。俞伯良看在眼里、急在心里。

有一次，当俞伯良得知村民俞某又在家里聚众赌博时，他即刻赶到俞某家里进行劝阻，但俞某置若罔闻，不理不睬。俞伯良一急之下，顾不得正值新春佳节，拿起板凳就砸了赌博的桌子。之后，俞伯良只要一听到有村民开设"赌场"，他就赶去"砸场子"。俞伯良的做法得到了村民家属的支持，使得参与赌博的村民对他又敬又怕。赌博这股歪风邪气终于被雷厉风行的俞伯良刹住了。

为进一步提高村民的文明素质，丰富群众的文化生活，俞伯良筹措资金规划建设了农家书屋、篮球场、党员远教广场等体育文化设施；落实经费支持组建了村腰鼓队、铜管乐队两支文艺队伍。目前，两支文艺队伍在各类文艺汇演中多次获得好评。

俞伯良还大力倡导尊老敬老之风，投资 10 多万元修建了村老年活动中心，添置了老年人娱乐设施。为更好地服务老年村民，他利用每年的重阳节给全村 60 岁以上的老人举办一次座谈会，给每位老人送上生活补助金和慰问品。在他的倡导下，全村尊老敬老之风大行。

俞伯良说，他当初当干部的目标就是要把马大王村建设成一个经济发展、环境整洁、群众富裕、邻里和睦的社会主义新农村。如今，马大王村也已获得省级文明村等诸多荣誉。在别人看来，他的目标已经实现，但俞伯良并不知足，他说成绩只能代表过去，对照美丽乡村建设标准，马大王村在人居环境、产业发展、服务功能等各方面提升的空间还很大，他要做的工作还有很多。

"一年至少为村里办一件实事。"这是俞伯良担任村主职干部后下定的决心。2004 年，建设集体营业房 1000 平方米；2005 年，筹资 130 万元建成村民活动中心、老年活动室和村办公大楼；2006 年，村主要道路安装了路灯；2007 年，建成村农贸市场；2008 年，实施新村规划，着手修建环村公路……讲起俞伯良上任后实施的一项项实事工程，马大王村的村民个个都竖起了大拇指。村民们说，没有俞伯良就没有今天的马大王村。一心为群众排忧解难的俞伯良是村民心目中的主心骨、贴心人。

方晓辉：有个性的"耕读"书记

文 | 邱 瑜

| 人物名片 |

方晓辉，金华市武义县王宅镇陶宅村党支部书记，1971年6月出生，1998年8月入党；所在村获金华市绿化示范村、市文化先进村、武义县先进基层党组织等荣誉。

提到方晓辉，王宅镇陶宅村的村民们都说，这个书记挺有"意思"。作为村里的一把手，方晓辉将村务与农务一起抓，平时还以种田为乐。他种田的时候颇有干部的风范，插秧的动作认真严肃，甚至带着一丝庄重，脸上少有表情；在做村务工作时，反倒像变成了一个农民，精力充沛、有说有笑，既会谈政策，又能拉家常。认识他的人都说：这个农民书记，当得很有个性。

▶ 认准的事情就要干到底

20世纪80年代，陶宅村曾名声在外，是王宅镇乃至整个武义县的重要产粮村。然而随着年轻一辈大量外出经商打工，村里只留下一些老弱妇孺，粮田抛荒现象越来越严重，村集体经济收入也随之一再缩水，往日的风光早已不再。陶宅村变得死气沉沉，成了名副其实的"宅"村。

方晓辉初任村支书时正值壮年，满心想为村子干番大事业。他看到村里大量田地被荒弃，无人耕种，觉得十分可惜，于是他决心靠自己的力量来拉动村子的农业发展，让村子不再"宅"下去。

初生牛犊不怕虎，方晓辉一口气从村民手中流转了300多亩被闲置的田地，并且购买了一批农业机械，成立了粮食合作社。对于这一做法，他的家人都很不理解。妻子问他："你好端端地为什么种起田来了？你又不怕没活干，去开店不比这强？"方晓辉却拍着胸脯说："你只管安心等着大丰收吧！我要让村里人都看到种田的好处，这样他们才会愿意种。"

从此以后，这些田便成了方晓辉的一大牵挂。早晨他总要去田里转一转才能安心。为不耽误村务，他甚至养成了每天5点多起床的习惯。农忙时人手不够，他便自己揽下许多农活。雨天里，他穿蓑衣、戴斗笠在田里干活；炎炎烈日，他刚吃过午饭，把碗一搁又下田去了。

种田究竟有多辛苦，只有农民自己知道，而且这份辛苦还不一定就能换来等价的收获。头些年，农田几乎都以亏损告终。但是钱花进去了，方晓辉只能硬着头皮干下去，有苦也得往肚子里咽。起早摸黑干了几年，产量终于上来了，农田的经营开始步入了正轨。

这时，方晓辉的干劲又上来了。他在扩大种植规模之余，又贷款购进大批农业机械，推广机械化种植方式。周边农户们都被他带动起来，一改传统手工种植的方式，开展从机耕、机插到机收、机烘干的全程机械化种粮，受益的农户达到400多户。

■ 方晓辉在核对选民名册，为选举做好准备

▶ 当书记就得吃点亏

平日里，方晓辉很和气、很热情，路上遇到个村民都可以站着聊半天，但在关键时刻他却绝不含糊。讲规矩、守纪律，是方晓辉的底线。方晓辉常常对自己的亲戚朋友说："村里人相信我，我总不能辜负他们呀，平时村里有什么福利先让给其他村民，咱们吃点亏，往后排排。"

就拿申请宅基地一事来说，村里的宅基地有限，照顾了条件差、家庭困难的人家，虽说合情合理，但终归有一部分人没能申请成功。在申请之前，方晓辉特地给亲戚朋友们打了"预防针"："谁都别找我说这事，咱们就按规矩办！"于是，方晓辉的表哥就成了"牺牲品"之一。

2015年，美丽乡村建设开展得如火如荼，全县上下各处都在进行"两乱"整治。划定村干部负责区块的那天，方晓辉有点儿担忧，这次他要面对的可是他的父亲。

原来，方晓辉父亲的房屋边上有块晒谷场，以前装修房子剩下的黄沙全堆在那里。要想让父亲把黄沙清理干净，方晓辉明白，还得自己和父亲好好说道说道。然而他劝了半天，父亲依旧不理解："我的地怎么就不能堆东西了？我是你爹，你还找我麻烦！你咋能让家人事事吃亏呢？"两人越说越激动。方晓辉拉住父亲的手说："爸，我出来当书记，咱们就得吃点亏，无论什么工作都应该走在全村前列，做给村民看。"经过一遍遍的劝说，他终于做通了父亲的工作。

▶ 田里种出了金麦穗

村里人都知道方晓辉的脾气。有时候他很偏，偏得像头牛。他认准的事情，就会一股脑干到底，谁也不能劝他放弃。

2015年3月，陶宅村的千亩油菜开花了，乡镇一行领导来到陶宅村考察后，就提议说：陶宅村办个农业节该多好！方晓辉也乐了："村里要是办起活动，那么多农民，光是凑热闹也能有大阵仗。这主意行！"

但搞农业活动必须要接地气，否则连农民都不爱搭理。方晓辉和其他村干部商量后认为，陶宅村一直是县里的种粮大村，不如举办一个农耕文化节，让大伙儿体验耕地、插秧、抓泥鳅等活动。

说干就干，找准方向后，方晓辉干劲十足。修复、开放陶姓祠堂是第一步。接下来，他四处收集村里古旧的农具：锄头、扁担、水车……村干部们一块儿选址，清理活动场地，四处劝说村民们一起加入筹备工作，一切进行得顺风顺水。

不过，村里渐渐有了质疑的声音，有人问方晓辉："农民办活动有啥看头？不就是播种插秧，还能种出金子不成？"起先，方晓辉耐心地告诉他们，这个活动不仅能够打响全村的知名度，而且能增加村里的旅游收益。后来，议论声越来越多，方晓辉干脆也不一个个解释了，只管起早贪黑地筹备活动，偏得像头牛！

真正到了活动举办的当天，方晓辉没想到活动能吸引来这么多人。本村和附近村子的村民自不必说，其他县市的游客也争相赶来参加。看着热闹非凡的场面，方晓辉乐不可支。

谈到刚结束的2016年农耕文化节，方晓辉依旧神采飞扬："活动场面很热闹啊，总计有35000多人参加活动，旅游收入多达30万元！"至于村民对文化节的态度，则经历了从质疑到支持，甚至是引以为傲的过程。"现在，村民看见我们几个

■ 方晓辉驾驶农用车奔驰在希望的田野上

村干部，都说我们真厉害。农耕文化节让陶宅村的知名度越来越高，别的村子别提多羡慕我们了！农耕文化节火了，我们真的种出了金子！"方晓辉难掩喜悦地说。

如今，村民们见到方晓辉都热情地与他打招呼，有的村民还想拉着他到家里坐坐。身为村书记，如何能够与村民们的关系处得这么好？方晓辉最大的法宝就是讲求实干。方晓辉笑着说："要是整日里说些理论知识、政策举措而忽略实干，准坏事。"

自2007年当上陶宅村党支部书记后，方晓辉已稳稳地连任了三届。这9年多时间，他已把村两委班子打造成了一支能征善战的好团队，而这支好团队则带领着村民们大力发展农业经济，使得陶宅村这个原本没落的小村庄逐渐走向兴盛，真正地让村民们品尝到了幸福的滋味。

汪水荣："糨糊村"变身记

文｜郑志健

｜人物名片｜

汪水荣，衢州市衢江区高家镇湖仁村党支部书记，1957年12月出生，1991年7月入党，获评浙江省优秀共产党员；所在村获衢州市首届群众最满意的平安村、衢江区先进基层党组织等荣誉。

"坚持共产党人的精神追求：做到忠心对党、真心为民、精心律己、公心用权、用心干事，自觉扫除思想灰尘。"在汪水荣的办公室门口，张贴着他自己总结的这句话。正是秉持着这样一种共产党人的精神，汪水荣把湖仁村这个曾经脏、乱、差的"糨糊村"治理成了如今远近闻名的"文明村"。

▶ 三出三进回村勇挑重担

当高家镇党委书记胡水木找到汪水荣，让他回村担任支部书记时，汪水荣正在经营自己的印刷包装企业，生意做得还算红火。汪水荣曾两次担任过湖仁村的主职干部，难道第三次还要回村任事吗？汪水荣自己心里也打起了鼓。但是当胡水木拿出湖仁村党员的联名信问他："你是一名共产党员，那么你说说看，党的组织原则是什么？"汪水荣沉默了。是的，他是一名共产党员，在组织需要他的时候，他必须选择服从。于是，汪水荣默默地缩小了自己企业的规模，并交给了妻子经营。

听闻汪水荣回村任职，村民们也很疑惑："他能回村挑起村里的烂摊子吗？"拖欠误工补贴、水电费、车旅费、接待费等总计45万元左右，这是2008年汪水荣上任时，村会计放在他面前的村集体经济账本上的数据。村债怎么还？村庄面貌如何改变？村庄下一步怎么发展？

面对一穷二白的乱摊子，汪水荣开始着手打理村务。他首先以身作则，放弃自

■ 汪水荣给村民传授柑橘种植技术

已应得的两年工资，把高家镇发给他的奖金全部归入村集体经济收入，另外还自掏腰包为村干部发放工资。

汪水荣上任之初，村里没有钱整治村容村貌，他就到村民家里集资，被村民戏称为"集资书记"。2008年，村里选择大路店和尖竹桥两个自然村启动村庄整治。汪水荣动员村民人均捐资360元，并动员各个自然村的乡贤自愿捐款，在汪水荣的耐心解释和积极动员下，一下子筹资了86万元。资金到位了，打通断头路、拓宽村道、路面硬化、增添卫生设施等方面的建设逐步开展。两年后，另外3个自然村的村庄整治工作也得以顺利进行。道路变宽了，出行方便了；违章建筑拆除了，村貌整洁了。看着干净、整洁、美丽的村庄，村民们露出了幸福的笑容：这个"集资书记"，干出一份大事业来咯。

▶ "垃圾村"变身"三无"村庄

湖仁村曾是一个拥有存栏母猪260多头、肉猪12000多头的养猪大村，平时村里污水横流、臭气熏天。汪水荣一上任，就着手处理村庄的环境卫生问题。他首先对村里满地的垃圾进行大刀阔斧地整治，光垃圾池就前后改造了六次。意识到生猪养殖对村庄环境的危害后，汪水荣开始对全村生猪养殖活动进行整治。汪水荣带领村两委干部，夜以继日地用了7个月的时间，对全村155户养殖户进行了整治，拆除养殖用房18000多平方米，成功创建了"无猪村"，令其他村刮目相看。村庄环境质量也得到了较大提升。

"让每个村民都成为保洁员，每户都承担起应尽的责任，这才是真正的长效保洁。"2015年，汪水荣把自己的想法与村两委班子成员商量后，制定了《农户房前屋后按红线划分包干区考核办法》：为每户村民划分红线区域，各家需要在红线区域内实现卫生、秩序、绿化、禽畜圈养四包。村两委班子成员、村民代表等组成8人小组，每月不定时集中检查各家的卫生保洁情况，逐项打分并列出等级，最后张榜公布。连续两次被评为"差"等级的住户，需要义务打扫村里的卫生一次。

如今的湖仁村已经形成垃圾处理"三全"机制，即全民保洁、全民分类、全面包干。"垃圾是小事，但累积起来就成了大事，而且是与村民利益直接相关的大事。如果连垃圾处理这点小事都做不好，何谈其他方面的改革。"在汪水荣看来，为村民提供一个舒适的生活环境，既是村干部的责任，也是村两委班子成员需要一直坚持下去的工作动力。

经过多年长效保洁机制的探索，如今的"红线包干区"做法日趋成熟，湖仁村也成了名副其实的"三无"（即无垃圾、无垃圾桶、无保洁员）村庄。

▶ 十几年布局推广新品种

与大多数衢州市的农村一样，柑橘是湖仁村的一大支柱产业。目前，全村的柑橘种植面积已经从20世纪八十年代中期的500多亩，增加到现在的1400多亩，呈现出良好的发展态势。特别是新品种的引进种植，受到了市场的青睐。汪水荣的努力终于结出了"丰硕的果实"。原来，早在十几年前，他就已经开始布局柑橘种植产业，坚持引进推广新品种。

1998年，衢州市的柑橘大丰收，但是市场行情却很差，大量的柑橘滞销，果农只能眼睁睁地看着柑橘整批整批地烂掉却又无可奈何。当时下海办企业的汪水荣看在眼里、急在心头，凭他多年在商海闯荡的经验，他认为滞销的原因主要出在产品质量上。

2000年，汪水荣特地跑到衢州市气象台查阅了20年来衢州地区的绝对高温、绝对低温、平均降雨量和全年平均积温等资料。之后，他远赴重庆，一口气引进了20多个柑橘品种。"在别的地方种得好的品种，不一定适应衢州的气候、土壤，这需要精心选育。"汪水荣说，事情总得有人去尝试，这么多的柑橘品种，只要有一个种植成功就行。

15年的时间里，汪水荣先后投入了60多万元，通过不断地对比试验，挖了种、种了又挖，最终确定了3个优质的柑橘品种。"当初村民们都笑话我，说我有钱没地方花，像个傻子一样瞎折腾。"汪水荣说。尽管村民不理解，但汪水荣还是利用自家的承包地扩大种植面积，收获了果实就送给村民们品尝。新的柑橘品种品相好、糖分多、香味浓、产量高，与当地传统的品种完全不一样。"农民很实在的，一个品种好不好还要看它能不能卖出好价钱。"那一年，邻居家的柑橘仅卖几毛钱每斤，而汪水荣种的柑橘则能卖到10元钱每斤。

尽管如此，村民们还是抱着观望的态度，但汪水荣并不气馁，继续为推广新品种而奔走忙碌。2012年，宏景柑橘专业合作社成立，流转土地80亩进行新品种柑橘的种植；2013年，汪波家庭农场流转土地120亩进行新品种柑橘的种植；汪水荣还动员了60多户农户分散种植了200多亩柑橘地。2014年，村里注册了"湖仁红"商标，示范带动作用起到了明显的效果。至2015年，村里共推广种植400多亩新品种，占全村柑橘种植面积的30%，售价一度达到每斤20元，市场仍供不应求。新品种全部投产后，预计每年可实现销售收入700多万元，比70%的传统品种的总收入还要高得多。

汪水荣认为人类的幸福要达到物质、精神和生态的三项平衡。所以，他追求的不仅是村民物质上的富裕，更是村民精神文明素质的提高。"几年的'抗战'已经初见成效，"汪水荣笑着说，"但是离我心中的目标还有很大的距离，我们还只是刚刚迈出'万里长征'的第一步。"

吴祥慧：小渔村里的"专家门诊"

文｜沈 哲

▌人物名片▐

吴祥慧，舟山市嵊泗县黄龙乡峙岙村党支部书记，1959年9月出生，1979年10月入党，获评舟山市警备区个人先进、县人武部个人先进等；所在村获县级创建小康社区先进村等荣誉。

在黄龙乡峙岙村群众中，常能听到这样一句话："阿拉村里有个专家门诊"。这里说的"专家"并非救死扶伤的医生，而是专为村里人排忧解难、出谋划策的峙岙村书记——吴祥慧。村民之所以这么称呼他，是因为他来到峙岙村以后，村里长久以来的"顽疾"正不断好转：整洁的村容村貌在眼前呈现，旅游业迈出了实质性的步伐，村内的精神文明生活日益丰富，俨然一幅"村美人和、安居乐业"的美丽景象。大家都把这一切归功于这个小渔村的"专家门诊"——吴祥慧。

▶ 小渔村开起"专家门诊"

在吴祥慧就任村支书之前，峙吞村犹如一个久病待医的病人：村里的经济、生活氛围总是让人担忧，特别是 2014 年突发的渔业生产安全事件让这个村的发展更是雪上加霜。

看着家乡的发展停滞不前，身为县城某机关副局长的吴祥慧内心久久不能平静，他怀抱一腔振兴家园、为家乡贡献自己力量的热血。所以，当组织找到吴祥慧时，他只对组织说了句"我想试一试"，就只身来到这个"问题百出"的峙吞村。从此，吴祥慧正式踏上了"治村"之路，在小渔村开起了自己的"专家门诊"。

当吴祥慧来到峙吞村后，他想到的第一件事便是要把峙吞村的经济搞好，让峙吞村从被动"输血"变为主动"造血"。上任第一天，他就宣布了自己的"造血"计划："我是土生土长的峙吞人，看到家乡落后的样子，我很痛心。记得小时候，我们的峙吞村是远近闻名的富裕村，隔壁村民都来我们这儿打工，而如今大家却要外出务工。我们要改变这一现状，就不能单单靠发展渔业这一条老路子，还要走旅

■ 吴祥慧向村民宣传峙吞村"五水共治"的规划及成效

游发展的新路子，抓牢'石村'特色，实现百姓致富，振兴峙岙村。"

刚开始，很多群众并不能理解吴祥慧发展旅游业的初衷，认为"峙岙村能搞什么旅游啊，吴祥慧不过就是说说而已吧！"面对村民的指指点点，吴祥慧从不予回应，只是默默干活，把自己的全部精力投入到振兴峙岙村的实际行动中。

在旅游业搭架起步的阶段，吴祥慧常常跑到上级各部门听取建议并争取支持，又与村委班子成员反复研究拟订方案，还实地察看全村各个角落以确定路线、项目，每件事都做到亲力亲为。村民看到原本脸色红润的吴祥慧累成了一名渔家汉子，皮肤黝黑，头发花白。可村民自始至终没听到他发过一句牢骚和抱怨。

2015 年 7 月 15 日，"东海石村"的旅游品牌正式打响，"黄龙岛东海石村一日游"线路正式启动。运行一年多来，该线路累计接待游客 14000 余名，实现旅游收入 160 余万元，村里真正实现了从"输血"到"造血"的转变。

旅游业的发展不仅带动了经济收入的增长，还解决了就业问题，原本赋闲在家的妇女和上岸停产的渔民又有了新的致富之路。在吴祥慧的推动下，峙岙村新增了 8 家渔家餐厅和 6 艘"渔家乐"渔船，实现了群众的转产增收。

如今，峙岙村的旅游业已经步入正轨，各地的旅游订单正纷至沓来。对于吴祥慧敢作敢为的魄力，村民们深有体会，正如新开的渔家餐厅的王阿姨所说："多亏了吴书记，我还当起了小老板，我相信村里的旅游业会越来越好，阿拉生活也会越来越好。"

▶ 对症下药解顽疾

说到峙岙村的环境卫生，那可是吴祥慧上任后压在心里的一块大石头。由于山陡地狭的客观因素，外加渔业生产和村民饲养牲畜等原因，峙岙村的环境卫生一直处于全乡的末位。如何为村民们呈现一个美丽的峙岙村，成了考验吴祥慧这个"专家门诊"的又一道难题。

上任伊始，吴祥慧就着手加快基础设施建设，积极向上跑项目，在认真抓好"三改一拆""五水共治"等重要项目的基础上，又先后开展了溪坑整治、老码头维修加高、运动场道路加固、小广场建设、村内部分主道路硬化及污水沟改造等工程，千方百计地改善村庄的基础硬件设施。

考虑到岙山村发展旅游的需要，吴祥慧坚决不搞大修大建和乱修乱建，而是因地制宜求突破，解决"脏、乱、差"这一顽疾。如在推进"五水共治"活动中，因为岙山村路面多为块石、条石、石板，加上路窄、小街小弄多，无法采用大型机械设备开挖巨石，作业难度很大。经过村两委班子商量，部分住户采用了壁挂式排污管，并将污水管铺设在原有的雨水沟旁边或底下，尽量减少对原有石屋群的破坏。目前，村里600余户居民家的生活污水统一接入地下污水主管网，经过生化处理达标后排入大海，原本生活污水横流的弄堂小巷逐渐变得干净整洁。

在改善硬件设施的同时，吴祥慧更注重环境卫生的长效管理。村里的环卫队伍，采取每日定时打扫、垃圾日产日清等措施，真正实现了道路日清扫率、垃圾清运率达100%。同时，全村还经常开展环卫保洁活动，清理卫生死角，拆除废弃厂房，对全村整体环境进行优化。

在吴祥慧的努力下，群众的环保卫生意识逐步提高，渔村的环境面貌不断改善。岙山村的保洁员金央飞清楚地记得，10年前初上岗时，"路上垃圾多得吓煞人"。一条几百米长的主街，一个半小时内就能扫出10多担垃圾。岛上都是台阶坡路，金央飞无法使用清运车，垃圾全靠她一担担挑到山下后装入垃圾车。若遇下雨天，一担湿垃圾重达百余斤，压得她直不起腰来。如今，村民随处乱扔垃圾的陋习改变了不少，金央飞清扫的街巷越来越长，但每日清扫的垃圾量反而少了。

▶ 凝心聚力办"村晚"

吴祥慧经常说："经济上的事，用钱就可以解决，而精神上的事该如何解决，这才是我最想做的。"那么，该如何凝聚村民的心，提升他们的精神文化生活？在来到岙山村前，吴祥慧就听说村民们在几年前就自导自演举办了一场自己的"村晚"，他灵机一动："这不正是一个很好的切入点吗？"

在党群议事会上，吴祥慧抛出了"村晚"这一话题，大家你一言我一语，都觉得举办"村晚"的形式很好，能够凝聚人心，丰富渔村的精神文化生活。综合了大家的意见后，吴祥慧开始寻思："要将岙山人的精气神提起来，必须得抓住'村

■ 峙岙村党员在乡建党 95 周年歌咏会上展现风采

晚'这个切入口，如何将'村晚'办得更好，这还需要一个舞台，让村民们尽情地展现自己。"

一天，吴祥慧看到村口有一片整修后的场地，突然想到可以利用这片空地建设一个渔村大舞台。这样既能美化环境，又能为群众提供文娱场所，岂不是一举两得？

说办就办，吴祥慧开始多方奔走，争取有关部门的支持，最终一个 1000 多平方米的渔村大舞台建设完成。一台"村晚"不仅仅是一台戏，还带动了整个村的文化团队，激活了整个村的精神风貌。村里在原有的男子舞龙队、广场舞队、女子腰鼓队等基础上，又组建了一支老中青民乐队，并组织开展了黄龙乡渔民开捕节、九九重阳节、老年协会运动会、广场舞大赛、联谊"乐和走亲"等系列活动。

在吴祥慧这位"专家门诊"的巧手施为下，如今的峙岙村治好了多年的顽疾：村容村貌干净整洁，旅游业欣欣向荣，"东海石村"的旅游品牌也受到了越来越多游客的肯定。

王明奇：小康村领头雁的三大文章

文 | 曹力元

|人物名片|

王明奇，台州市仙居县白塔镇圳口村党支部书记，1956年1月出生，1977年4月入党，2008年作为全国农民代表担任北京奥运会火炬手，获评台州市优秀共产党员、市富民好书记、市为民好书记、仙居县优秀共产党员等；所在村获浙江省文明村、省卫生村、省绿化示范村、省森林村庄、台州市综合治理先进单位、仙居县首批小康村等荣誉。

　　自1985年7月担任村党支部书记以来，王明奇在书记岗位上一干就是30多年。他以身作则、勇于开拓，把一个昔日靠吃国家返销粮的穷山村建设成了全县首批小康村、省文明村，使圳口村的经济获得大发展，群众得以脱贫致富。

▶ "山"字文章来致富

圳口村是个小山村，劳务输出是村民增收致富的主要途径，600多人的村庄就有300余人在外务工经商。为了管好这些"游子"，王明奇制定了跟踪管理制度，并在外设立了党员联系点，以便及时掌握外出党员群众的信息。1998年夏天，由于获取消息及时，他成功排解了一起一触即发的在常熟经商人员的打架斗殴事件。

在王明奇的带领下，全村干部群众开始走上了崭新的创业之路。圳口村原有2400多亩的山林，但基本都被砍伐殆尽，成为了荒山。如何让荒山秃岭变回"宝山"呢？他带领村两委班子成员上山实地勘察，制定了植树造林的初步方案。1989年，王明奇发动村民开垦山地150亩，全部栽上了杉树苗，建立了第一块村级林场；在梨坪、夹地、大山头等山坡上栽种茶树。1992年，村民又在茶园旁开辟出杨梅园近百亩，另外还种植了200多亩的柑橘和枇杷。

辛勤的汗水换来了丰硕的成果，1996年，圳口村仅茶叶、枇杷和柑橘等作物的收入就达20多万元。村民王均勇自1990年承包村茶园以来，每年经济收入都在

■ 王明奇与施工队一起搭建村内移动商铺

1万元以上，尤其是近几年的年收入已超过了4万元；村民王明田利用村里丰富的木材资源，办起了村里第一家木制品厂，年产值近200万元，产品销往温岭、路桥、无锡等地。说起自己的致富经历，王明田对王明奇充满了感激之情："在办厂之初资金窘迫的时候，是王书记及时把自己省吃俭用节余下来的4万元借给我，才让我渡过了难关，才有了如今红红火火的日子！我永远也忘不了！"

▶ "管"字文章带好队

"村看村，户看户，群众看的是干部。村民富不富，关键看支部。"王明奇是这样想的，也是这样做的。他总是用行动做给党员干部看，带着党员干部一起干。

多年来，他示范带领村干部执行"不准赌博、不准饮酒、不准抽烟、不准到娱乐场所消费、不准到老百姓家白吃饭"的"五不准"规定，村干部们有时候甚至调侃自己就是"和尚"干部。

干部带好了头，党员也要带好队。近年来，王明奇结合十二分制管理、党员红线管理、党员志愿服务承诺、党员责任清单等内容，在"五水共治""黄皮屋整治"以及"美丽乡村"建设等工作中，设置了党员河段、联户、困难群众"三联"责任区，规定每名党员必须义务参与村庄建设，联系困难群众，节假日上门服务。

2015年，圳口村启动精品村建设，在建设生态养殖小区的问题上，一些群众不理解，不愿拆除自家的猪舍，王明奇带领全村党员连同自家亲属带头拆除各自家里的猪舍，顺利推进了工作进展。在"五水共治""三改一拆""慈孝文化"等建设中，有些在外务工的党员嫌麻烦，就跟王明奇说："我来来回回不方便，能不能用钱来代替？"王明奇严词拒绝："这是你们党员的义务，你们不回来，我就按照农村党员十二分制每次扣2分，扣完就要接受镇党委的教育管理。"在王明奇的严格管理下，圳口村的重点工程处处可见党员干部忙碌的身影，周边村的党员群众都说"圳口村党员真有党员的样"。

"一枝独秀不是春，百花齐放春满园"，王明奇注意到周边村存在党建抓不上、发展抓不起的困局，于是主动向镇党委提出以圳口村为中心，整合周边4个村成立"美丽乡村党建协同体"。通过与周边村结成帮扶对子，通过现身说法、传授经验、具体指导等形式，发挥圳口村党建示范点的辐射引领作用，带动周边村的发展。目前，协同体的各个村子的污水管网纳管、居家养老中心、河塘整治等工作都得到了有力推进，农村党建得到全面落实，村容村貌焕然一新，形成了一条颇具特色的党建示范带。

▶ "建"字文章焕新貌

王明奇积极在全村开展村风民风建设活动。目前，全村有一户家庭被授予"省五好家庭"称号，两户家庭被授予"市五好文明户"，并涌现出像王素琴那样的台州市先进妇女主任和张四凤那样的仙居县"双学双比女能手"。

为了让村民有个舒适的生活环境，王明奇还审时度势，邀请有关专家，为村里进行新村规划，让先富起来的村民们在规划区建新房。经过十几年的发展，原先荒凉的沙园现在已建起了规划有序的新楼群。近年来村里还实现了村内道路硬化，完成了村内山顶公园建设等一系列公益事业，还专门建立了村内文化俱乐部，成为了村民娱乐休闲的好去处。

2015年，圳口村启动精品村建设，圳口村景观入口、感德堰亲水平台、环境整治、人畜分离等工程和立面改造工作胜利完成，共新建人畜分离点1处、绿化面积2000多平方米、立面美化1万多平方米。美丽的圳口村正在悄然地发生转变，变得绿水相依。村庄西面和南面环绕着常年清澈见底、奔流不息的韦羌溪，每逢节假日，前来游泳、垂钓、烧烤的人群络绎不绝，甚至被称为"仙居的马尔代夫"。

当了30多年的村党委书记，王明奇对基层干部的工作不无感触，他说："做村党委书记，就要对工作用心，对村民群众以心换心，这样才能获得他们的理解。做人要正、要善，处事要公正，还要敢于去碰硬。同时，要保持一颗平常心，不以为自己是官而高高在上，要为弱势群体说话，做到公私分明。"

曾志华：心中有一个美好家园

文｜周　俊

｜人物名片｜

曾志华，丽水市龙泉市宝溪乡溪头村党支部书记、村委会主任，1976年9月出生，2009年12月入党，获评丽水市百姓喜爱好支书、市十大"最美河长"、龙泉市十佳村干部、市十佳好搭档等；所在村获中国人居环境范例奖、浙江省我心目中最美丽生态乡镇、浙江最美村庄、丽水市十佳美丽乡村等荣誉。

　　望得见山，看得见水，记得住乡愁，这是溪头村这几年一直坚持在做的事。正是沿着这个方向，溪头村从名不见经传的小村，华丽转身为"浙江最美村庄"的样板。这其中，凝结了曾志华的大量心血。如今，走进溪头村，随处可见村民参与共建的"乡愁小品"：昔日杂草丛生的土地，嬗变为溪头村民有着共同记忆的八棵树公园；临溪村道，有着一盏盏独特的灵芝路灯，创意就来自本村特产灵芝……"建设美丽乡村，就要尊重历史传统，尊重村民生活，尊重地方之美。"曾志华说。

▶ 凝心聚力治理"牛奶河"

如今的溪头村清水潺潺，成群游动的彩色鲤鱼和不时显现的本地石斑鱼让众多游人喜爱不已，鱼水和谐已经成了溪头村的"金名片"。但谁又能想象溪头村曾经有条"牛奶河"（因工厂废液污染引起河水泛起灰白色犹如牛奶般的水流）的场景。

2009年，已经当选村委会主任的曾志华偶然在邻村的溪边看到成堆的垃圾，"难道我们就一直要喝这样的脏水吗?"这个念头闪现后，曾志华开始了治水的路程。曾志华立即联系了临近6个村的村干部协商，并签订了护溪合约，溪头、高山、溪源田等村各自负责辖区内河道的整洁工作，并互相监督。

2010年开始，曾志华作为倡议者之一，组织宝溪河沿河沿线的8个村，制定了《宝溪乡河道管理联合公约》，相约在宝溪辖区内全流域禁止毒鱼、电鱼、网鱼、钓鱼等行为，通过坚持上下联动，人人参与。

针对"牛奶河"的现象，曾志华追根溯源，发现原来是瓷土加工厂的废渣排入河道所致。针对污染最严重的7家青瓷瓷土加工厂，曾志华带领村干部一次次上门走访、召开座谈会，商讨治理方案。目前，全部15家企业的新建沉淀池已投入使用，有效地解决了宝溪河道被污染的污染源问题。曾志华还先后3次组织人员对河床淤积的后垟溪700多米长的河道进行清理清运，同时在河岸边建设了后洋红豆杉小公园。通过努力，溪头村流域重现了溪水清澈见底、溪鱼成群嬉戏的景象。

▶ 多管齐下禁渔护溪

宝溪是闽江、钱塘江、瓯江的源头，这两年，养鱼护溪已得到了村民的一致拥护，并成为溪头村的一个新风俗。随着放养的溪鱼越来越多，溪头赏鱼已成为溪头村一张绚丽的新名片。在溪头村，你随时可以看到这样的画面：溪里，悠闲游动着成群结队的红鲤鱼；桥上，妇女、小孩和老人笑盈盈地围观赏鱼，不时还撒点零食，逗引鱼儿……

"自己的村庄，自己建设，自己受益，干起活来肯定更用心。"说起治水护鱼，曾志华颇有一番感想。

■ 曾志华与群众共商溪头村建设方案

2009 年禁渔初期，接到群众的举报，曾志华带着几名村干部蹲守到凌晨 4 点，抓到了一名违规捕鱼的村民。为他说情的人非常多，但如果不予处理，联合禁渔岂不成了一纸空文？以后的工作还如何开展？曾志华顶住各方面压力，与几位村干部展开连番思想攻势，竟然劝说了该村民拿出 6000 元买鱼苗放生，为禁渔成功开了个好头。至今村里人还拿这件事开玩笑："溪头村的鱼金贵着呢，6000 元买一顿鱼，可吃不起。"

"不是说没有买卖就没有伤害吗？"为了彻底杜绝村民捕鱼卖钱的念头，曾志华就一家一家餐馆地做老板的思想工作，动员他们与村里签订协议，不再购买村里的溪鱼。曾志华还亲历过一件趣事。一天他与朋友们聚餐，刚点的一锅鱼烧好上桌后，听说曾志华要来吃饭，这锅鱼立马就被端走了。后经调查，原来这些鱼是老板在赶集时买的，为了不引起曾志华的误会，大家还是把这锅鱼撤走了。经过此事后，溪头村的餐馆可不敢再烧溪鱼这道菜了。"看来，是我害的全村老少都没有鱼吃了。"曾志华调侃道。

曾志华说："现在溪里的这些鱼成了村民的宝贝，村民们倍加珍惜。除了村民公约和制度，我们更想要的，是与村民以心换心，大家多一点交流，多一点沟通，比制度性管理更能深得人心，河道管理也能取得更好的效果。"

▶ 要做一辈子的村群众

"当村干部，就要为村里做实事。要把事情办好，两委班子成员一定要团结，敢担当，善作为，多沟通，互帮助。"曾志华非常注重即时沟通，每当村里大小事务需要作决定时，班子成员就一起探讨，村民也踊跃献计，最后综合考虑各个方案，选出最优方案。曾志华经常开玩笑说，他当村支书轻松得很，只"分配任务，监督过程，检查结果"。

最初，别说村民，就连村两委干部对村庄的建设都没有信心。曾志华心想，这得先统一团队思想，才能鼓足干劲干啊！为此，他带着村两委一班人几乎跑遍了省内的新农村建设示范区。那些宜居宜游，让人流连忘返的美丽村庄，激发了村干部们的信心。村干部们下定决心，要让溪头村在将来也成为大家不舍离去的梦想家园。

溪头村现有党员 55 人，曾志华在党员会议上说："我们是溪头村的核心，应该扛起溪头村村庄规划的责任，环境治理是我们建设美丽溪头的第一步，我连梦里都是未来美丽的溪头村啊。"党员们纷纷响应，签订《溪头村党员干部环境卫生承诺》，形成了"五水共治"人人参与、人人有责、人人受益的普遍共识。村里形成了以党员带动群众，形成农村环境卫生相互监督、互相促进、共同管理的良好治污体系。"一屋不扫，何以扫村庄"是曾志华的口头禅，每次组织清扫活动，曾志华都亲力亲为，村民经常能看到他活跃在房前屋后以及河道中的身影，总之哪里脏他就往哪里跑。

在曾志华身体力行的带领下，村两委班子的干部们也是兢兢业

■ 村民文化大礼堂兼聚餐中心投入使用

业，把村庄建设当成了自己的事业。农家乐改造时，村民不敢率先尝试，副村长带头改建自家的房屋；"三改一拆"无法突破时，党员干部率先拆除自家的"违建"，一对一做亲戚的思想工作，亲临拆迁现场监督；资金不够，街道改建所用的石料买不起，党员干部就不断寻找厂家，货比三家，切块施工的人工费用太贵，村两委班子的干部就自己动手；沿街两侧经营摊点的"遮阳棚"等乱搭乱建，全村党员齐动手，把它们一一拆除……一桩桩一件件，曾志华这个团队都干在前头，却不计较个人得失。"做不了一辈子的村干部，要做一辈子的村群众，我只是在建设我们的家园。"这是曾志华常说的一句话，也是这个团队的共识。

"如果有人问我，哪个城市最美？我会毫不犹豫地说：龙泉！哪个村庄最美？

我会毫不犹豫地说：溪头！因为每个人内心深处都有着故乡情结。每个人都把自己的家乡建设好，习主席说的美丽中国不就实现了嘛。小村很简单，村民很质朴，故事很平实。一个偏远山区的小村庄，不想错过这一轮新农村建设的机会，他们非常愿意用自己的努力把家乡打扮得很美，让农村不再意味着落后，让城乡无差别甚至能过上城里人都羡慕的生活。"这段话，真切地表露出曾志华心中朴实却又不平凡的家园梦想。

四

刻苦钻研、勇于创新的
"专家型"好支书

陈捷:"博士书记"的党建梦

文 | 徐 婧

| 人物名片 |

陈捷,传化集团党委书记、副总裁,1965
年5月出生,1985年5月入党,获评浙江
省优秀党务工作者、省民营企业思想政治
工作功勋人物、杭州市十大杰出青年、杭
州青年五四奖章等;所在的传化集团获全
国先进基层党组织、全国模范劳动关系和
谐企业、全国文明单位、全国模范职工之
家、全国"五一"劳动奖状、全国双爱双
评先进企业等荣誉。

　　说起陈捷,浙江传化集团有限公司(以下简称传化集团)的员工们总会津津乐
道于他身上的"光环":他是浙江大学的心理学博士,也是传化集团的副总裁,同
时还是集团的党委书记。这位"博士书记"点子多、干事利落,正是在他的领导
下,传化集团的党建工作成为了全国民营企业党建工作的样本。在全国建党90周
年纪念表彰大会上,陈捷作为唯一的民营企业党务工作者代表上台领奖。

▶ "13588"党建工作机制打造"传化样本"

2000 年 4 月，陈捷从传化集团的人力资源部经理一跃成为集团的党委书记。对他来说，这个担子可不轻！一方面，在民营企业搞党建工作还是一件"新鲜事物"，没有太多的经验可供借鉴；另一方面，传化集团的党建工作起点非常高，早在 1998 年 9 月，集团就已经建立浙江民营企业中的第一个党委，甚至受到了国家领导人的关注。对于能否将工作开展好，陈捷心里也很忐忑，但他还是决定迎难而上："党的需要就是我的需要，能够为党的需要、为企业的发展作贡献，是我最大的追求！"

担任集团的党委书记后，陈捷发现企业经营团队对党建工作非常重视，党建工作有着良好的基础和氛围，也有着很多有效的载体和活动，不过还没形成与企业治理"无缝对接"的体制机制。

于是，他提出了党组织和经营组织"目标同向、作用互补、相互监督、共同发展"的目标定位，并坚持在实践中形成"交叉兼职、联席会议、工作联动"的协同架构，为党建和企业的长期发展奠定了基础。目前，集团的 7 名董事会成员中，有党员 3 名；25 名企业总经理中，有党员 14 名。

组织架构健全后，陈捷带领党委同志们致力于党建融入企业、引领发展的制度机制探索。2010 年，陈捷总结传化党建工作实践，形成了"13588"党建工作机制，即通过树立一个党建核心理念，构建三制联动的组织协同体系，明确党组织五大功能定位，创设八项党建特色制度，形成八大和谐创建机制，打造非公党建领域的"传化样本"。2012 年，传化集团的"13588"党建工作机制入选全国非公企业党建十佳典型案例，为丰富非公党建的理论和实践作出了积极贡献。

在陈捷的带领下，积极向党组织靠拢，不仅是集团员工的一件"时尚而有品位"的事情，甚至是值得他们一直追求的"生命中的一部分"。

杜建亮是传化涂料公司的一名老销售员。2004 年刚进入传化集团时，杜建亮就向党组织递交了入党申请书。10 多年来，他努力向党组织靠拢，每年主动要求参加入党积极分子培训，但是因为传化党委对党员入口关严格把握，他一直未能如愿。直到 2016 年 4 月，当党支部书记通知他已经被确定为发展对象时，杜建亮激

■ 陈捷代表传化集团党委接受表彰

动不已。在随后的出差旅途中，他总是随身携带入党培训教材——《入党百晓》，一遍又一遍地进行温习。

如今，积极向党组织靠拢已经成为传化集团一道亮丽的风景线。

▶ "党建工作做实了，就是生产力"

陈捷十分注重企业的党组织和党员队伍建设，坚持"支部建到企业、小组建到车间"的工作思路，逐年在新建公司、车间中建立党支部和党小组，确保随着企业的不断发展壮大，党组织的"触角"能够延伸到企业的每个角落。

哪里有党员，哪里就有楷模。在平时的工作开展中，陈捷总是率先垂范，带头开展项目攻关。在由他牵头的集团"TFL高端领导力发展"项目中，他将"党管干部"的原则很好地融入企业人力资源管理，努力把优秀党员培养成企业的精英后备力量，把具有较大发展潜力的精英骨干培养成党员，为传化集团的长远发展输送了一大批优秀人才。在他的带领下，传化集团的党员踊跃承担技术攻关项目，大胆开拓业务。近三年来，传化集团110个攻坚克难项目中81%的项目由党员牵头完成，为企业发展创造了巨大的管理效能和经济效益。

在陈捷的指导和推动下，传化党委积极搭建党员发挥作用的载体平台，激发党组织和党员服务企业发展的生机活力。通过陈捷的大胆探索创新，党组织的许多"红色资源"在传化集团转化成了推动企业和谐发展的"红色动力"。例如，针对物流产业中流动党员多、党员参与组织生活不方便的情况，在陈捷的全力支持下，集团党委在传化物流基地建立了"流动党员管理站"，不仅抓好流动党员的教育管理，还促进形成了文明诚信经营的良好氛围，"共产党员经营户"成了许多物流企业的"金字招牌"。

▶ 投资员工就是投资企业的未来

人是生产力中最活跃的因素，也是党建工作的出发点和落脚点。作为党委书记、人力资源专家、心理学专家，陈捷非常重视"人"的工作。他一直致力于在民营企业中探索构建新型劳动关系，努力把企业建设成为业主、管理者、员工的"利益共同体、事业共同体和命运共同体"。

陈捷认为，民营企业的党组织必须要保持独立性，要在企业管理层和员工层之间当好桥梁和纽带，特别是要更多地为员工层说话，这既是党组织的政治属性决定的，也是维护企业长远利益的需要。他坚信，投资员工就是投资企业的未来。

在陈捷的大力倡导下，传化集团建立了员工收入与企业效益增长联动机制，让员工更好地共享企业发展成果。一直以来，传化员工的收入水平远高于当地的社会平均工资水平。陈捷还牵头开展了"工作着是美丽的""好上司好下属好同事大讨论"等活动，使和谐劳动关系在传化集团深入人心。

陈捷还积极把心理学的实践应用结合到思想政治工作中。2012年，陈捷牵头成立了"幸福员工心理工作室"；2015年，集团党委又推行了"政委制"，陈捷担任"第一政委"。书记和心理学博士的双"头衔"，让陈捷在做思想工作方面如鱼得水，他多次与一线员工沟通交流，并帮助他们消除心理障碍。

对于青年员工的成长、成才，陈捷同样很上心。在调查中发现青年员工最关心

■ 2016 年 5 月 25 日，传化集团公司第二党支部的党员自发为陈捷庆祝入党 30 周年政治生日

自己的职业成长时，陈捷建议集团建立分层分类培训体系。目前，传化集团生产工人和管理人员每年的培训时间分别达到 96 小时和 48 小时。初中毕业的李义红进入传化集团后积极参加多项培训，拥有了化工行业的多个国家职业资格证书，现在执掌着传化股份技术中心试验车间的 300 多个印染助剂和 600 多个实验配方。李义红感激地说："传化集团是一所育人的学校，陈捷书记是帮助我们成长的领路人。"

"陈捷书记真是太忙了啊！"熟悉陈捷的员工都知道，他每天的时间都要精确安排到每分钟，尽管如此，时间对他来说总还是不够用。在他忙碌身影的背后，折射出的是一位共产党员的责任意识和奉献情怀。

如今，面对新形势下的非公企业党建工作，陈捷仍旧自信满满："非公企业党建本身就是在探索中成长，创新是我们工作的基因，不墨守成规应该是我们的传统。相信我们今天的努力，必将开创非公有制企业党建工作的崭新未来。"

孙亮：新时代的"红色 CEO"

文｜鲁 晋

｜人物名片｜

孙亮，宣达实业集团有限公司党委书记，1980 年 2 月出生，2001 年 5 月入党，获评浙江省民企党员百名闪光典型、温州市优秀党务工作者等；所在企业和党组织获温州市文化建设示范点、市先进基层党组织、青春党建市级示范创建点、市一企一品优秀品牌等荣誉。

在宣达集团的车间里、办公室里、活动场上，员工们经常看到一张充满信心和斗志，满怀豪情而又敬业、乐业的笑脸；一个活跃在非公企业党建阵营中，新时代"红色 CEO"的阳光形象！这就是他们的党委书记孙亮。孙亮说，自己并不后悔当初选择从国有企业走进民营企业，因为他通过不断地求索和创新，终于在非公有制企业的党建阵地上打拼出了一片红色信仰的新天地！

▶ 民企版"非诚勿扰"解决员工终身大事

孙亮是一名地道的东北汉子，大学毕业后他来到浙江，供职于浙江省属国有企业——巨化集团公司党委组织部。2010年5月，温州民营企业与温州市委组织部联合组织的一场面向全国海选"红色CEO"的招贤活动吸引了孙亮，他觉得这是一次施展个人抱负的好机会。孙亮果断地加入了有1205人参与的竞选角逐，最终成为温州首批26位"红色CEO"之一。

2010年7月，孙亮正式入职宣达集团，并通过党员大会正式当选为宣达集团党支部书记。竞聘成功后的喜悦，没有让他醉心于"红色CEO"这个时髦头衔的光环，反而让他内心充满谨慎和忐忑，不知道自己能否适应新环境和新角色，会不会水土不服？但是开弓没有回头箭！一股源自80后年轻干部思维中的锐气和干劲激励着孙亮，按他的话说就是"既然选择了，那就义无反顾地往前冲吧！"

初到民营企业，他想到的是要归零过去、求真务实，一切从头开始，从小事做起，从服务企业经营发展和企业职工工作和生活开始。他仔细调研了宣达集团的企业运营情况和党员结构及员工状况，然后决定从员工和企业的需求着手，开展党务工作。

孙亮发现员工晚上经常挤在周边的小店观看电视，就建议企业把多功能厅改造成放映厅；他发现员工喜欢打篮球，就组织了篮球队并发动员工海选教练；他发现员工在工作之余有闲暇的时间却没有地方开展娱乐活动，就发起建立了职工书屋和影院，向员工免费开放……

宣达集团属于机械制造行业，企业里男多女少，但是青年交友择偶的需求很大。2011年起他就开始策划推出"红色青年联谊会"项目。几年下来，宣达集团在党组织的牵头组织下，先后和奥康、红蜻蜓等女青年充裕的企业党组织联合举办以"学党史、跟党走、广交友"等为主题的红色青年联谊会。活动不但丰富了员工的业余文化生活，还凸显了企业和党组织对员工"终身大事"的关心。该活动被企业员工誉为民企版"非诚勿扰"。至今，联谊会已发展为由宣达、红蜻蜓、亚龙等十余家非公企业党建联盟共同参与的"瓯北街道非公企业党建联盟红色青年联谊会"。

为了倾听员工的心声，孙亮还在公司建立了"一对一"谈心机制：通过与员工面对面的交流，了解其内心的真实想法及工作生活中面临的困难，并将这些情况反映给公司高层。几年下来，孙亮先后帮助员工协调解决工作、生活等问题近百件。

▶ "青春拜师会"培养企业精英

俗话说"培养个徒弟，饿死个师傅"，民企的"传帮带"，一直以来都是难解之题。

为了让应届毕业生更快地适应岗位，孙亮发动了"党员带徒弟"活动，并签订"导师带徒协议"，定期跟踪考核。为了进一步发挥党员的"传帮带"作用，帮助企业培养建设"想干事、能干事、能干成事"的人才队伍，孙亮发起实施了"青春拜师会"项目。

新从业者或学艺者通过仪式与授技授艺者结成师徒关系，谓之"拜师学艺"。青春拜师会，就是每年由党委牵头以"老带新""传帮带""党员带徒"等形式组织企业新入职员工与老技术员工进行结对帮扶。通过这项工作，党员带出的徒弟，80%以上都成了业务骨干。

■ 为职工提供精神食粮的宣达集团职工书屋

"这两年，已经有 26 名新员工主动拜师，其中 4 名表现优秀的员工还破格进入了企业中层。可以说，这批党员老师发挥了很大的作用。"孙亮介绍说。员工刘昌灯也表示，自己通过拜师学技艺，一步步成长起来，获益良多。

▶ "红二创"工作室激发"红色动力"

几年工作下来，孙亮发现，在企业里开展党建工作虽然有效果，但也有不少困难。比如存在党组织作用发挥不充分、党员主体地位不突出、党员队伍无活力、党建创新不给力等问题，与党组织发挥实质作用的要求还有很大差距。他认为，最关键的是工作要有实招。

生产一线员工的创业创新对于企业提升生产效率尤为重要。为了让"红色动力"转化为生产效率，宣达集团党委牵头在车间挂牌成立了以党员为核心、以车间管理和技术骨干为成员，采取轮值主任制的"红二创"工作室。"红"是指党员，"二创"是指创业创新。

"红二创"工作室面向的不仅是党员，同时也面向每一名员工。工作室将每个个体的智慧集聚起来，凝聚和带动车间一线骨干员工创新创造，人尽其才，有效地解决了车间一线在适应企业发展新常态过程中的动力不足问题。与别的工作室不同的是，"红二创"工作室的主任并非固定，而是由提出创新项目的党员担任轮值主任，其他主要生产管理人员参与轮值，直至项目落地。

在实践中，"红二创"工作室为集团带来了实实在在的收益。例如，"红二创"工作室用了不到半年的时间，研究出了一套基于互联网实现信息快速传输的生产流程控制法，成功地解决了生产车间工作效率低的问题。特阀车间主任吴王伟对此体会最深，他说："现在公司产品的交货率从年初 88% 提升到现在的 93.8%，催货的电话明显少了，手机费也省了一笔。"

一件件求真务实的小事，是孙亮投身民企开展党建工作的点点滴滴，也正是因为这些点滴小事让员工们感受到一种健康的党建思想和文化已经在企业中蔓延开来。企业职工渐渐感受到了组织的存在，企业中的积极分子多了起来，不断有职工向党组织递交入党申请书，企业支部工作逐步走向了正规化。

徐威：员工身边的"老娘舅"

文 | 陆秀梅

| 人物名片 |

徐威，日本电产集团党委书记、日本电产（浙江）有限公司工会主席，1959 年 8 月出生，1985 年 6 月入党，获评全国优秀党务工作者、浙江省优秀党务工作者、嘉兴市优秀共产党员、市"十佳"基层工会主席等；所在企业获全国"双爱双评"先进企业、浙江省外商独资百强企业、嘉兴市"发展强、党建强"先进企业、嘉兴市"红船先锋"基层党组织、平湖市"五好"示范党组织等荣誉。

第一次来平湖市日本电产（浙江）有限公司的人，总会很惊讶在这家全日资公司里竟然有着一间标示醒目的党员工作室。这个工作室的主人就是徐威。在公司里，徐威有着多重身份，徐书记、徐主席、徐威大哥，每个称呼都代表着他的一种身份。他既是平湖市第一个在外企建立党支部的人，也是员工心中为人家谋利益的工会"当家人"，还是每个人身边亲切随和、温文儒雅的"老娘舅"。

▶ 平湖市外企建党支部第一人

20世纪90年代中期，从日本留学回来的徐威因为向往南方的开放氛围，于是毅然辞去了老家黑龙江大学的教师职务，来到广东东莞的一家日资企业做翻译。半年后，踏实能干的他就担任了所在部门的副经理。

"我喜欢突破、挑战，所以那几年，我总是不满足现状，不断寻求更好的发展机遇。"2004年1月，怀揣着这样的想法，徐威来到了位于浙江平湖市的日本电产（浙江）有限公司，在企业最大的制造部里担任课长，负责这个有1000多名员工的生产部门的日常管理。

就在徐威渐渐习惯生产经营管理的职业生涯时，一件偶然的事情，把他推上了一个完全不同的舞台。当时，公司发生了劳资纠纷，原来的工会主席被职工"下了岗"，公司管理层和职工都急需一位善于沟通的新主席。于是，日语流利、熟悉日本文化，又是公司最大制造部门负责人的徐威以最多的信任票被推上了工会主席的岗位。

担任工会主席是因为偶然的机缘，成为一名外资企业党务工作者，却是徐威主动的选择。

刚走上工会主席的岗位，徐威需要处理涉及员工工薪福利的新账和旧账，但他却时刻惦记着自己刚进公司时就留意到的一件事情。当时，有着10多年党龄的徐威注意到公司里有很多员工跟自己一样都是"隐性"党员。在担任工会主席后，徐威想到员工的思想政治工作在外资企业里几乎是一片空白，一个在外资企业建立党组织的想法在他的脑海里萌生了。

"在外资企业建立党组织，在平湖市其他企业中既没有先例，也没有固定的模式，一切都要靠自己去摸索。"起初，徐威试着向公司高层表达自己的想法，但是日方的高层根本不予理会，觉得这完全没有必要。"我们公司各个重要岗位上的中层员工，大多数都是党员，如果把他们的榜样力量发挥出来，对企业的发展肯定是有百利而无一害。"徐威不断地在公司高层面前据理力争。为了打消日方的疑虑，他还保证，"我们会确保公司的利益，发展党组织绝对不占用公司的任何经费，也无需另外增加办公场所。即使开展党组织活动，也都是选在员工的休息时间。"

此外，徐威还找到平湖市委组织部和开发区的相关领导对公司高层做动员工作。通过他的努力争取，2004年7月31日，日本电产（浙江）有限公司党支部终于成立了。

▶ 党组织要以作为换地位

在外资企业里，党组织要赢得公司管理层的认可，取得实质性的地位，只有一条道路可以走——以作为换地位。公司管理中解决不了的事情，徐威就会接过来处理，并且尽力完成，向企业外方管理层充分展现党组织的能力和作用。

"作为上市企业，这些年，公司每年都要发起一些公益活动。"徐威说。但公司那么多员工，如何发动组织他们，成了公司高层头痛的事情。

当前，水环境治理成为大家共同关注的问题。"这是事关百姓民生的大事，作为党员，我们自然也不能落后，要在'五水共治'中发挥我们应有的价值。"徐威组织了集团公司的10个党支部与钟埭街道白马堰社区签订了社企"五水共治"共

■ 徐威带领党员们坚持扶困帮学

建协议书，分别承包了钟埭街道白马堰社区的 10 条河道。党员们配合社区干部，利用下班和周末时间去各自承包的河道做好巡河、清污和保洁等工作。"真的是很难得啊，没想到日企的党支部还能这样支持我们的中心工作，减轻了我们不少的压力。"白马堰社区的干部们都对这群党员的到来表示由衷的欢迎。

"党员活动最重要的是体现党员价值、发挥党员的榜样引领作用，要避免活动只是'走走看看'的形式误区，而要让它真正为党员自身、党组织、企业带来变化。"对于怎样做好一项特色党员活动，徐威可谓下足了功夫。

如今，日本电产党组织已经升格为党委，下设 10 个党支部，共有党员 200 多名，党组织覆盖了日本电产集团在平湖投资的 13 家子公司。每年日本电产党委都会举办一至两场的大型教育活动，包括党员学习教育或者社会实践等，多年下来也做成了一个品牌。

▶ "徐威大哥工作室"走进员工心里

"徐大哥是个热心人，怎么也闲不住。"这是员工对徐威的第一印象。

热心的"徐大哥"关心公司员工，积极为员工谋福利。日本电产集团规模大、员工众多，徐威经常会收到职工、党员反映的各种意见、诉求，特别是关系到职工群众切身利益的问题。如何更好地将这些问题向企业提出来，并予以解决呢？徐威思考着有必要与企业高层来次面对面的沟通。经过徐威的提议，"党企沟通会"应运而生。现在，每个月第二周的星期三，"党企沟通会"都会如期举行，与会者听取公司的生产经营情况，汇报党建工作和职工的需求反映，并提出意见、建议。

为了更好地架起企业与职工之间的沟通桥梁，2011 年 5 月，日本电产（浙江）有限公司建起了党员品牌工作室，并取名为"徐威大哥工作室"。

尽管只有 10 平方米，但是这个"寸土寸金"的工作室却是大家在公司里最喜爱去的地方，职工休息时都会习惯性地往工作室里跑，唠唠家常，说说各自的近况。

一次和几位外省来的职工闲聊时，徐威得知公司很多外来员工对当地的饭菜不习惯，希望公司能够提供面食之类的多种选择。于是，徐威马上召集党员干部商量

■ 徐威组织开展"穿越徽杭古道急行军拉力赛"

解决对策，在不另花公司一分钱的情况下，通过争取上级党组织支持、协调工会经费投入等方式共筹集资金 15 万元，开辟了党群驿站，设置了面食房、西餐厅、书香阁、休憩站、爱心超市……这样一来，用完餐的职工可以通过到"书香阁"翻阅报纸、杂志来学习知识，爱吃零食的女职工们还可以去超市购物。

在工作室，徐威帮助大家解决了不少事情，包括家庭琐事、工作待遇、子女教育，甚至是感情方面的问题等。"在这里我不是徐书记、徐主席，我只想做大家身边最亲切的徐大哥。"徐威说。即使遇到解决不了的事情，徐威也竭尽所能地帮助大家反映问题。

徐威的努力和付出，赢得了企业员工的信任和支持，也赢得了日本投资方的认可和赞赏。作为一名外企党务工作者，获得全国优秀党务工作者的荣誉，在浙江徐威是第一人。对此，徐威颇有感触："路是走得很辛苦，但很值得。前方的路更漫长，需要继续奋勇前行。"

孙孝庆：刑侦高手中的好支书

文 | 清 语

| 人物名片 |

孙孝庆，绍兴市公安局越城分局刑事犯罪侦查大队党支部书记，1964 年 7 月出生，1986 年 9 月入党，获评绍兴市优秀党务工作者、绍兴市公安局优秀党员等；所在单位获全省模范公安基层所队、全省优秀基层党组织、全省优秀公安基层单位、浙江省青年文明号、绍兴市"青年文明号"等荣誉。

刑侦大队是绍兴市公安局越城分局的一柄利剑，肩负着越城区各类重大刑事案件的打击侦破职责。在这柄利剑的背后，有这么一位"严父慈母"，他用铁腕手段和真心实意托起整个队伍的管理和保障，把自己化身为越城区利剑最坚实的剑鞘！他就是绍兴市公安局越城分局刑侦大队党支部书记孙孝庆。

▶ 用真心实意管住一群破案精英

孙孝庆已经在公安工作岗位上奋战了近30年，从最初分配到绍兴市公安局越城分局刑侦大队从事技术工作，到后来在国保大队、后勤科担任中层领导，中间经历了多个岗位的调动。2013年3月，孙孝庆重返刑侦大队，担任党支部书记、教导员。

绍兴市公安局越城分局刑侦大队是一支年轻而富有朝气的队伍，32位民警中青年民警占了绝大多数。如何管理好这批精英，孙教导琢磨出了好几套办法。

为确保党员队伍的纯洁，孙孝庆积极开展教育引导，关注"五必访""六提醒""七必谈"等各项工作。在谈心过程中，为确保不流于形式、谈心内容不浮于表面、谈心效果不轻易遗忘，孙孝庆通过自主创新，推行以"日常沟通、告诫提醒、关心关爱和跟踪效果"为主要内容的"3+1"工作法，全力推动了"一对一"谈心沟通跟踪机制的建立。同时，他建立"三注重"机制，加强对重点民警的帮教引导，使刑侦大队逐渐成为一支敢打敢拼、有情有义的队伍，帮助青年民警迅速成长。

■ 孙孝庆细心指导技术民警突破指纹比对难题

就像电影中经常看到的那样，刑侦工作繁重而艰辛，还有很高的危险性，队员们加班加点更是家常便饭。年轻人长时间在这样高强度的工作压力下，难免会产生厌烦心理。为此，孙孝庆经常抽出时间给这群年轻人讲述自己多年刑侦工作的经历，谈谈自己这些年的成长史，分享自己的工作技巧。

在互相拉近距离的同时，孙孝庆给民警的政治生活注入了新的生机和活力。刑侦大队视频中队的队员，需要长期盯着电脑屏幕，大部分人眼睛红肿，有些人甚至出现了视力下降的情况。细心的孙孝庆发现这个情况后，自掏腰包买了 20 多瓶眼药水分发给队员们，告诉他们先缓解下眼睛疲劳，注意调节身体，并马上打报告给局里请求配备专业的视频侦查显示器，最大限度地减少工作损伤。在孙孝庆的提议下，中队在全市范围内最早配备了专业视频侦查显示器。

在他的带领下，刑侦大队党支部攻坚克难、奋发进取，在"越剑"系列行动、G20 峰会安保等工作中均取得了显著成效，业务工作、队伍管理都得到了明显提升。

▶ 学习创新，他用真心实意让每个人感受到温暖

俗话说"安居能乐业，安家才立业"。为了落实好队伍监督管理，确保队伍和家庭的和谐稳定，去年，老孙也"潮"了一把，学年轻人玩起了微信，并率先在局里建立了"有你在身边"民警家属微信群，向民警家属发送大队民警的好人好事、破获案件的外宣报道等充满正能量的内容。这不仅有效促进了民警家属相互间的沟通，还及时掌握了第一手民警实际生活中遇到的困难和问题。同时，这也促进了家属对公安工作的理解和支持，无形中为公安舆论引导提供了正确的方向，起到了润物细无声的作用。

在一次对协勤人员的谈话中，孙孝庆了解到大队协警夏运超同志的父亲在杭就医，双腿面临截肢，这使经济本就不宽裕的他"雪上加霜"。知晓这个情况后，孙孝庆立即在微信群里发起了"献爱心，助运超"的捐款活动，获得了全队民警及家属的积极响应，为夏运超一家筹款近 3 万元，解了他的燃眉之急。

孙孝庆的这个创举获得了一致好评，为大队工作的有序开展起到了巨大的推动

■ 在谈心室，孙孝庆耐心地与青年民警沟通交流，了解民警思想状况，为民警解决实际困难

作用，也为新媒体时代下公安队伍管理的信息化发展开拓了一个新平台。在他的力推下，绍兴市公安局越城分局的所队先后建立了各自的警属群。

▶ 敢于担当，他用多年经验让侦查破案更加高效

"作为一名刑警，首要任务就是打击犯罪。"孙孝庆始终牢记这点。为打破以往侦查部门间各自为战的模式，突破信息"封锁"，消除"壁垒"，孙孝庆和支部一班人日思夜想，慢慢摸索，在实战中总结经验。在上级部门的指引下，大队逐渐找到了思路，在原先的基础上，拓展形式内容，明确工作定位，转换侦查模式，整合刑侦资源，探索合成作战模式，坚持边运行、边总结、边完善。大队根据侵财犯罪案件发案态势，重点围绕某一同类案件高发的现状，立足现场，主动串并案件，共同组织、协调、配合，满足各警种合成作战需求；同时，兼顾打击破案主线和追赃挽损需求，有力提升了打击犯罪实效，为案件的侦破提供了一条高效便捷的途径。

"你看他比我们年轻人都拼。"不少大队民警都感叹孙孝庆在工作中是个铁人。有一次，孙孝庆外出时不慎跌伤了腿。为了不影响大队工作正常运行，他坚持拄拐上班。

在孙孝庆以身作则的感染下，大队也不断涌现出不少优秀民警。杨健哲在手术后身体尚未完全康复的情况下，带领"两抢"中队、"视频"中队民警掀起了破案高潮，在实战中创建了"视频侦查"工作法；民警徐巧东在认真分析成功案例的基础上，总结、提炼了情报工作中阵地的"五步工作法"，先后赴省厅和其他兄弟公安局讲解自己在阵地控制领域的成功经验……

2010年以来，刑侦大队两类命案、五类案件等重特大案件的破案率持续保持百分之百的良好势头，同时对各类刑事犯罪尤其是老百姓关心的侵财型犯罪主动进攻、强力攻坚，严厉打击了犯罪分子的嚣张气焰。

"公安工作其实就是为老百姓服务。"在打击犯罪的同时，平日里的防范也马虎不得。孙孝庆深知只有群众自主防盗意识增强了，发案率才会降低。结合越城公安最近几年实施的"三进三同"、"全警大走访"、群众路线教育实践等活动，孙孝庆带领大队民警借助报纸、电台、网络等媒介，不断开展形式多样的防范宣传活动，"以防带打"多途径地向群众宣传各类防范知识，提升群众的自防意识和能力。

仅2015年以来，大队通过各种形式张贴宣传画报300余张，发放防范提醒卡2000余张；同时开展法医工作室免费鉴定咨询服务，向群众提供印制有关鉴定标准的宣传小册，供群众咨询时查阅。

与此同时，孙孝庆还制定了一系列回访举措：对未破案件的受害人进行定期回访，对重特大刑事案件进行认真梳理，办案民警利用业余时间积极开展上门走访，主动上门对案件当事人进行实地回访交流。除涉及警务机密外，他尽量将案件的办理情况及时反馈给群众，同时听取群众的意见建议，解答群众的疑问。这些举措取得了群众的充分理解和大力支持。

许晓华：抓好党建为企业添活力

文｜郭好进

｜人物名片｜

许晓华，横店集团英洛华电气公司董事长、党委书记，1963年4月出生，1987年7月入党，获评全国机械工业劳动模范、全国文明五好家庭、浙江省"五一劳动奖章"、省十大杰出青年、省经营管理大师等；所在公司获全国文明单位、全国精神文明建设工作先进单位、全国创先争优先进基层党组织、全国模范劳动关系和谐企业、全国青年文明号、全国巾帼文明岗、国防教育先进单位、双强百佳党组织等荣誉。

无论是企业员工、外来客户，还是上级领导，通常用"许总"或"许博士"称呼许晓华，他都会一脸微笑地予以回应。其实他最在乎的，还是那个称呼——"许书记"。20多年来，尽管工作繁忙，他一直担任着企业党委书记一职。

▶ 党建和业绩两手抓

"党建是企业的灵魂，业绩是安身立命之本，两者都要紧抓。"多年以来，许晓华始终以身作则，带领党员骨干们钻研业务，对于重要的项目，他都亲自担任负责人，重点项目均由党员担任骨干攻坚克难。这一传统，他已坚持了25年。

1993年，作为英洛华电气有限公司前身的横店进出口公司成立了，当时公司仅有8名员工。如何带领企业员工把企业做大做强，如何能更好地激发员工的积极性？最终，许晓华选择了"党建促发展，发展强党建"模式。

打铁还需自身硬。许晓华深知，作为企业负责人，如果没有点真材实料，是很难服众的。

创业之初，为了熟练掌握外贸知识，许晓华就和公司的其他党员骨干一起互相当陪练，刻苦练习口语。一旦有出国谈业务的机会，他就不停地找外国人聊天，有时甚至将对方搞得莫名其妙。正是有了这种拼劲，短短三年内，在许晓华的带领下，公司一跃成为当时金华市出口额最大的企业和全省自营出口的十强企业。

2000年，在经过一系列兼并改制后，公司正式更名为英洛华电气有限公司，公司的业务范围也发生了重大变化。为在新的领域继续保持领先地位，许晓华再一次带领党员骨干，开始钻研电机技术。经过多年的不懈努力，许晓华俨然已是电机领域的一位专家。

作为书记，许晓华作风过硬；作为董事长，他业务精湛。在他的带领下，英洛华电气在行业里获得了大家的认可，蜚声国际。目前公司出口的占比已超过五成，已设计开发1万多种电机产品，为全球150个国家和地区的8000多个不同需求的客户提供个性化服务。

▶ 抓好党建让企业发展更强劲

身为书记，许晓华坚持"围绕发展抓党建、抓好党建促发展"理念，积极探索，不断创新，突出重点，狠抓落实，大力实施"党员人才工程、方圆六合工程、人本关爱工程、制度建设工程"等"四大工程"，使党建工作这个"软实力"成为

■ 军训是集团内每个党员的必修课

企业经济发展的"硬支撑",实现企业与党建同频共振。

"企业党建,重在虚功实做。"英洛华电气公司党委下辖2个总支、9个支部,现有党员112名。许晓华深知,党员的表现直接影响着企业的广大员工。在英洛华电气公司,各支部书记的月工作计划跟生产紧密相连。公司党委每月对支部书记进行百分制考核,考核内容包括产值、销售、出口值等,并将考核结果与工资奖金、晋升提拔相挂钩。

同时,许晓华还决定在公司推行"双培养"模式:"把优秀员工培养成党员,把党员培养成业务骨干。"党员优先从学习型优秀员工、创新型优秀员工中发展,中层干部优先从优秀党员员工中选拔,高层管理者从优秀中层干部中委任。目前,公司9名高层管理者当中,有8名是党员,生产一线的重点骨干人员中,党员占比达80%以上。

在生产一线,公司设立了"党员先锋岗",强化党员的荣誉感和责任感,时刻提醒他们在自己的工作岗位上体现先进性。许晓华要求公司党委成员每人联系一个生产车间，党员中层管理人员联系一个具体项目或技术骨干人员，车间一线党员联系若干普通员工，为员工做好生产、生活等各方面的服务，并做好传帮带工作。公司党委还对党员提出"一岗三责"的要求，即做"党组织的好党员、企业的好员工、社会的好公民"；对普通员工提出"一岗双责"要求，即做"企业的好员工、社会的好公民"。

▶ 召开"饭桌会谈"为员工解困纾难

一天，王从龙接到父亲王学海从安徽省五河县老家打来的电话："由公司寄出的100元钱，我已经收到了。"这100元钱是王从龙和公司共同寄回家里的。

从2010年开始，英洛华电气推出"亲情1＋1"活动，只要员工愿意从收入中抽出一笔钱寄给自己的父母和家人，公司就拿出同等金额的钱，感谢员工的家人。

对于公司党委推出的这项亲情感恩活动，员工们十分支持，都填写了一份《家长月工资确认表》。公司按员工进企业时间早晚分三个等级，不同工龄员工的父母每月分别可以收到100元、140元和200元的"工资"。

"夏天到了，部分职工反映宿舍有点热，能及时装上空调吗？""车间岗位能跟进降温措施吗？""有个职工反映老婆要跟他离婚，工会、团委能出面做做工作吗？"在英洛华的食堂，利用中午吃饭的时间，许晓华会召集各党支部书记、副书记、车间主管召开这种"饭桌会谈"，及时掌握员工的生活情况，有困难便及时跟进解决。

公司党委还建立了物价补贴、走访慰问员工等制度。在员工结婚、生小孩、子女上大学或发生意外事故时，党委及时组织人员走访慰问，并发放一定的慰问金。

有一年，公司员工郭亮家里的10亩大白菜滞销，家人一筹莫展。许晓华得知后，立即召开党委会号召公司后勤部和党员职工购买大白菜，仅一个星期，大白菜被公司食堂和员工尽数购买。

从此，只要是公司的员工，无论是陕西老家的苹果卖不出去，还是山东老家的花生滞销，公司党委都会出面帮忙解决。因为许晓华想到了一个好办法："我们公司员工 1000 多人，每个家庭分担一点，这不是小事情吗?"

于是，每个月给员工发放礼品已成为公司的惯例。除了生活日用品外，基本上是农副产品，其中很大一部分来自于员工家庭，如员工家里自产的西瓜、哈密瓜、大米等。

在许晓华的提议下，公司党委还建立了"和谐共享基金"。公司规定"员工在职 6 年以上（含 6 年），男员工年纪在 50 周岁以下，女员工在 45 周岁以下，均可享受'和谐共享基金'"，并且"和谐共享基金"随公司效益的变化而变化。目前，公司 200 多人有资格享受这一福利。

如今，许晓华已将党建工作"搬"到了网上。早在微博兴起的时候，许晓华就开通了微博，每天早晨上班前发一条微博是他雷打不动的工作。385968 个粉丝，5953 条微博，许晓华笑称自己成了不折不扣的"微博控"。紧跟时代潮流的背后，是许晓华简单而诚挚的目的：不要做一天到晚板着脸的大老板，而要做员工们的贴心朋友。

周岳运："乡村版枫桥经验"的创造者

文 | 郑玲烨　蓝华平

| 人物名片 |

周岳运，丽水市遂昌县应村乡应村村党支部书记，1949 年 11 月出生，1978 年 12 月入党，获评浙江省优秀共产党员、丽水市优秀党员、市百姓喜爱好支书、遂昌县优秀党员等；所在村获浙江省文明村、省农村基层党风廉政建设示范村、省五星级民主法制村、省欠发达地区农民创业示范单位等荣誉。

从遂昌的"北大门"沿着桃溪流域逆流而上，转过蜿蜒盘旋的山路，河畔有个村子叫应村村。这个地处穷乡僻壤的小山村如今已远近闻名，"戴"上了浙江省文明村、省农村基层党风廉政建设示范村等诸多荣誉和头衔，被业界称为"乡村版枫桥经验"的"民事村了"工作法，便是首创和提炼于这里。"村里能获得这么多'有分量'的成绩和荣誉，离不开老周几十年如一日的默默耕耘和奉献！"村民们交口称赞的老周便是村支书周岳运。

▶ 村民致富的"领头羊"

2011年，面对村里竹产业经济效益下滑的困境，周岳运想到了种植红心猕猴桃。种植初期，他带领村干部赴四川、浙江上虞等地考察，学习栽培技术，摸索种植门道。猕猴桃喜获丰收后，周岳运建起合作社，配齐冷链车，开设淘宝店，试水微营销，深度触网"电子商务"。两年时间，红心猕猴桃的种植面积从起初的几十亩发展到如今的600余亩，年产值高达540万元。

应村村曾是一个无人知晓的穷山村。"如何让村民的腰包鼓起来？"1977年周岳运上任村支书伊始便在思考这个问题。当时，在他的倡议和带领下，村里集体办厂。不幸的是，初涉"商海"的应村人不但没赚到钱，反而赔了本。

机遇总是留给敢于吃螃蟹的人。1992年，周岳运看到有个体户在公路上摆摊，就想到何不利用空闲地建小商品摊位并出租。说干就干，他向信用社贷款4万元，新建了31间摊位，出租给个体户经商。没想到，这一举动竟每年给村里带来了两万多元的集体经济收入。

借着农村产权制度改革的政策东风，这个敢闯敢试的基层党建"领头羊"又搞起了"股改"。周岳运将几年"攒下"的固定资产折价150万元，分给村民配股：一般村民每人配1股1000元，80岁以上老人、一二级残疾人、低保户每人配1.2股1200元。村两委还牵头成立了普惠农业发展有限公司，以股份合作社的名义对集体资产实行公司化运作，收益按股份分红，形成以房产租赁、工程承包为主，商业服务为辅的多元化产业格局，实现集体资产增值，使得股民长期受益。

有村民说：周岳运有发展眼光、有经商头脑，村里的家底越来越殷实了。对此，周岳运笑着说："一个人富起来，不能代表什么，只有带领全村人都富起来，才是一个共产党员应有的担当！"

▶ 群众眼中的"老娘舅"

每天早上六点，周岳运都会带着他的"老伙计"（记事本和笔），去村里项目建设现场查看工程进度，到农村电子商务中心把关产品质量，然后再前往村民家中走访排查……

"记不清这是什么时候开始养成的习惯，反正每天一醒来想到的第一件事情就是要到村里转一转。"周岳运说，每天坚持走村入户，这样他才能对每家每户的情况了然于心。这样的走访每天都在继续，甚至连大年夜当天都不例外。

有一次，周岳运在巡查时发现，91岁的孤寡老人朱吉祥的泥房出现了裂缝。于是，他留了个心眼，每天都去查看情况。直到有一天，他发现这个裂缝变大了，于是，他多次上门劝说老人转移。庆幸的是，在泥房倒塌前，老人安全转移了。老人十分感动，握着周岳运的手说："要是没有你，我的命就没了。"

为了更好地为村民服务，周岳运还组建了村一级的"老娘舅"调解服务队、矛盾纠纷排查队、村级调解委员会、文明和谐宣传队四支队伍。他要求队伍们常态化开展矛盾排查、纠纷调解、文明宣传和普法教育活动，及时掌握动态信息，主动上门调解处置，使纠纷、矛盾解决在萌芽状态。

知民情是为了解民忧。当村民遇到急事难事，周岳运必到现场，这是他给自己定下的不能打折扣的"硬指标"。因此，在应村村，远近的村民有什么大小事情，都叫周岳运出面协调解决，大伙儿都亲切地称他为"贴心人"和"老娘舅"。

当村民们说起周岳运，大家都会竖起大拇指夸赞，然而在周岳运妻子眼里，他却是个"不称职"的丈夫："自家大小事务他从不过问和关心，对别人家的事就非常积极和上心，一听到有关群众利益的事情，他立马就'飞'去了，喊都喊不住……"

▶ 村民心中的"当家人"

一手抓经济发展，一手抓社会和谐，土生土长的周岳运心里十分清楚，管好一个村，光靠发展经济是不够的，必须有一个好的制度来维护村里的长治久安。"一个党支部就是一座堡垒，一个党员就是一面旗帜。所以我们发动村干部和党员的力量积极投身村庄建设当中。"周岳运说。

在周岳运的牵头下，应村村不仅通过升级党建示范点、强化支部书记责任清单、完善规章制度、强化党员管理等措施激发党员队伍的战斗力和凝聚力，同时还建立了村干部365天不间断坐班值守制度，并率先推行实施了"零距离"便民服务点建设。村里组织两委成员轮流到村综合楼办公，为群众提供各种服务，承担起接待来电来访、处理日常村务、协调矛盾纠纷、监督村庄保洁等四项职能。

同时，为抓好村里的勤廉建设，周岳运又提出了"四不违背""五不忘"和"十不怕"。根据这一要求，村里专门成立了由村民监督委员会成员、村两委委员、村民代表以及部分村民组成的"勤廉干部"评议小组。从勤、廉、德、能、绩五方面对村两委副职以上干部每季度进行一次严格的评议，评议结果向群众公示，接受群众监督。

经过长时间的实践探索，应村村提炼出了"矛盾纠纷上门了、便民服务坐堂了、村情民意上墙了、项目建设包干了、群众困难帮扶了"这一基层社会治理的"民事村了"工作法。这个以乡村社会治理为试验田的好机制，被业界称为"乡村版的枫桥经验"。

"'民事村了'工作法，最根本的是把基层老百姓的利益放在首位，本着百姓事无小事、百姓事自家事的初衷，去实实在在地解决群众的事情。"周岳运自信地说，从这个工作法的最初萌芽到提炼成熟，应村村连续20年没出过刑事案件，24年没发生过火灾，99%的矛盾纠纷消除在萌芽状态，真正实现了小事不出组、大事不出村、矛盾不上交的目标，营造了平安和谐的发展环境。

"多学习、勤劳动、求公正、重民主、讲诚信、做表率、谋创新、守清廉"是周岳运当村支书36年总结出来的群众工作"八法"。在应村村委的办公室里，还挂着这样的一副对联：吴刚挥斧可得多少月薪，村官理事能有几多日酬。这幅接地气的对联，正是周岳运自己写的，它形象地道出了一个共产党员的忠诚和担当。

■ 周岳运走访村里的群众，及时掌握群众诉求

范雪强：在海外撑起一个"美丽之家"

文 | 陈爱玲　王楚为

| 人物名片 |

范雪强，浙江交工集团赞比亚卢萨卡道路改造L400项目党支部书记，1979年10月出生，2008年8月入党，获评浙江省交通运输厅沥青路面"五八工程"先进个人、省交通集团"优秀党务工作者"、交工集团优秀共产党员等；所在项目部获省交通集团先进基层党组织、美丽站所等荣誉。

　　在浙江交工集团赞比亚项目党建活动室里，悬挂着一面鲜红的党旗，这面党旗正是范雪强从祖国千里迢迢带来并亲手挂上的。他说，有了党旗，项目上的党员才有了家。在赞比亚80名中方员工、415名外籍员工的心里，范雪强就是"美丽之家"的大家长。他不但是细心的党支部书记，还是始终严格要求自己的先锋青年，而他却坚持说自己只是一名普通的党员。不论走到哪里，他总希望以自己的一言一行带动身边的党员们牢记：永远跟党走，党旗在心中。

► 万里之外的美丽之家

2000年，21岁的范雪强第一次走进交工集团01省道平湖段改建工程项目部。从那以后，他在项目一线坚守了17年。17年里他先后参与了13个项目，从初出茅庐的试验员到公司的"金牌项目经理"，17年里，范雪强亲手打造的那些道路见证了他飞扬的青春，5000多个日夜的坚守也让他深深感受到了筑路人对"家"的渴望。

2015年，远赴赞比亚卢萨卡L400项目的范雪强便把"为员工营造一个家"的理念带到了异国他乡。赞比亚远在非洲东南部，离中国将近1万公里，员工们不仅远离家乡，还要面对动乱、骚扰等突发性事件，工作条件十分艰苦。"我们独在异乡，我们没法改变在海外筑路的艰辛，但是我们可以给自己建一个美丽之家。"这是范雪强作为党支部书记在职工会议上第一次发言时说的话。

为了让建设"美丽之家"成为所有项目员工心中的信念，范雪强第二天便把创建计划稳稳地贴在了宣传栏上，从基础设施的完善到员工的吃穿住行，从每月计划

■ 范雪强在赞比亚项目机修厂深入了解属地员工工作状态

组织的活动到党支部的工作流程，每一个细致的安排都表明着他要将项目部建设成大家庭的决心。他还把从国内带来的党旗亲手挂在活动室墙上，家就这样建成了。

在范雪强的带动下，"美丽之家"终于走进了大家的心里：党支部组织的一场场篮球赛、乒乓球赛、拔河比赛、歌咏比赛、演讲比赛等，让"阳光周末"的活动丰富起来；项目部每两周都会组织小聚会，让平时工作在不同岗位的老师傅和年轻人一起聊天打趣；健身房常常人满为患，图书室也座无虚席……

"在海外施工，让员工的思想稳定下来是非常重要的。如果不及时疏导或者创造丰富的文化生活，他们的精神会崩溃的。"范雪强说。所以，党支部把服务员工放在了首位，给他们建设一个美丽之家，让他们有归属感和安定感，让他们感觉到家的温暖。

▶ 关键时刻党员要挺身而出

"一直以来，我们党支部都非常注重发挥党员先锋模范作用，在急难险重的关键时刻，党员干部要挺身而出，吃苦在前，这样党支部的号召力、战斗力和凝聚力才能日益增强。"范雪强说。

2015年，范雪强走马上任来到了赞比亚项目。当时，由于工程进度拖后，该项目员工的精神状态并不好。担任项目经理及党支部书记一职后，范雪强第一件要做的事情就是凝聚人心追赶工期，重树企业在赞比亚的形象。

在对项目员工的情况进行了解后，范雪强终于找到了方向：项目部70多名员工里有近一半是"80后"和"90后"，党员有11名，团员有20名。他决定让党员带头将年轻人团结在党旗下，让他们成为项目部挑大旗、担重任的骨干。

范雪强首先组织项目党员召开会议，要求所有党员针对自己的岗位写下党员承诺书，并设立先锋模范岗，激励党员们在工作中树立榜样。"关键时刻，党员就是要挺身而出。"他的话掷地有声，自己也当仁不让，带头先上。随后，项目部开展每月之星的评比活动，班组之间、工程师之间、党员之间掀起了创先争优的比拼。

海外施工的困难可想而知。挺进非洲后，国际商务规则、市场壁垒等仍然是中国交通建设企业都会遭遇的问题。由于语言不通，有时候遇到问题都不知道怎么去争取权利。于是，范雪强带着这支队伍，从学语言开始，成立SATCC学习小组。该小组主要由项目技术员以及商务专员组成，商务经理担任"老师"，采用的是被学员们称之为"一石二鸟"的英文学习与规范熟悉齐头并进的学习方式。

范雪强说，每当生产上出现困难时，他总是要求党员带头解决，这样既增强了党员的组织性，又使得党员在急难险重的任务中得到锻炼，也有利于树立党员的形象。

▶ "婆婆妈妈"的大家长

进入路桥施工行业以来，范雪强在同事口中是出了名的"事必躬亲"。在他担任瑞寻项目负责人时，由于项目地处县城边上，当地政府出于各种考虑，迟迟不愿按照项目部的既定方案批复场地。

"我前前后后总共奔波了半个月，还是没有完成场地批复的事情。每当出现放弃的念头，我总会想起身后无数关注的目光。"范雪强说。于是，他花了3天的时间整理了公司所有关于场地选址的案例，并结合瑞寻项目的实际情况写下了一份详尽的分析报告。随后，范雪强带着厚厚的资料开始了新一轮的攻坚战，经过20天的软磨硬泡，终于拿到了场地批复的文件，最终保证了瑞寻项目的如期完工。

5年后，任职赞比亚项目经理兼党支部书记的范雪强已经逐步走向了成熟稳重，海外项目少有政策困难，施工技巧也要简单很多，为让年轻的项目班子成员有一个锻炼的平台，从试验段施工确定了整个项目施工规范后，他有意减少了到施工现场的时间。

作为美丽之家的"大家长"，范雪强最操心的就是员工的安全问题。在非洲，政治动乱、艾滋病、霍乱、疟疾、恐怖袭击并不是电视屏幕里滚动的新闻，而是真实存在于身边每一个人的生活中。为了保证员工安全，他显得有些婆婆妈妈：每天他都要叮嘱现场施工人员晚上早点回家，并要求现场施工班组每天对工人进行安全交底；每月他都要提醒医务室开展定期灭虫；每个季度他都会为中方和当地工人举办一次艾滋病预防宣传讲座，组织进行防暴安全演练……一点点的安全动态都会让他紧绷神经。

■ 范雪强在赞比亚项目施工现场为属地员工讲解机械设备操作注意事项

　　"这么多人跟着我一起到这么远的地方打拼实在不容易,我总得对他们的安全负责啊!每一年雨季休假时看到大家平安到家的消息,我才能松口气。"范雪强说。做工程项目,平安是所有事情的底线,在海外尤其如此。此外,员工的吃饭问题、企业的属地化管理、海外市场的开拓、企业形象的树立、企业员工的凝聚力等,都是需要范雪强亲自操心的事情。也正是因为这份"事必躬亲"关爱员工的责任心,为范雪强赢得了项目部员工们的拥戴。

　　作为一名普通的筑路人,范雪强说踏踏实实地做好每一件事就是他最大的快乐;作为一名党员,他说冲锋在前就是他最基本的责任;作为一名工作在海外的党支部书记,他说要勇挑重任为员工们创造更好的生活,为企业创造良好的经营业绩。即使是在万里之外的非洲,范雪强始终没有忘记那年在党旗下许下的铮铮誓言。一路走来,他用实际行动诠释了:永远跟党走,党旗在心中。

五

心系群众、敬业奉献的

"老黄牛式"好支书

姜宗省：现代"愚公"修路致富

文｜方耀星

｜人物名片｜

姜宗省，温州市瑞安市马屿镇姜家汇村党支部书记，1974年3月出生，2003年9月入党，获评瑞安市优秀共产党员、市优秀人大代表、市"为民好支书"、市第二届农村十佳创业青年等；所在村获浙江省文明村、省绿化示范村、省森林村庄、省全面建设小康示范村、温州市生态村、市文化示范村、市千百工程示范村、瑞安市先进党组织等荣誉。

　　姜宗省从2002年年初当选村委会主任、2004年年底担任村党支部书记至今，在"村干部"这个岗位上一干就是十几个年头。这些年来，他真心带领群众致富，倾心改善村居环境，热心帮助群众解难，将姜家汇这个不富裕、不为人知的小村庄，打造成如今在周边小有名气的"美丽乡村"精品村。

▶ 现代"愚公"改善村庄旧貌

姜家汇村有农田 760 多亩，人口 1262 人，全村主要劳动力大多外出经商，承包到户的农田有的撂荒，有的由留守老人随意种植，有的租给他人种植……之前很长一段时间，由于没有统一规划、没有产业特色，土地的产出价值很低。

2002 年姜宗省担任姜家汇村委会主任后，把带领群众发家致富作为首要职责。为了尽快找准发展路子，他和村两委班子多次调研思考，决定将发展的希望系在大棚种植、建设农业园区上，大力发展效益农业。

针对村农业设施落后，姜宗省带领村民充分利用土地资源和政府惠农政策，开展土地平整、基本农田建设、道路与渠道规划等建设活动，使土地得到了更好的利用。他还发动群众将外出经商的村民的承包田由村集体统一流转、统一规划，承包给专业种植大户。

至 2009 年，村里共搭建大棚田 200 多亩，落户西甜瓜基地等多家专业种植大户，种植各种反季节蔬菜。2015 年，村里又搭建大棚田 100 多亩，落户盆景灵芝种植，使科技农业成片，传统农业逐步向效益农业、规模农业、观光旅游采摘农业发展，同时增加村民就业 100 人，每亩年收益可达 30000 元，村民的收入大幅度增加。

■ 姜宗省在大棚里观察农作物生长情况

担任村支书后，姜宗省看到村里的道路又窄又不平，机耕路坑坑洼洼，且没有主要的通村道路，他紧皱眉头暗下决心，"要想富先修路"。他挨家挨户动员村民建造姜家汇村通往56省道的通村公路。可是，做通了村民的思想工作、制订了筹资方案后，姜宗省又遇到了新的现实问题需要解决。因通村公路有部分道路用地不在本村，在资金极度紧张的情况下，他只好到临村诚恳求助。功夫不负有心人，在他的真诚打动下临村同意无偿供地。次年，姜家汇村第一条通村公路建成，大大方便了本村及周边村民的出行。

▶ 美丽乡村的带头人

为改善村民的人居环境，村里自2005年开始"千百整治"和生态村建设，姜宗省又开始忙着全村动员。村庄环境整治中，拆除违章建筑和露天茅坑是个"硬骨头"。他迎难而上，从全村大局出发、从各户实际情况细处入手，逐户上门耐心做思想工作，攻下一座座"碉堡"、啃下一块块"骨头"。此次整治中，姜家汇村共拆除违章50多处、露天茅坑100多座，治理村内池塘2处、公园2个，还建成了排污排水管网和全镇首座污水处理池，彻底治理了村庄的脏乱差现象，使过去垃圾成堆的场所变成了村民健身、休闲的好去处。

近年来，姜宗省想尽千方百计，和党员群众共同努力改变村居面貌。在他的带领下，累计硬化村内公路6000多米，新修水渠6000多米，完成了生态村建设、"千百工程"村庄整治建设、"美丽乡村"建设、智能村居建设等工程，建成了文化活动中心、文化礼堂、村民中心、灯光球场、室内羽毛球场、乒乓球场、文化长廊、茶亭河驳坎休闲绿道及多个村民健身点和娱乐活动场所，使村民休闲锻炼有了好去处。

▶ "斤斤计较"村里的"大事""细事"

姜宗省担任村支部书记以来，对村集体的账算得清清楚楚，但在工作中却从不计较个人得失。

■ 姜宗省带领村干部察看天井垮河治理情况

前几年，村干部工资在没有财政保障的情况下，姜宗省每年的工资报酬仅是象征性的一些补贴，刚开始为每年600元，后来稍微增加到每年1000元。在他的带领和影响下，其他村干部的补贴也很低，在当时没有统一村干部报酬的情况下，姜家汇村村干部的工资报酬在全镇算是最低的。现在，村干部的工资报酬有了大幅度提升，但他们反而觉得工资越多责任越大。

2014年，村里开展"美丽乡村"建设，姜宗省带头捐资6万元，并动员村里的经商能人、老板为村里建设出资出力，共筹集捐资100多万元。在平时的工作中，姜宗省也经常牺牲自己利益，把工作放在第一位。由于村务工作繁琐，为了使自己集中精力投入村务工作，姜宗省特地外请人员帮助管理自己的企业，虽然企业增加了不少费用，但他个人从不计较。在村里公益性项目建设中，姜宗省经常带头捐款，自担任村干部以来已向村里捐款达10多万元。

2005年，姜宗省刚担任村支书不久，就有村民向他反映：村里没有一个像样的文化娱乐场所，特别是老年村民无处休闲。但此时村里的集体经济收入趋于零，而建一座文化活动中心需要300多万元，这一大笔钱去哪里筹呢？在这件事上，几任村干部都望而却步。

经过一段时间的思考后，姜宗省决定建设村民文化活动中心。他先在两委会上提出了自己的想法和筹资方案，统一两委班子的思想，然后召集村里老干部、乡贤能人们进行座谈并推选出村文化活动中心建设理事会。最后，他召开村民代表大会讨论议定此事，并动员大家出钱出力。

方案确定后，姜宗省担当起了筹资这项最艰巨的任务，他入户动员、电话联系、出省发动，利用多种途径联系到本村经商能人们，让他们慷慨解囊。就这样，在几个月的时间里，姜宗省筹到了300多万元。2009年，姜家汇村文化活动中心终于落成了。

姜宗省不仅想着村里的"大事"，心里也装着村民的"细事"。村民姜某由于颈椎病到瑞安市人民医院住院做手术，姜某的儿子既要照顾医院里的父亲，又需照顾家中的爷爷。祸不单行，姜某的儿子在开车回家的途中出了事故，致他人一死一伤。得知此消息后，作为村支部书记的姜宗省二话不说，放下手头的事情，当晚就来到医院帮助抢救伤者、了解情况，帮助姜某的儿子处理问题。那段时间，他天天跑医院、跑交警队，到两家家属中劝说和协调。最终，死者的家属谅解了姜某的儿子，事情也得以圆满解决。

姜宗省每次处理村务时，都以真诚为先，勇于担当，因此不仅得到了组织的肯定，同时也赢得了全村党员群众的信任。在2013年下半年村支部换届时，因自己生意繁忙和家属反对，他放弃了支委候选人资格。但在10月21日换届选举的党员大会上，广大党员却只认这位"带头人"，姜宗省以另外提名的方式高票当选，一时传为佳话。不愿辜负全村广大党员群众的深情与信任，他最终再次挑起这副担子。

叶长生：让瞿岙村破茧成蝶的好支书

文 | 许文星　黄冰娥

|人物名片|

叶长生，温州市瓯海区瞿溪街道瞿岙村党支部书记，1964 年 9 月出生，2000 年 11 月加入中国共产党，被评为温州市"千百"工程先进个人、市防汛工作先进个人、瓯海区优秀共产党员、区村干部特别贡献奖、区党内二级嘉奖、瞿溪街道优秀共产党员、优秀村干部等；所在村获浙江省文明村、省卫生村、省绿化示范村、省绿色村庄、温州市文化示范村、市平安创建示范村、市全面小康示范村、市环境整治先进村、市十大最美生态村等荣誉。

在叶长生的眼里，瞿岙村就是他的根。为了它，他放弃了红火的生意，接手了因洪灾满目疮痍、一贫如洗的村庄。他被戏称"最会讨钱的村支书"，用 10 余年时光，以"创建"起家，让一度欠债 98 万元的村庄豪掷 2000 万元"整容费"，赢回浙江省文明村、省卫生村、省绿化示范村、省绿色村庄等满墙"金名片"。他就是瞿溪街道瞿岙村的党支部书记叶长生。

▶ "最会讨钱的村支书"

远离喧嚣闹市，走进瞿岙村，宛如来到一座清幽的"慢城"：碧绿的金溪河水潺潺，老人们坐在河畔长廊里唠唠家常。沿河一路前行，花香满径，还有古色古香的百年古宅群、诗情画意的山水墙绘……

眼前的这个美丽乡村，让人实在难以联想到它曾经被洪水洗劫一空的惨状。"没有叶书记，瞿岙村遭受的重创不知何时才能恢复，人们心里的创伤更不知如何才能抚平！"谈起村支书叶长生，瞿岙村村民脸上洋溢着幸福的笑容，言语里尽是真挚的谢意。

1999年的"9·4"暴雨洪灾，使瞿岙村的公路、桥梁、水利、电站等几乎所有的基础设施毁于一旦。"河道、农田全被石头填埋了，村里没收入，可修复处处得花钱。"2005年，叶长生当选村党支部书记时，面临的正是村集体欠债98万元的局面。

"瞿岙村的出路在哪里?"叶长生一度茫然无措，到村民家中筹资、跑部门要补助，整日东奔西跑，效果却并不理想。"也没有白跑，那时候许多部门都提醒争取

■ 叶长生在工地了解工程进度

资金必须有项目支持，我这才想到去创建文明村。"凭着这股百折不挠的"小强"精神，叶长生终于"跑"出了方向。于是，区级文明村、生态村、卫生村、平安村、绿化村……瞿岙村的"创建"之路一发不可收拾，通过争取，被纳入温州市"千百工程"第一批整治试点村，成了全市最早改造沼气池净化村民生活污水的村庄。

"创建"对于瞿岙村而言，就好比毁容的少女做了场成功而漫长的整容修复手术。瞿岙村在2005年到2015年的10年时间里，大力整治村容村貌：2005年建设通村公路、2006年开展溪流美化工程、2007年建设金溪河两岸绿化带1000多米、2008年开展道路硬化和公厕改建工程、2009年建设龙潭景园和文化中心、2010年建设溪流驳坎及龙潭景园的美观改造、2011年建设绕溪游步道1000多米、2015年建设环山游步道和金溪河南岸通车便道……

依据条款明确的创建标准，瞿岙村的建设方向也分外清晰、规范有序。而公园廊桥、截污纳管、蓄水堰坝、公交车站、村民中心、通车便道等一系列项目的建设，也让村民的生活越来越多姿多彩，行得便捷、住得幽静。"以前这里就是一个深潭，特别阴冷，大伙儿都不敢过来，现在反而是村里最热闹的地方，每天都要来坐坐。"在龙潭景园里，老村民如是说。

这跨越10年的村容村貌大整治，瞿岙村共投入基础设施建设资金2000余万元。"这些钱大都是由财政补助的，是创建奖励。"叶长生坦言。因为精准抓住了"以补代奖"的创建奖励政策，瞿岙村的"整容手术"几乎全免费，叶长生也被戏称为"最会讨钱的村支书"。

▶ 个人"亏本生意"换来全村"致富经"

叶长生进入瞿岙村工作时，刚刚35岁，正是创业的好时光。那时他创办的花边厂，生意红红火火。不过因为他一门心思都放在如何让瞿岙村走出困境，花边厂无人打理，叶长生的客户都跑光了。

一心难顾两头事，叶长生狠下心把机器卖了，专心做起了瞿岙村的"当家人"，这一当就是10多年。"当初办花边厂的朋友现在都身价千万啦。"虽然嘴上这样说，但叶长生心里一点也不后悔，"想想能够为村里做点事，把村容村貌改善改善，把村里经济抓起来，让村民走上致富路，很值得！"

瞿岙村原先是个交通闭塞的小山村，村里的两个水力发电站是村集体唯一的经济收入来源。由于村里没有企业，水电站发的电也只是供村民照明所用，年收入仅有 10 万元左右。叶长生走马上任后，让自己的生意头脑物尽其用，先是建好通村公路，接着全面整治电站管理，整改老化线路、统一更新电表，终于成功向外输电，通过向周边村企业提供工业用电，水电站的收入翻了 5 倍。

在叶长生的心里，更长远的致富经，还是多年来孜孜以求的那句"绿水青山就是金山银山"的金玉良言。"创建了这么多年，想创出一个生态休闲旅游村，让四方游客都来瞿岙玩。"在 2015 年的城中村环境综合整治中，瞿岙村投入 300 万元建设一条环山游步道，把瞿溪河、古山寨、肇山古寺、桃源水库、石岩屋风景区连成了一条风景线。

眼下，叶长生又提出了规划建设"慢客创意城"。他准备利用瞿岙村金溪河南岸的 240 亩农田，通过招商引资，建设一个集花卉、果园、菜地、温泉为一体的休闲度假区，打造以体现慢生活为主题的"慢客创意城"。

▶ 党员"服务菜单"帮助解决村民难题

作为党支部书记，叶长生深知，要加强村级组织建设，壮大村集体经济，一支有责任心、有凝聚力、有奉献精神的党员干部队伍必不可少。为此，叶长生制定年度党建工作的责任清单，带头加强党务理论知识学习，严格履行"五议两公开"等各项制度。

在瞿岙村，"有事找党员"成了村民的口头禅。叶长生根据村情民意，按照每名党员的年龄、性格特点、特长等方面的因素，按需设置了三大类七个服务岗位，使每个党员都认领到了具体的村务工作，明确了工作职责。党员干部主动参与村级管理，实实在在发挥了在村级管理工作中的先锋模范作用。

叶长生又根据党员所在的村民小组情况，让每名党员直接联系 10 至 20 户村民，使村民家中的大事、小事都能直接找联户党员商量，把联户党员当作家中的一

■ 瞿岙生态村建设展新颜

员。党员利用自身所长，向村民提供共性和个性两份"服务菜单"，帮助村民解决家中难题，帮助村民化解邻里矛盾，实实在在让村民"融"进党组织生活，使瞿岙村逐步建立起和谐共融的党群关系。

为加强对党员的有效管理，叶长生还把"五星争创"考评作为衡量党员履职能力的重要手段，将考评细则细化到每一分、每一小点。党员做得好可以加分，给予党内嘉奖和优秀表彰；党员做不好可以扣分，进行警示约谈、后进整转、劝退免职。这样就实现了党员考核模式由主观印象评价向科学量化评比的根本转变，既对党员有一定的约束作用，又提高了党员干部工作的积极性，真真正正把党员"管"起来。在他的有序管理下，瞿岙村的党员队伍素质过硬，是村民心中名副其实的排头兵。

从贫困村到旅游村，瞿岙村的这条破茧成蝶之路走得艰辛而又漫长。为了村集体事业，叶长生殚精竭虑，比对自己家庭还花心思，为了跑项目，常常顾不得吃饭、顾不上回家。他用脚步丈量每一寸土地，用汗水滋润每一位村民。叶长生始终心存最初的信念，用十年如一日的勤恳、十年磨一剑的耐心，踏踏实实，一直在路上。

邱根芳："老黄牛"把山村"拉"出乡间小道

文 | 郑稽平

| 人物名片 |

邱根芳，湖州市吴兴区道场乡施家桥村党总支书记，1967年2月出生，1998年3月入党，获评湖州市优秀共产党员、市"美丽乡村建设优秀带头人"、市山区小康村建设带头人等；所在村获浙江省文化示范村、省文明村、湖州市先进基层党组织、市生态村、市民主法治村、市平安创建示范村、市农村文化"八有"保障工程示范村等荣誉。

在湖州南郊的吴兴区道场乡，昔日"晴天一身灰，雨天一身泥"的矿山乡，如今要打造一个国家级的风景胜地——金盖山景区。其中，一个名为施家桥的村子尤为引人注目。在党总支书记邱根芳的辛勤耕耘下，施家桥村从昔日尘土满天的矿山村变成了如今苗木飘香的风景村。

"这些年，每一个施家桥村民都装在我的心里。带动全村发展是我的一份责任，服务群众要全年无休、服务群众要事无巨细。"问及这些年来在村里工作的感受时，邱根芳如是说。

▶ 重塑山村命运

2001年，原湖州市市级贫困村上山村、戈山村、逸山村合并为施家桥村，邱根芳任村党总支书记。当时，施家桥村和周边道场乡的其他村庄一样，也是个以开发矿山为支柱产业的"矿山村"。

"那个时候村里流传着一句话，叫'个体不赚钱，村民吃灰尘；集体大亏损，村里没有钱'。"邱根芳回忆道，由于历史原因，村里面几乎没有其他集体经济来源。"当时村集体一年的收入不到10万元，更要命的是村里面还欠了170多万元的外债、几百户村民的青苗补偿款和集体企业投资款，而且几任村干部都好几年没拿到工资了。"这是刚进村时邱根芳面临的施家桥村现状。

邱根芳深知，唯有创新改革，发展经济才能找到生机。于是，他利用晚上和节假日等休息时间不断走村入户听取群众意见，一次次召开党员、村民代表会议商量

■ 邱根芳在项家圩农民新社区查看农房建设工程进度，督查建设质量

对策，最终统一思想，将原村集体企业"会家山矿业""戈山石矿"从少数人手里收归为村集体所有，并实行了公开招投标，一举扫除"群众无利益、集体无收益、少数人操控"的不利局面。

随后，邱根芳带领村领导班子开展了艰难的生态化治理，坚决执行上级党委、政府提出的南郊矿山关闭政策，走生态强村道路。目前，施家桥村的集体经济已经发展形成工业集中、生态农业、集镇建设、南郊旅游四大体系，昔日的矿山村已经"华丽转身"。

"要让施家桥一天天变化起来，一天比一天好，至少要让施家桥人对自己的家乡感到自豪。"邱根芳说。于是，在改革村级产业的基础上，一场重塑乡村面貌的"大手术"在施家桥村拉开序幕。

从 2002 年开始，邱根芳带领全村村民，全面开展农民群众迫切希望的水、电、路以及村庄环境和河道净化等工作，经过几年的创建整治提升，彻底改变了村庄面貌，改善了民生。目前村内路网布局合理，主次分明；排水系统完善，自来水符合国家饮用标准；电力、电讯等路线架设规范整齐。随着村里经济的发展，生活舒适度的提升，原来外出务工的青年人都纷纷返乡。

▶ 做大自然的搬运工

"矿山关停以后，摆在我们面前的是如何寻求出路的新问题。"邱根芳说，"原本我们把石头卖出去换钱，这份资源再也回不来了。所以我们打算朝生态产业发展，让保护下来的绿水青山变成金山银山。我们一起商议后，村里决定发展苗木产业，既可以让原本灰尘漫天的村子绿树成荫，又可以让生态生财。"

于是，在邱根芳等村干部的指导下，该村不少村民开始利用山区的特色优势，发展花卉苗木产业。2012 年村里还成立了花卉苗木党支部。2015 年创立党群创业互助会，带动农户 100 多户，花卉苗木种植总面积达 2500 亩，苗木远销上海、杭州、江苏和安徽等地，年收入近 3000 万元。

封矿 10 余年，当年的"石头村"做活了苗木经济，还与时俱进地在电商产业里兴旺起来，这一切的发生都与邱根芳有关系。原来，在邱根芳的领导下，村里主动为农户办科技培训讲座、请专家现场辅导并提供银行借贷担保，逐渐带动了该村苗木产业发展，并且加快了绿色经济提档升级。

"我们利用党员干部现代远程教育站点等培训资源，定期为本村花卉苗木种植户'充电'。"邱根芳说，通过这一平台，施家桥村在苗木大户中大力推广研讨式、案例式、体验式等教学方式，构建"双向互动"的教育模式，提高乡土人才"引富"能力，同时大力宣传树立一批苗木种植户典型，发挥其"领跑"效应，根据"一帮一""一带N"的帮扶模式，为帮扶户提出一个致富点子，解决一个实际困难，教会一项种植技术，实现一回增产增收。

如今，网上的苗木生意越做越大，通过电子商务平台，一批批施家桥村的苗木销往外地。说起网上卖苗木的事，当地第一个吃"螃蟹"的苗木大户章根元效仿了一句广告语："我们只是做大自然的搬运工，这里生态好，苗木产业才做得兴旺。"

2014年，邱根芳又重点指导了施家桥花卉苗木协会成立党群创业互助会，通过引导党员创业中心户互助式抱团发展，进一步发挥党员、能人、创业大户在农业发展、资金借贷、产品供销等方面的积极作用，为广大村民提供无偿支持和全程服务，受到了百姓的欢迎，赢得了百姓的赞誉。

▶ 文明之风引领"心"生活

作为吴兴区首批"南太湖农村幸福社区"，施家桥村在邱根芳的带领下，新建起了2000平方米的幸福舞台广场、5000平方米的健身广场、集影视播放棋牌休闲娱乐为一体的中老年文化活动中心、幸福道场文化展示馆，并设立党群服务中心，全天候为党员群众服务。

然而，一座山村精神家园的崛起不仅需要硬件支撑，更重要的是要让村民的内心世界也"亮"起来。因此，如何为村民的精神家园添砖加瓦，成了邱根芳一直记挂于心的一件大事。

"不仅要鼓足村民的口袋，更要富足村民的脑袋。"邱根芳说，"以前'文化走亲'的时候，我们村民看到别的村有厉害的文艺团队都非常羡慕。"

"舞台刚建好，隔壁乡镇的农民文艺队就来'文化走亲'了，当时村民都看傻

■ 邱根芳在毛安浜、丁埠村自然村和部分村民代表进行座谈，听取意见和建议

眼了。她们也都是农民，却能表演得这么好，我们为什么不行呢？"一位村干部回忆起当年为何组建民乐队时这样说。可是，村里当时能演绎民乐的只有一支丧事乐队。

"其实，我们的村民也想登台秀秀，只不过对于农民来说，这份文化需求不太容易'直接表白'。"为了鼓励大家勇敢地"站到"舞台上，邱根芳可动了不少脑筋。为了能让村里的民乐队能组建起来，邱根芳首先发动了村干部家属。于是，邱根芳的妻子就成了带队人，担任乐队中的二胡演奏……

如今，施家桥村的这支民乐队已经成为村文化的一块金字招牌，也正如邱根芳所设想的一样，这股文化新风在村里不断形成充满正能量的凝聚力。

"这几年，我们村还先后组建了幸福大妈舞蹈队、女子舞蹈队、青春少女舞蹈队等等，都是村民受氛围影响，自己主动要求参加的，村里还为我们配备了专门的服装、道具和音响，定期组织训练，每次有机会出去演出，我们都可高兴了。"当地一位村民说。

这股文明之风在施家桥村越吹越劲。2009年，在邱根芳等村干部的指导下，村里经过推选还成立了道德评议会，通过村民道德评议会开展活动，评选文明家庭户、好婆媳等等。"道德评议会的成立，在弘扬传统美德、倡导文明乡风的同时又能推动新农村建设，可以说是一举两得啊！"邱根芳说。

杨峥嵘：杨家村有个"脱产"书记

文 | 周天津

| 人物名片 |

杨峥嵘，金华市浦江县郑家坞镇杨家村党支部书记，1976年9月出生，2000年7月入党，所在村获省级便民服务中心、金华市先进基层党组织、市文化示范村等荣誉。

当村支书前，杨峥嵘与人合办恒大染色厂，将企业经营得有声有色。当上村支书后，他就把企业交给别人打理，当起了"脱产"书记，像"当企业总经理一样当乡村书记"。不过，这个从企业转行的村支书挺有几把"刷子"，在他的努力下，村党群服务中心、老年活动中心、村文化园、新改建的祠堂、程家区块农房等一批民生项目纷纷建成，使整个杨家村旧貌换了新颜。

▶ 新官上任三把火

杨家村位于浦江县最东端，与诸暨市相邻，03省道穿村而过，全村由杨家、程家、山院三个自然村组成，有农户289户共916人。当年浦江县设立经济开发区时，征用了杨家村近95%的土地。但是，早些年杨家村的发展，并没有随着开发区的设立而突飞猛进，而是一直在原地踏步。

2010年下半年，杨峥嵘被全票推选为杨家村党支部书记。在第一次党员大会上，他就向全体党员宣布："我已经从企业里'下岗'了！""他是真的'下岗'。"郑家坞镇干部王余庆对杨峥嵘言出必行的作风赞赏有加。王余庆在郑家坞镇政府工作了30多年，与杨峥嵘十分熟识。

"当干部，就要有所为有所不为。"杨峥嵘是这样说的，也是这样做的。令王余庆信服的是，自2008年杨峥嵘被推选为村党支部委员后，他就把主要精力都花在了村务上。"村里有点大事小事，他都带头处理，在村民中口碑很好。"王余庆说。

■ 杨峥嵘将党员责任清单定期向党员群众公示，接受群众监督

"新官上任三把火"，杨峥嵘的第一把"火"就烧向了全村党员。一上任，他就主持召开党员干部会议，要求全村党员干部劲往一处使，对内讲团结，对外做模范，把杨家村建设好、发展好。

随后，杨峥嵘又相继把第二把、第三把火分别烧向拆"违建"、抓卫生。他自己以身作则，党员干部走在前面，村民们纷纷仿效，村庄整治、道路硬化、拆除"违建"、改善环境卫生等工作得到有效推进。

▶ 百姓就怕干部不干实事

"百姓就怕干部不干实事。"这句话被杨峥嵘深深地记在了心里。上任之初，杨峥嵘就向全体村民表态：我是来干事的！

杨峥嵘的第一件实事，就是修建村党群服务中心。杨家村的办公场所，是一处20世纪50年代的一层平房，由于房屋陈旧、年久失修，几乎不能使用，平时村里连开个党员会议的场地都没有。

2011年，在他的带头筹措下，村党群服务中心修建工程启动。这项工程投资270余万元，除了县财政补助40万元外，其余资金都由村里自行解决。如今，修建好的村党群服务中心在全镇都属"顶呱呱"：便民服务中心、学生阅览室、村民健身房、书画室、会议室一应俱全。

杨家村有处废弃的采石场，久而久之成为垃圾堆放场，一到夏天就臭气熏天。爱动脑子的杨峥嵘结合全县开展的环境卫生大整治活动，产生了把这里建成文化园的想法。

建设文化园的提议得到了镇政府的支持。运走垃圾、池塘清淤、建凉亭、搞绿化……那段时间，杨峥嵘几乎每天都待在工地上。为了"消化"村民堆放在门前屋后的砖块、黄沙，杨峥嵘通过回购的方法，将它们清运到文化园作为建筑材料。

现在的文化园，已成为村民们早晨和傍晚的排舞场、晨练场，平时还吸引附近村民来这里休憩。清淤后的池塘，已经被建设成为一个游泳池。

2014年，郑家坞镇被县里定为垃圾分类试点镇，杨峥嵘知道后，主动请缨，要求让杨家村成为全县的垃圾分类试点村。但杨家村有本地人口916人，外来人口

■ 杨峥嵘带领党员开展
"三改一拆"整治，
做到即拆即清

500余人，受长期的生活习惯影响，垃圾分类进展十分不理想。为此，杨峥嵘苦思冥想，终于想出了一个法子：每名党员联系七八户农户，每天上门手把手教农户做好垃圾分类。

同时，杨峥嵘还主持召开了村务联席会，通过集体决议，在杨家村的宣传栏上，立起了一处醒目的"红黑榜"，谁家环境卫生、垃圾分类做得好的，予以张榜表扬；反之则曝光通报，以"黑榜"的形式张贴在村里的宣传栏上。这个法子一推行，全村垃圾分类工作一下子就开展起来了。

垃圾分类贵在坚持。为此杨峥嵘又想出了一个法子：买来毛巾、肥皂等作为奖品，奖励给垃圾分类做得好的村民，以此激发村民们的积极性。如今的杨家村成了全县有名的垃圾分类示范村，几乎每月都有成百上千的人来杨家村学习取经。

▶ 凡事都要讲规矩

"凡事都要讲规矩，任何人都不能例外。"这句话，杨峥嵘经常挂在嘴边。杨峥嵘认为，治村跟办企业一个道理，只有按规矩办事，大家才能心服口服。在政策面前，全村人一视同仁。这一点，杨峥嵘在征地拆迁上表现得一览无遗。

土地复垦、浙赣线、杭长线、315国道、电商园……这几年，涉及杨家村的土地征用一轮又一轮。由于村里土地越来越稀少，许多村民都对征地持有不同程度的抵触，有的说种菜的地儿都没了，有的抱怨土地征用费太少。

2016年4月，电商园的建设需征用杨家村的十来亩土地。而就在前不久，村民杨某刚在土地上种上了甘蔗。"光是青苗补偿款，就根本不够抵偿我的人工费用，而且甘蔗的产出怎么办，能不能给我个合理的补偿？"杨峥嵘一走进杨某家，杨某就"开炮"了。

"征地补偿标准有政策规定，再说了，县里的工程，事关经济发展，我们必须无条件支持。你看这样行不行？我找块边上的开荒地，你把甘蔗移植过去，如果没有收成，过年了我买几捆甘蔗给你吃！"杨峥嵘十分豪爽地说。

程家村是浦江与诸暨接壤的一个小村，也是杨家村的一个自然村。2015年10月，程家村启动农房改造工作，实行一户一宅。在杨峥嵘的带领下，目前全村23户农户已有21户全部拆除农房并按规划进行重新建造，剩余两户因提出与政策不符的要求，被杨峥嵘断然拒绝，其农房也尚未拆除。

"一切都按政策来，违反政策的事儿，我坚决不干，绝不退步！"杨峥嵘说。

如今，在杨峥嵘的带领下，村庄变美了，邻里关系变和谐了，党员干部的关系更是融洽了，原本的落后村也转型提升成了示范村。不过，很多人还是不明白，杨峥嵘染色厂的生意一直不错，但他却"脱产"去当村支书，到底图什么？"做人不能忘本，既然大家信任我，推选我当村支书，不图其他，只想为他们做一些事情。而且县里、镇里都在讲村支书要争当全责书记，做到全面履职，如果我不加把劲，怎么对得起大家？"杨峥嵘说。而他现在最想做的就是要让村民的生活越过越有滋味。

胡孝成：没有干部范儿的好当家

文 | 巫春燕　汪剑弘

| 人物名片 |

胡孝成，衢州市龙游县模环乡五都桥村党支部书记，1963年10月出生，2007年5月入党，获评"最美龙游人"2015年度人物特别荣誉奖、龙游县"五水共治"先进个人、县先进工作者等；所在村获龙游县抗洪救灾先进党支部、县"五水共治"先进集体、模环乡平安创建先进集体、乡"洁净家园"先进集体等荣誉。

　　洗得发白的T恤衫，裤管卷得一边高一边低，皮鞋一看就是有年头的，鞋跟磨损得厉害……平时的胡孝成，可真没有一点儿干部范。不过，要是在五都桥村里转一圈，听着村民细数他为民干实事的点点滴滴，就知道他真是村民的好当家。"作为村干部，要细心耐心，要理解他们，为他们着想。为了村庄的美丽整洁，为了村民的舒适日子，我们共产党员累点苦点都值得。"胡孝成说。

▶ 没有干部范儿

"别人都觉得我一点都不像干部，可是我本来就是老百姓！"据胡孝成介绍，五都桥村7个村干部，每个人日子过得都不错，但个个都是农民本色，随时随地扛上锄头就能下地干活。

五都桥村有六个自然村，900多村民分作14个村民小组。村里的集体经济条件不好，只有靠每年出租山塘水库的三四万元收入。村民的收入则主要靠打工和种植经济作物金丝草。

胡孝成曾开过中巴车、养过珍珠，是村里的致富能手。如今，村里的年轻人大部分外出务工，留下来的劳力不多，怎么让村民致富，一直困扰着胡孝成。一个偶然的机会，胡孝成得知了金丝草这种植物，种植成本仅为种植水稻的一半左右，收割后还可以轮种油菜。他将金丝草的种子带回了村里，深受村民欢迎。现在，村里已经种植400多亩金丝草，村民的口袋也鼓了起来。

村支委邱海清说，胡孝成是村里第一批富裕起来的人。胡孝成2005年当村主任，2011年当村支书，为人低调，做事实在，就连乡里发给他的一只黑色公文包，他都从没用过。

▶ 一年一张为民办实事清单

"他蛮实在的，为村里做了不少事。"村民朱根富说。在他看来，一个村子一千多人，也没什么集体经济收入，要当好这个大家长不容易。胡孝成当书记这些年，村里尽管没有大富大贵，但各方面都有了改善。

从10年前"天晴像刀枪，落雨像油缸"的进村道路到如今全部硬化了的公路，胡孝成和村干部一起跑部门、筹资金，凭着决心和齐心，和村民一起完成了一系列的村庄基础设施建设工作。

五都桥村有6个自然村，村民913人。这个小小的村庄，最多的时候，竟有大中型养殖场4处、小型养殖场16处、散养户32户，有近15000头猪。2014年，接到县里的生猪养殖污染整治任务时，胡孝成何尝不知道这是块"硬骨头"。

■ 胡孝成在村委会办公室里查阅村务档案

　　养殖污染一直是村庄发展的难题。有的养殖户偷偷把污水直接排到溪里，还有的养殖户趁着夜色把死猪直接扔进河里。养殖污染整治势在必行，可是拆猪棚时很多村民并不配合。"我们生在这里，长在这里，以前在河里摸鱼洗澡。你们看看，现在谁还敢下水，这个样子不整治行吗？"胡孝成迎难而上，对村民晓之以理、动之以情。

　　"老百姓的心好比一把锁，村干部就像开锁的钥匙，如果钥匙对不上号，就开不了锁。"胡孝成说，村干部做事情，一定要有足够的耐心。他先带头做通了自家亲戚的思想工作，并发动村干部、党员带头，挨家挨户上门劝说。功夫不负苦心人，五都桥村在全乡率先完成了生猪养殖污染整治任务。胡孝成也被评为2014年度"五水共治"先进个人。

　　"一年一张清单，年底要清算的。"胡孝成指着公布在村委会院墙上的一张"2016年为民办实事清单"说。清单上列了五件大事，分别是开发土地50亩、规划村集聚小区供村民建房48间、结合环境整治工作优化人居环境、新增金丝草种植面积350亩提高村民收入和深化"五四三"工作建设"美丽五都桥"。五件大事里至少有三件涉及土地征用，胡孝成说："（这些事）难，但也不难。"

前几年，龙游县横山镇自来水厂建成。总管道进村，需要开挖2米深、8米宽的通道，涉及240多户村民的土地。村干部和党员一起行动，前后只花了八个月，就让村民用上了自来水。五都桥村成为模环乡第一个用上自来水的行政村，走在了横山镇不少村庄的前头。

这几年，村里还成立了治水护水等党员义工服务队，努力发挥无职党员的先锋模范作用。村里的党建长廊美观充实，2015年被列入县级党建示范点。用胡孝成自己的话说，最基层的书记，要站好岗，做好党建工作是职责所在。

▶ 家家户户都有一本账

在村委会的公开栏里，有一栏"连心网格"的内容。全村被划分为6个大网格，每名村两委成员负责一个大网格，大网格下面又划分为14个小网格，由村民组长担任网格员，按照亲戚朋友关系每名党员联系7—9户农户。

公开栏里详细地标明了全村49位党员的姓名，以及他们联系的农户，甚至党员与联系农户的关系也一一注明。胡孝成联系的7户村民中，有兄弟、父子和邻居。

靠着"连心网格"，村两委班子连同党员干部一方面走村入户做好宣传发动工作，使"生猪养殖污染整治""无违建创建""五水共治"以及农村新型医疗保险、低保补助等政策深入人心，另一方面及时介入化解各类矛盾纠纷，帮助村民协调合同、债务纠纷。自胡孝成担任村主职干部以来，几乎没有信访、上访问题，甚至没有一例矛盾纠纷上交到上级组织，真正做到了"矛盾不出村"。

"家家户户联系紧密，再难的事也会好做一点。"邱海清说，就像之前安装自来水，谁的联系户有困难，负责的党员就去做工作。后来有极少数农户不愿支付安装费，村干部和党员就自掏腰包给各自的"关系户"垫上。最后还没等自来水进家门，农户们就着急还钱了。

当然，亲兄弟也要明算账。在五都桥村，家家户户都有一本账。它们被整整齐齐地码放在村委档案室的档案柜里，有整整两大柜。除了村情、民情、事情"三张

■ 巡查河道是胡孝成每天的"必修课"

单"之外，账本里还加入了土地股权证、户籍信息、住房照片、合作医疗票据、党员干部简历、创"无违建"台账等资料。村民无论遇到什么事，都有账可查、有据可循。有好几次，村民遗失了票据，也都能在这账本里找到，解了燃眉之急。民情档案充实规范，在服务村民方面发挥了很好的作用，市、县档案部门给予了高度评价。

"我是农民出身，一辈子都是农民。大家把这个家交给我，我就尽力当好这个家。"胡孝成说。眼下，他还想筹些钱，在村里的一块空地上建个篮球场，碰到村民家办红白喜事，也好有个办事或停车的地方。

在农村，党员怎么干、干什么，老百姓都看在眼里记在心里。村里孤寡老人生病时，胡孝成不仅上门探望，还经常自己掏腰包送上慰问金。群众有困难，他总是热心帮忙。仅2015年一年，他三次带领村民开展交通救援工作，将伤者及时送至医院救护，为营救生命争取了宝贵时间。他家里挂着多面抢救者送来的锦旗，他还荣获了"最美龙游人"2015年度人物特别荣誉奖。

吴素月：爱洒百姓谱新曲

文 | 陈　颖　王欣蓉

| 人物名片 |

吴素月，舟山市定海区临城街道金鸡山社区党支部书记，曾任舟山市普陀区沈家门街道大蒲湾社区党委书记、主任以及茶湾社区党委书记，1966年3月出生，1999年1月入党，获评浙江省劳动模范、省优秀共产党员、舟山市三八红旗手、市党代表等；所在社区获国家级、省级和谐社区、省级老龄化工作规范社区等荣誉。

　　她身材高挑，看上去略显瘦弱，但是却韧劲十足，只要认准的事就绝不轻言放弃。她以女性特有的细腻与敏感，捕捉社区人事的点点滴滴，绝不轻易放过；她以一名共产党员的敏锐和前瞻，与时俱进，勇于在实践基础上进行理论创新，践行全心全意为人民服务的宗旨。她，就是现任定海区临城街道金鸡山社区党支部书记的吴素月。

▶ 大刀阔斧改造老城区

自从 1989 年参加居民委员会工作以来，吴素月就兢兢业业地在这一岗位上奉献着自己的青春。在 2002 年居民委员会合并后，她迎来了人生的又一个挑战：担任大蒲湾社区党委书记、社区主任。

大蒲湾社区是 20 世纪 80 年代建成的老社区，基础设施落后，存在着道路破损、外墙脱落、下水道堵塞、化粪池外溢等问题。回忆起当时面临的工作难题，吴素月满是感慨："那个时候，起早贪黑是常有的事情，每天都有居民上门提出各种要求，诉说各种抱怨。"

为给居民创建一个良好的居住环境，吴素月四处挖掘社区资源，动员社会力量，先后从政府部门、各共建单位、居民手中筹集资金 100 多万元，重修了破旧的社区主干道，新建了花坛，安装了路灯，粉刷了楼道，修建了活动中心、服务中心、卫生医疗中心和休闲广场等活动场所和设施。在她的努力下，大蒲湾社区一改旧貌，成为道路平坦、卫生整洁、绿树成荫、环境优美的文明社区。

吴素月还创新性地成立了舟山市首家"外来新居民党支部"，使新老居民和谐相处，融入一家；"银龄之家"——居家养老服务中心的建立，更是为社区困难孤寡老人解决了实际生活问题。这些看得见、摸得着、体会得到的深刻变化，让社区居民竖起了大拇指："这都是我们社区吴书记的功劳。"

▶ 让居民积极参与社区发展

2008 年 10 月，因工作需要，吴素月调到茶湾社区担任党委书记。

茶湾社区地处城乡接合处，又属于老城区，社区地域面积广，基础设施差，沿山一带的散户居住多，外来新居民聚集比较集中，小街小弄路面破损、夜间道路黑暗、阴沟堵塞等历史遗留的问题不少，老城区拆迁改造、开发建设等方面的问题更是层出不穷。

面对这些复杂而艰难的工作，吴素月只说了一句简单朴实的话："我们做事要对得起党，对得起群众，群众的需要就是我们的第一责任。"为解决各种遗留问

■ 吴素月慰问环卫工人送上夏日清凉

题，吴素月积极联系有关单位，四处奔走，虽然吃了不少苦，挨了不少骂，受了不少委屈，但为了群众的利益她毫无抱怨。

有一次，一位年轻人有事要向社区反映，但因为白天上班不能亲临社区，就在QQ上给她留了言。这件偶然的小事启发了吴素月：为何不开通一条网络通道让居民们可以随时向社区反映问题和咨询呢？于是，吴素月特地建立了社区网格QQ服务群——"我的邻居我的群"。

就是吴素月的这次创新，让党员们在工作时间之余可以利用网络共商"社区大事"，了解居民的生活状况，帮助居民解决生活上遇到的一些困难。她还将每周五作为"社区书记QQ在线接待日"，建立了完善的"社区书记在线"制度。社区书记从此可以在网上与居民互动，为他们答疑解惑，同时宣传普陀区最新的民生政策和惠民工程。

▶ 社区工作要有理有据

金鸡山社区是2014年年底正式成立的拆迁安置转型新型社区，社区居民主要来自永华、长升、惠民桥、中湾村等8个拆迁安置村，还有外来流动人口及购房落户居民。

"两三年前就有居民陆陆续续入住了，但是管理没有跟上。"有着几十年社区管理经验的吴素月调任金鸡山社区书记后发现，不少居民房前屋后堆着各种各样的杂物，小区绿化带很多光秃秃的，不少还被"开垦"成了菜地，一些树上缠着横七竖八的晾衣绳。

当时，还有人"善意"提醒吴素月：这种拆迁小区是管不好的，意思意思就算了。虽然知道接下来的工作很难，但是吴素月和社区干部们没有放弃。

"简单地说一句什么事情不能做，居民是不会听的。"社区工作人员王如媛介绍，在吴书记积极向上争取和呼吁下，在拆迁安置服务中心的大力支持下，社区针对一个个问题找出了细致的工作方法，并有计划、有步骤地加以推进，管理的效果就不一样了。比如乱拉的晾衣绳，吴素月耐心与居民沟通，并积极动员居民到安装

■ 金鸡山社区第一届睦邻节文艺汇演

好的晾衣架上晾晒；在绿化补种时，先把光秃秃的荒地补好，再去跟其他垦地种菜的居民交涉；对居民屋外堆放的杂物及时进行清理，大力提倡居民以实际行动自觉杜绝一切破坏环境的行为，共同维护绿色生活环境。

目前，金鸡山社区正在壮大新组建的甘霖关爱队、绿色养护实践队、文明风尚督导队、政治思想宣传队、"给你点赞"服务队等各类社区志愿服务组织。社区和拆迁安置服务中心正在筹划对小区物业的监管考评机制。"效果可能不是一朝一夕能体现出来的，但是我们希望通过广泛的宣传发动，让更多居民以主人翁的姿态参与到社区建设、管理中来。只有让居民从思想上改变过去比较随意的生活习惯，金鸡山社区才能真正成为一个环境整洁、秩序稳定、服务完善、风尚良好的文明社区。"吴素月说。在吴书记的带领下，金鸡山社区党支部依托2400平方米的社区公共服务中心，建立了先锋驿站、党建会客厅、志愿者服务站、红色影视厅，集中展示社区的特色党建工作，打造了一个集党员群众学习、娱乐、谈心、健身等多功能于一体的"红色基地"。

在人生的道路上，许多人以无私的工作态度和忘我的敬业精神在自己平凡的岗位上默默无闻、无声无息地奉献着，为自己所从事的事业付出了满腔热忱、捧出了全部真诚，而吴素月就是其中之一。在28年的社区工作生涯中，她扎根基层服务第一线，不断创新工作方式方法，在自己平凡的岗位上作出了不平凡的成绩。

陈华明：甘做无形的"桥"

文 | 王华瑾

| 人物名片 |

陈华明，台州市椒江区星星集团党委书记、副总裁、工会主席，1966年2月出生，1994年12月入党，获评浙江省优秀党务工作者、省优秀思想政治工作者等；所在企业获全国民营企业500强、国家守合同重信用企业、浙江省"五个一批"重点骨干企业、省非公有制企业党建工作示范点等荣誉。

"淳朴的村边，弯弯曲曲的一条河，河上架着一弯石桥，横跨两岸。这座小桥，是连接村里人和外界的希望。"陈华明就将自己比做这样一座桥梁，对上连接星星集团、政府各部门和各企业管理者，对内关注员工，对外广交业界朋友。"我是和星星集团一起长大的，我的主要工作就是宣传党和国家的方针政策，为员工谋得更多福利，为企业健康发展保驾护航。"陈华明说。

▶ 一座连接党委、政府的桥

星星集团从 1982 年的家庭式作坊发展到现在涵盖家电、光电、农业等产业的大型民营企业集团，它的每一步成功都离不开党和国家的好政策。作为集团党委书记，陈华明深知"听党话、跟党走"是星星集团稳健发展的主要外力。他以身作则，以严谨务实的工作风格，真真切切地做到与党同心，实实在在地做好党的政策宣传工作。

无论是中央、省、市、区各级党委、政府的相关政策、方针，还是党的群众路线教育、"两学一做"学习教育等，只要上级组织有新动态或者自己学到新知识，他都会传达到每个支部、每名党员，并将此作为自己的首要职责。

2014 年 6 月 16 日至 22 日，陈华明作为台州市非公企业党组织书记的优秀代表，参加了中共中央组织部在北京举办的"非公有制经济组织党组织书记专题培训示范班"的学习。每天上课，他都会积极地坐到教室的前三排，在认真听讲的同时用手机仔细拍下每张幻灯片。一到下课时间，他就把每张幻灯片按顺序完完整整地发在星星党建 QQ 群上，供全体党员学习。

6 月 23 日，结束培训但还远在北京的陈华明就迫不及待地打电话到公司党群工作部，要求部长马上安排党员学习会议，等他回来后跟大家分享自己的学习体会。当天下午一点半，刚回到公司还没吃上饭的他就直奔大会议室，非常兴奋地跟党员们讲述自己的所学所感所想。

在陈华明的全力带领下，星星集团党群工作部的同志们信心百倍，无论是在思想上还是在工作中，都能紧跟时代潮流认真做好工作。

▶ 一座服务企业的桥

在企业的发展过程中，星星集团的党组织不断发展壮大，从刚成立时的 7 人小组，发展到现在的 2 个党总支、13 个党支部，共 252 名党员。在陈华明的带领下，星星集团的党员干部在工作中积极争当先锋、争做表率，为企业发展做出了巨大贡献。

在工作中，陈华明一直坚持深入一线了解员工需求，团结凝聚员工力量，共同服务企业发展。针对星星集团外地员工居多的特点，他建立了"外地员工联络员制度"，选拔了一批来自河南、四川、湖北、江西等省份的优秀青年党员，鼓励他们在做好本职工作的同时，积极发挥党员先锋模范作用，自觉承担起帮助困难员工、化解员工小矛盾、小问题的责任，并向同乡讲解公司新形式，传播国家新政策。

2011 年面对原材料价格上涨和产品价格下跌的压力时，集团家电公司遇到了前所未有的挑战。为了化解此次危机，家电公司提出开展节能降耗工作，对每位员工实行月度考核，并根据考核结果裁减部分人员，实行梯度工资制。这一方案下发后，一线员工反响强烈，不少员工认为自己的利益受到直接威胁，对此项举措非常抵触，甚至想通过罢工向公司施压。

这个消息很快被陈华明获悉，他马上联系家电公司党总支副书记、副总经理石毅忠组织各省籍的党员联络员召开紧急会议，商量解决方法。为了安抚员工的情绪，每天一上班，陈华明就带头和各省的党员联络员、骨干人员深入车间，逐个做老乡的思想工作。通过陈华明的真情游说，很多外地员工逐渐接受了公司方案。在

■ "小候鸟"关爱活动中陈华明与外来员工孩子一起包饺子

大家的共同努力下，家电公司的节能降耗工作卓有成效，一年下来节省成本 5000 多万元，企业顺利渡过了难关。

陈华明深知，一个企业要想健康发展，员工之间的团结和谐至关重要。外地员工党员联络员较之于公司的正规组织架构，相当于一股"民间力量"，没有强加的责任，也没有丰厚的利益回报，但他们却自然而然地成了同乡的"主心骨"和架在公司与员工间的一座"无形的桥"。在陈华明的带领下，这支"特殊"的党员队伍打开了外地员工的"心门"，成为了一个劳动密集型企业构建和谐劳工关系的抓手，成为了党组织做好思想工作的一条捷径。

▶ 一座关心员工的桥

2013 年上半年开始，星星集团有件大事让员工们在欢呼雀跃的同时又有些担忧，那就是集团的安居房工程。这是公司为改善员工住房条件而努力争取到的一项民心工程。这其中，作为党委书记兼工会主席的陈华明功不可没。

为使这项工程顺利落地，从土地审批开始，陈华明就一直忙得不可开交。2013 年 6 月 30 日，安居房工程选址处的土地摘牌，但是因为时间仓促还有很多手续没有落实。为了使工程尽快开工，陈华明每天都是公司、政府两头跑，提交申办资料。当听到当地村民有反对的声音时，他又跑到村民家里做思想工作。几个月内，陈华明虽然每天都忙得焦头烂额，但是看着一点点拔地而起的高楼，想到员工的住房有了着落，陈华明的心里是甜的。

从住房"大事"到生活"琐事"，员工的事情，陈华明一件件都放在心上。

为了给员工及其子女创造更多的相处时间，2015 年 8 月，在陈华明的牵头下，集团党委开展了"候鸟们的家——在星星"爱心活动。从 8 月 10 日到 21 日，在各子公司和家长的配合下，集团党委成员从课外知识学习和兴趣爱好培养出发，为孩子们提供义务辅导，教授孩子们书法、绘画、摄影，并在课外时间带孩子们到职工俱乐部看书、跳舞、打球、看电影，给这些小候鸟的暑假增添了很多欢声笑语。看着孩子和家长亲密无间的笑脸，陈华明也不由自主地露出了笑容。

虽已年近半百，但是陈华明却能准确了解公司"80 后"、"90 后"年轻人的诉

■ 陈华明参加五四青年节"荧光夜跑"活动，和年轻人打成一片

求。星星产业园区四家子公司，员工平时各自忙于工作，很少碰面，下班后又各回各家，很少有相互交流的机会。陈华明了解到，多数员工尤其是水晶光电和星星科技的年轻员工，迫切地想要拓展交际圈。为了满足年轻员工的精神诉求，2015年5月4日，在陈华明的组织下，一场诠释年轻员工对自由、自然、自我和青春答案的"荧光夜跑"活动应运而生。

虽与这些参加活动的年轻员工有着二三十年的年龄差，但是陈华明却融入得非常自然。他和年轻人一起奔跑，与他们聊工作拉家常，很快就打成了一片。这次活动后，陈华明完全成了他们工作生活中的知心朋友，被亲切地称呼为"华明叔叔"。他们知道，如果碰到困难，"华明叔叔"一定会尽心尽力地为他们提供帮助。

集团有一支平均年龄不到30岁的摄影协会队伍，里面活跃着一批喜欢旅游、爱好摄影的员工。当得知陈华明也是一名摄影爱好者时，他们立马将他拉入了协会。每逢周末，陈华明就经常和这些年轻人一同出门爬山看景，进行摄影创作。在休息期间，陈华明给他们讲述自己和星星集团的故事，与他们一起讨论最近的热播剧、NBA赛况等，大家一路说说笑笑，没有一点违和感。

"淳朴的村边，弯弯曲曲的一条河，河上架一弯石桥，横跨两岸。这座小桥，可以兑现村里人美好的遐想。"陈华明说，他想继续做这座桥，跟随星星集团的发展，感受工作的快乐，置身其中，他是幸福的。

李友勤：为"领头雁"责任坚守35年

文 | 周 益

| 人物名片 |

李友勤，台州市路桥区蓬街镇山下李村党支部书记，1960年2月出生，1991年6月入党，获评台州市优秀党务工作者、路桥区优秀党组织书记、区"道德红榜人物"、区优秀共产党员、区新农村建设先进个人等；所在村获浙江省小康村、省新农村、台州市绿化村、市文明村等荣誉。

位于蓬街镇最西面的山下李村曾是个不起眼的小村庄，脏、乱、差是它的形象，就连村民们都自称住在"围水里"。而现在的它，交通便捷、村庄整洁、绿树成荫、文化设施齐全，不断获得"绿化示范村""森林村庄"等美誉。这些"军功章"的背后，都有着李友勤忙碌、奔跑的身影。

▶ 三年不领工资只为修一座桥

和其他村庄一样，山下李村村民过着自给自足的生活，但随着经济快速发展，越来越多的村民发现自己被青龙浦和三才泾两条市、区级河道围困，仅有的一座与外界连通的小桥狭窄得连辆小汽车都通不过。发展的"手脚"就此被束缚，山下李村人翘首企盼着有一个改变。

1993年，33岁的李友勤因为出色的管理能力被党员们选举为村支部书记。要想富，先修路。李友勤新官上任的第一把"火"便烧在了村民们瞩目的修桥任务上。但投标价18万元的修桥费，让原本就"囊中羞涩"的山下李村人和李友勤不知该如何下手。

造桥势在必行，集体经济却捉襟见肘，怎么办？李友勤发动村民投资投劳，除了出资外，16周岁至60周岁的村民必须出3天的工，没时间出工的就出钱补助。

简简单单的投资投劳四个字，却耗费了李友勤所有的精力。为了做好解释工作，争取村民们的支持，他整日往村民家里跑，挨家挨户地去做工作。为了节省时间，他顾不上家里的大小事，每天早上拿着一块洋糕就急匆匆地出门。他吃在工地，一菜一汤能下饭就行；住在桥头，简易的工棚能遮风挡雨就行。苦战了100天后，一座宽6米、长20米的山下李桥展现在村民面前，它把村子与外界连在了一起，极大地方便了村民们的出行。而原本需要18万元的工程预算，在李友勤的精打细算下只花了13万元。

修完桥后的山下李村一贫如洗，就连村干部一年五六百元的工资都发不出来。为了缓解村集体的巨大经济压力，在李友勤的带头下，村两委成员三年都没拿过一分钱工资。

桥通后，山下李村与外界的通行更为方便了，村民们的家庭作坊也越发办得热火朝天了。2000年，李友勤又把目光投向了通村道路，虽然之前整修过，但只有3米宽的道路与村里的发展明显不相符合。于是，李友勤便与村两委成员、村民代表合计，立即实行村委负责村主干道的硬化工作，队组之间投资投劳，负责各自房前道路硬化的方案，成功将原本3米宽的碎石路变成了7米宽的水泥路，再把村道通向每家每户，一次性实现了90%通村道路的硬化。

▶ 让村民开窗见绿

交通便利了，村民们的收入增多了，闲不住的李友勤又开始将精力投向了村容村貌改善、环境整治上，第一件要做的便是治水。

2000年，村里对青龙浦进行疏通，完工后大面积的淤泥堆在南岸，有10多米长。爱绿化的李友勤随即向上级部门建议，由村里负责利用这些淤泥种树。得到支持后，李友勤便开始着手河岸绿化工作。最终，村里花了近2万元在1200米的河岸种下了1000多棵樟树，而它们就成为了山下李村的第一批"村树"。

看着日渐长高的樟树，李友勤又动起了脑子：既然这里水清岸绿，环境这么好，何不铺一条游步道呢？2008年，在李友勤的坚持下，青龙浦沿河留出了宽达8—10米的空间，并修建起了1200米长、1.6米宽的休闲小道，并安装了路灯和石凳。说起这条游步道的建设，李友勤还是"精打细算"过的：路修得太宽了，可能会变成车道，只需要能用于步行就好了；要修水泥路，如果是石子路，时间久了上面容易生青苔，村民散步不安全。这一修整后，村民们饭后可以沿着游步道散步、聊天，茶余饭后有了休闲的好去处。

■ 李友勤带领村干部一起参与村内长廊、公园的设计建设

2014年，"五水共治"开展得如火如荼，山下李村也成了整治水环境的一员。凭着自己20多年的村支书的工作经验，李友勤把责任分到了每个责任人的头上：所有人每天必须抽出一两个小时来巡逻自己的责任河。从李友勤最初拿到"五水共治"方案，到连开几天会议细化方案，再到分派任务、开展全区域的宣传工作，山下李村以最快的速度把治水工作做到"共赢"的效果。

经过"五水共治"后，山下李村的水环境大变了样，岸上的绿化也紧接着焕然一新。作为山下李村的当家人，李友勤将自己精打细算的本事发挥得淋漓尽致。他将青龙浦沿河种植过密的樟树移植到了三才泾的岸边，不花大价钱就为山下李村增加了一条三才泾游步道。如此一来，两条休闲小道在山下李桥接通，将整个山下李村"抱"在怀里，休闲小道上种了樟树、塔柏、桃树、枣树、桂花、茶花、樱桃、石榴等数十个树种。村民们推窗便可看见成片的绿色。

▶ 35年对责任的坚守

"李书记，你又在剪树枝啦！闲下来休息会啊！"住在三才泾旁的李大妈吃完早饭便在游步道上散步锻炼，正巧又碰见李友勤在修剪树枝，两人便就眼前的美景拉起了家常。

因为对绿化养护有着浓厚的兴趣，在蓬街镇举办"绿化养护培训班"时，李友勤早早地就赶去镇农办报名参加。"我只有不断地学习，才能更加科学地规划好村里的绿化建设，给村民创造一个良好的生活环境。"李友勤表示。

"以前，大家的卫生环境意识比较差，垃圾随地乱扔，村里环境脏、乱、差，有的地方还臭气熏天，但在李书记的宣传教育和带领下，这里发生了明显的变化。"李大妈笑着说，现在自己就住在花园里，每天空闲时锻炼锻炼身体，生活很幸福。而这样的居住环境，也吸引了不少外来人口来此定居。

造桥、拆房、通路、治水，一步步走来，李友勤以他的果断、公正、公平获得了村民们的认可，但他也时常会面对不理解和抱怨。"既然我当了书记，那就要把这个责任担起来，把工作做好。村民们的不认可、不理解都是一时的，等他们发现了改变带来的好处后，自然就会理解我了。"说起其中许多不为人知的曲折和苦

■ 李友勤养护绿化亲力亲为

恼，硬汉般的李友勤也眼眶泛红。

自 22 岁当上大队长，24 岁当上村主任，直到现在 57 岁，在 35 年的时间里，李友勤扎根于山下李村，从青春黑发干到两鬓斑白，直到今天依然坚守在岗位上，说到底还是因为他心中装着沉甸甸的"责任"二字。

如今"走出来"的山下李村能够从一个普通平凡的小村子变成现在样样都能争先进的村庄，李友勤功不可没。对于未来，李友勤一直有个心愿，那就是让山下李村评上精品村。"这是我们村两委今年的奋斗目标，也是我干了一辈子书记的愿望。"游步道上，李友勤的身影依然在忙碌着。

陶仙俊：在特殊阵地开辟一片新天地

文 | 黄国胜

| 人物名片 |

陶仙俊，浙江省十里坪监狱四监区党支部书记、教导员，1973年3月出生，1994年12月入党，荣立个人三等功3次，荣获各级嘉奖20次，被评为全国监狱劳教人民警察岗位练兵先进个人、2011—2013年度全国监狱劳教（戒毒）工作先进个人、浙江省司法行政系统党风廉政建设先进个人、厅直属机关2014—2015年优秀党务工作者、全省监狱系统"双百"先进个人、省属监狱系统优秀共产党员、监狱优秀党务工作者、先进工作者等；所在单位获2013年全省罪犯劳动现场规范化管理创优达标活动优秀监区、2013年和2015年度监狱先进集体、2015年全省监狱系统百家先进集体、2013年和2014年度全省"三共活动"成绩突出表扬单位等荣誉。

个人成长遇到瓶颈，不属于先天原因的一定要努力突破；单位发展遇到难题，属于职责范围的绝不放任；群众遇到难事，凡是看见的必须尽全力帮助解决。陶仙俊是这么想的，也是这么做的。

▶ 主动请缨挑重担

2012 年，时任监狱纪委副书记的陶仙俊毅然请缨到刚完成新址搬迁和押犯结构调整的三监区任职。面对监区首次"集中关押余刑 3 个月以下的超短刑犯、出监罪犯和老弱病残罪犯"的艰巨任务，陶仙俊迎难而上，敢于担当，积极动员支部全体成员："面对新工作，大家的担心是可以理解的，但畏惧害怕解决不了问题，只要大家齐心协力，一起动脑筋、想办法，没有攻不下的难关。"

为确保监区工作尽快步入正轨，陶仙俊干脆把家搬到了监区值班室，连续几个月，吃住起居都在三监区。白天他和分监区领导、普通民警一起带班，同吃同住；晚上逐个找民警谈心，帮民警解决生活上的困难。通过在基层分监区的蹲点调研，听取一线民警意见和建议，组织召开座谈会开展专项讨论，在陶仙俊的带领下，集众人智慧的有关超短刑犯监区民警工作职责、积分处遇管理办法、日常训练管理规定等一系列规定很快就出台了。以"关爱、自强、感恩、互助"为核心理念，集分类教育、分级管理等多位一体的特色管理经验也在摸索实践中逐步形成，三监区在收押要求、日常行为规范、日常考核标准、分级处遇、现场管理等方面均实现了全天候无缝管理。"还是我们书记有办法！"原先顾虑重重的民警纷纷夸赞。

2013 年年底，十里坪监狱康复中心的精神病犯集中调入三监区改造，并被组织起来进行康复性劳动。一些精神病犯出现较大的抵触情绪，有的还拒绝服药甚至攻击民警，成为民警工作中的一大难题。

陶仙俊全面了解情况后，只说了三个字："走进去。"他要求民警走到特殊服刑人员身边，了解和关心他们的真实想法，化解他们的不良情绪。因很多病犯内务卫生差，身上又有病，有的大小便失禁，监区民警特别是青年民警很难"用心"去完成每周至少两次走进包干小组的工作要求。

"我先走进去！""要求下属干，还不如自己带头干！"陶仙俊身体力行，自己带头在每个分监区各包干了 1 个重点小组，每周走进病犯小组，和服刑人员交谈，打开他们的心结。"陶书记都'走进去'了，我们还会有什么顾虑，我们也必须上！"在陶仙俊的带动和影响下，现在很多青年民警乐于坐在服刑人员中间，跟他们聊天，掌握第一手的资料。从每季开展"我心中最满意的警官"的活动测评结果来看，病犯感谢警官的话越来越多，矛盾少了，警囚关系更加和谐了。

悄然间，三监区的面貌发生了巨大变化，多次荣获省级荣誉，一举摘掉了"三监区土包子"的帽子。荣誉的背后是巨大的付出，据不完全统计，仅2013年到2015年期间，陶仙俊个人放弃的周末休息时间就多达180天，夜间进监每个月达18次以上，亲自处理各类隐患56个，化解各类矛盾41件。由他亲自创建的民警和罪犯"三走进"工作理念和方法已经在全省推广。

▶ 使命与公益兼具的特殊园丁

师范院校毕业的陶仙俊将教育改造服刑人员作为自己当然的使命。多年来，通过他教育感化、改造成功的服刑人员很多。监区曾有一服刑人员，性格孤僻，不与任何人交流。陶仙俊利用自己二级心理咨询师的专业优势，以诚相待，悉心疏导，一点点、一滴滴，在历时近一个月春风化雨般的教育疏导下，该服刑人员终于开口说话了："感谢警官的开导，原来我的存在还是有一点意义的，我会好好接受改造……"

陶仙俊非常重视对青年民警的传帮带，帮助青年民警学习掌握心理学、教育学等专业知识，从而让更多监狱民警能更好地投入到教育改造服刑人员的事业中。

陶仙俊还很热心公益事业，这从他大学期间担任学生会宣传干事兼学雷锋服务队队长时就开始了。他个人生活非常节俭，却资助多位贫寒子弟完成学业。有一

■ 陶仙俊开展服刑人员心理健康团体辅导

次，一名年迈的老人领着儿子来单位找陶仙俊，逢人就介绍他儿子考取重点大学的事。原来这名少年曾一度想放弃学业外出打工，正是陶仙俊的资助和鼓励，给这个家庭带来了翻天覆地的变化。

担任支部书记以后，陶仙俊带领所在支部多渠道地服务群众、帮助他人。他还充分发挥监区团支部的集体力量，与金华聋哑学校、龙游县上圩头小学等多家单位签订共建帮教协议，定期开展爱心助学、课外辅导员授课、师生警交友等活动，引导青年民警开展"我为人人"志愿者行动。

▶ 党建凝聚核心力量

作为监区党支部书记的陶仙俊敢为人先，全身心地投入到党建工作中，开辟了特殊单位党建工作的新天地。

2013年年末，浙江省十里坪监狱三监区党支部召开全体党员大会，支部42名党员在庄严的党旗前列队，党支部书记陶仙俊将一枚枚鲜红的党徽佩戴在每一名党员的胸前，他说："作为党员不仅要做到内心入党，更要让群众来评判我们党员够不够格。"党员身份让党员既感到光荣，更感到责任与担当。

陶仙俊在监狱各基层党支部中率先推行党员星级量化考评，有效激发了党员参与党组织活动和想事干事的积极性与主动性，涌现出了"党员老娘舅""党员突击队""党员周末先锋岗"和"党员应急小组"等群体。小组成员都是自愿报名参与，在单位遭遇突发状况时随叫随到，在接受临时急难险重任务时能攻坚克难。

老党员夏武勇就是其中的一员，他主动向组织申请加入"党员老娘舅"团队，不管民警与罪犯，还是罪犯与罪犯之间，在出现矛盾难以化解时，他都主动参与。由于工作认真负责，调解成效好，夏武勇成了单位里的"香饽饽"，他由衷赞叹："在陶教导的带领下，没想到我们老党员也成了电视里的老娘舅，也能发挥大作用。"

陶仙俊还在党员干部中开展了"找短板、补短板"活动，建立健全了党支部三会一课、党员责任区、党员承诺践诺、党小组组织生活会、党小组网格化管理等管理形式。在他的带领下，亮出党员身份成为了一道亮丽的风景线，党员成为有生力量，党支部成为凝聚核心力量的源泉。

杨云芳：四十载爱心铸师魂

文｜柴 田

｜人物名片｜

杨云芳，浙江理工大学原建筑工程学院党委书记，1957 年 11 月出生，1982 年 12 月入党，获评全国优秀教育工作者、梁希林业科学技术奖、浙江省优秀教师、省优秀思想政治工作者、省高校师德先进个人、省高校创先争优优秀党务工作者、校教育功勋奖、校教学名师等荣誉。

四十年的教育生涯，染白了杨云芳头顶的青丝，催老了她年轻的面容，但杨云芳对莘莘学子的关怀和对教育事业的热爱始终如一。在旁人眼中，她是一名对学习孜孜不倦、对工作满怀热情、对教学无悔追求、对学生无微不至、对同事体贴关心、对自己严格要求的好老师，一名有着强烈事业心和高度责任感的教育工作者。

▶ 因材施教获学生爱戴

杨云芳自高中毕业后就在中学任教，并担任班主任工作。1977 年她在东南大学上学，毕业后先后在浙江农林大学和浙江理工大学工作，一直从事建筑学、风景园林、土木工程等专业的教学和研究。几十载寒暑如一日，在三尺讲台上，她用兢兢业业的付出和真挚诚恳的关爱塑造改变着一批又一批的学生。

参加工作以来，在多次人生选择面前，杨云芳始终钟情教育。为了自己热爱的教学工作，她抱定信念，从一而终地扎根在教育一线这片沃土上，不计得失和名利地付出自己的青春。

任教以来，杨云芳承担过 10 个专业共 10 多门课程的教学任务，对教学上的每个环节她都一丝不苟。她还根据不同专业不同学生的特点，反复组织、研究教案，针对不同层次的学生采取相应的教学方法。如材料力学、结构力学、建筑结构等课程难度大、作业量多，学生们都有畏惧心理，一开始对此的学习兴趣都不大。

杨云芳凭着自己渊博的知识、精炼的课程内容、丰富的教学经验，教与学互动，使原本枯燥的授课过程变得生动、活泼、吸引力强。她还善于运用理论结合工程实际，在教学上因材施教。几堂课下来，学生的学习兴趣就被调动起来了。后来，学生们为了能听到她的课，干脆就早早地来到教室争坐前几排的位置。每届学生都争着选她的课和让她做自己毕业课题的导师。

杨云芳在学生对教师的综合测评中一直名列前茅，在历年的教学业绩考核和年度考评中连年获得优秀，得到了学生们的高度评价，深受他们的爱戴。学生们都说：大学期间，课上得最好的就是杨老师了，听她的课是一种享受！

▶ 正身育人勇作表率

作为学院的党委书记，杨云芳有很多事务性的工作要处理和协调，加上又要完成课堂教学、科研任务等，工作时间往往安排得满满当当，加班更是家常便饭。然而，她没有抱怨，始终兢兢业业、无私奉献。

杨云芳深知，要教好书，要把学生培养成有用的人才，必须要有渊博的知识和扎实的学术研究做支撑，能够及时捕捉现代科学技术的新思想、新技术、新成果，并把它们与教学有机和谐地交融在一起。所以，尽管工作繁忙，杨云芳还是坚持开展科研工作，指导学生参与各类学科竞赛。无论在工作中，还是在生活上，杨云芳总能成为大家学习的典范。除了自身注重师德师风建设，她还将师德师风建设贯穿学院工作的始终。为切实抓好学院的教风学风建设，学院专门研究出台了师德师风建设实施意见，推出了指导青年教师、优秀生培养、教师听课制度、毕业论文和就业工作指导等一系列有效措施。

杨云芳还发挥全院教师在教书育人中的积极作用。在她的影响下，在学院形成了学生工作事事有人管、人人都关心学生成长的好局面。教工、学生有好事最先向她报喜，有困难先向她求助，内心有不快先向她倾诉，大家都将她当成自己的知心人。

杨云芳的一些学生，毕业后也都走上了教育岗位，其中有好几个她的学生还

■ 杨云芳在校学生活动中心指导学生参加"浙科院杯"第四届大学生结构设计大赛

当上了班主任。有学生说：学校让自己当班主任时起初有些畏难情绪，但在工作中，我就以杨老师为榜样，杨老师当初是怎样关心照顾我们的，我就怎样去关爱学生。

▶ 以慈母之爱赢得桃李芬芳

杨云芳说："作为一名教师，要有教书育人的责任感和以身立教的使命感。"从一名普通教师到学院党委书记，她一直非常重视学生的思想政治工作。她指导过几十名青年教师和优秀生，并一直担任班主任一职。年轻教师在她的指导下，都已成为学院的骨干，她指导的优秀生，大部分都免推进入浙江大学等名校读研究生。

"爱学生首先要赢得学生对你的信任，取得他们对你的尊重。"杨云芳经常深入到学生中，到寝室、班级中去了解和掌握学生情况，全面关心学生的成长，有时为了及时处理学生们的问题，杨云芳经常工作到深夜，甚至几天不回家。

杨云芳总是把学生当作自己的孩子来对待、来关心，尽己所能去帮助需要帮助的学生。不管是优秀生还是落后生，她都十分喜爱，全方位地给予关注，从思想、学习、生活上给以关心帮助和照顾。

杨云芳经常找困难学生谈心，除了给其精神解困外，还在经济上给予力所能及的帮助。她用自己的班主任津贴建立了学院的助困基金，专门用于对困难学生的临时帮助。每当得知学生中有无父亲或无母亲的情况，她总会加倍地给予关爱，甚至主动拿钱装在信封中交给学生，嘱咐学生买衣服等，并一直默默地以行动关心帮助这些学生的成长。

每逢过年，杨云芳总会买上各类食品送到不回家过年的学生手中，亲自给学生红包；为了学生就业，她东奔西跑、牵线搭桥，帮助学生找工作；学生生病住院，她前往看望。建筑学专业的一名学生得了重病后，近一个月昏迷不醒，她不管工作再忙，每天都去医院看望。在学生住院治疗的三个多月中，杨云芳找医生了解病情，为学生联系更好的医院和医生，鼓励和安慰家长。学生家庭有经济困难时，她还动员全院师生为其捐款。土木专业一名学生的父亲病危，她也同样带着辅导员和班主任去看望。在她的引导下，学生们在情感上将建工学院当成自己的家庭，而杨

■ 感恩节当天杨云芳收到学院困难教职
工发来的短信

云芳就是家庭中慈爱的母亲，处处在思想、学习、生活中为他们指引方向。

十年树木，百年树人，踏上了三尺讲台，也就意味着踏上了艰巨而漫长的育人之路。回首过往，杨云芳从未后悔过自己的选择，不管是教学，还是行政工作，她都甘之如饴。桃李不言，下自成蹊，杨云芳的行动感染、鼓舞着同学们和老师们砥砺前行。

周恩红：脚踏实地的"大拇指支书"

文 | 虹 晚

| 人物名片 |

周恩红，温州医科大学仁济学院学生工作部部长、仁济学院学工（辅导员）党支部书记，1980 年 2 月出生，2003 年 5 月入党，获评浙江省优秀团干部、省优秀社会实践先进个人、省志愿者工作先进个人、温州市优秀班主任、温州医科大学优秀共产党员、校优秀辅导员、校先进工作者等；所在支部获温州市巾帼文明岗、校级先进支部等荣誉。

　　自 2003 年毕业留校工作后，周恩红就一直奋战在基层学生工作一线。从学生支部到教工支部，工作 14 年来，她始终做好党员的表率：工作不分分内分外，尽心尽责，稳中求新，在平凡的工作岗位上呈现了不一样的精彩。她抓支部建设有想法、敢创新、重团队，被称为"大拇指支书"。

▶ 师德之爱育学子

周恩红是一名有"爱"的老师，她坚信师爱是师德的灵魂，是教育学生的感情基础。14年来，她坚持以心换心，用爱教育、引领学生成长。

担任辅导员期间，周恩红曾经为了帮助一名患有严重考试焦虑的学生，不厌其烦地与她谈心并鼓励和疏导她。只因为学生的一句"老师，每次跟您一起聊天就感觉放松多了，在您寝室也特别有安全感"的话，周恩红便把寝室钥匙给了学生，让学生在自己寝室看书、休息。当学生提出想同住时，她也毫不犹豫地答应了。那个学期期末，学生和她同睡一张1.2米宽的小床，两人一挤就是大半个月。

类似的情况还有不少：为了帮助一名患恐惧症的学生，周恩红坚持两个月不间断地每天与该学生见一次面、通一次电话，最终使学生走出阴影，步入学习正轨；她还曾把为数不多的工资拿出一部分给家境特困的学生做生活费……

■ 周恩红检查学生课题申报材料

严在当严处，爱在细微中。周恩红对学生的爱是严慈相济的爱，也是不偏不倚、一视同仁的博爱。"只要是有利于解决学生实际困难的，都要不遗余力地去做；只要是有利于学生素质提高和能力锻炼的，都应该认真大胆地去尝试。"这是周恩红的心语。所以，对于每一个出现在她面前寻求帮助的人，她都热心地给予支持。

作为大学院、独立学院的一名学工办主任，她要面对的是仁济学院6500多名学生，除了要积极搭建平台促进学生成长外，还要解决各种各样的学生问题。学生联系不上，她便连夜开车到学校一起寻找；学生中出现各种突发事件，她都第一时间赶赴现场；学生对学院工作有疑问，她与之面对面地诚恳交流；学生想参加科研，她组队参赛，悉心指导……

"金奖银奖不如学生的夸奖，金杯银杯不如学生的口碑。"这是周恩红辛勤工作的动力。工作14年来，她的手机每天保持24小时开机，即使手机关机一分钟，都能让她焦躁不安，因为她担心学生有事找不到她。对她来说，收获最大的便是学生的认可和肯定以及学生的成长和成绩。

▶ 舍小家为大家的"加班狂人"

无论哪个岗位，周恩红都发自内心地热爱和珍惜，始终保持高度的工作热情。对她而言，每天早到晚退是常态，周末节假日放弃休息是常态。除了孕产假，14年来，她请假的天数屈指可数，以至于同事都把她叫做"加班狂人"。

对于工作，周恩红更是精益求精。她曾经负责全校的学生科技创新工作，她仔细阅读学生的每一项参赛作品，和每个项目负责人一一交流，指导学生整理思路、修改作品，她甚至把参加挑战杯竞赛的学生带回家，连夜指导修改参赛作品。有人就"善意"地提醒她："你怎么这么傻，作品有专业老师指导，你只要做好组织工作就行了，花了再多时间指导那也不是你的作品啊。"周恩红总是笑笑说："我自己看过才更放心啊。"

周恩红总是在不经意间忽视了小家。在集体与个人、"大家"与"小家"的关系上，她意识到自己分身无术，不可能二者兼顾，她只是把对家人的愧疚默默地埋在心里。31岁时，结婚多年好不容易怀孕的她，仍在全身心地工作，并未将该消息告诉部门领导和同事。因为她觉得自己体质好，不想受到特殊照顾。恰逢那段时间工作很忙，周恩红不愿意因为自己的事情而耽误工作，最后终因出差劳累、疏于休息和就医不及时，失去了一次当妈妈的机会。虽然深受打击，但休养一段时间后，周恩红又精神抖擞地回到了自己的岗位，继续投入工作。她总是这样，不经意间，心中的天平就倾向了工作，而她的家人也对此早已习惯。别人家的女儿发烧时多是由妈妈陪伴，而她女儿每次都会懂事地问："妈妈，你是不是要去上班了？早点回来！"

对工作，她任劳任怨，无怨无悔，她总说：我是真的很喜欢工作，发自内心的喜欢，工作能让我感到快乐，特别是在圆满完成一项任务后，心情无比的快乐。

▶ 强了党建聚人心

作为支部书记，周恩红牢抓支部建设，有想法，敢创新。仁济学工支部是一支由31名辅导员组成的队伍。她始终觉得学工支部建设的好坏，将直接影响学生党建工作的好坏，对学院整体工作起着至关重要的作用。因此，她开展了"支部凝心聚力建设工程"，在日常建设中强化"三凝聚"，注重"三融入"，内强素质，外塑形象，将学工支部打造成一支凝聚力很强，党务工作、学生工作能力也很强的党员干部队伍。

周恩红用组织凝聚队伍，通过和支部成员设定共同的奋斗目标，构建科学的组织架构，搭建合理的帮扶体系，打造了一支有战斗力的党员队伍。她定期组织召开支委会议、组织生活会议，积极制定工作规范，建立党小组，设立先锋岗，开展新老结对等活动，让每个人都能在团队中成长、收获。

同时，以团队成长为落脚点，以小组化模式推进个体专业化发展，周恩红推出了关注学习分享、注重团队内部交流的"思享会"学习模式。她组建了3个工作小组和8个科研小组，以分享促提升，以交流促发展，较好地增强了支部成员对岗位的认同感和归属感。

周恩红坚信好的文化能够凝聚人、塑造人、激励人。在担任支部书记后，她注重以文化凝聚队伍，打造了系列"微文化"、团队熔炼工作坊，在支部营造家庭式的温暖。通过成立团队熔炼工作坊，搭建微舞台、微平台，征集支部成员的微心愿，开展微生日活动等，体现组织关怀。这些活动既打造了支部家的文化，也提升了队伍的活力，实现了从小家到大家的融合。

周恩红还注重把提升辅导员成就感、增强学生满意度和提高社会认同度融入支部建设，更好地服务师生成长、服务社会公益。她曾5次带队下乡实践，为山区人民送医送药送温暖；她多次报名献血，为需要的人带去希望；她带领支部成员结对偏远山区儿童，定期探访和慰问。同时，她开展了多渠道的公益实践，开展了系列救护培训、支医支教、志愿服务，以提升全体成员的社会责任感和奉献服务意识。

作为一名党员和支部书记，周恩红始终以自己的行为践行入党誓言，做好党员表率。她一直说，我是个简单的人，只想认认真真、踏踏实实地做好每一份工作，让自己的内心充满愉悦。正是这份质朴与执着，让她一路微笑、一路收获。

闻人卿：让生命在工地上燃烧

文 | 裴 园 潘孙鹏

| 人物名片 |

闻人卿，浙江省建工集团多项重点重大工程的项目党支部书记，1958年5月出生，1985年3月入党，获评浙江省属企业优秀共产党员、省"知识型职工"、"敬业奉献"类浙江好人、省属企业"最美员工"、浙建集团劳动模范等；所在党组织获浙江省属企业和浙建集团先进基层党组织、省属企业服务型基层党组织示范点、杭州市建筑工地先进基层党组织等荣誉。

    自1980年12月投身建筑业至今，闻人卿已在党群一线管理岗位深耕36年。他热爱岗位、敬业奉献，努力做党群工作的排头兵、项目经理的好搭档、员工群众的贴心人。年近六旬、身体欠佳的他仍然不辞辛劳地坚守在生产一线，担任浙江省重点工程浙江音乐学院项目的党支部书记。他就像一团熊熊燃烧的火焰，照亮并引导着人们前进，不断激励和带领员工为工程建设作出新的贡献。

▶ "我只是努力当好'五大员'而已"

闻人卿是浙江省建工集团一位资深的基层党群工作者。他于1980年来到建筑企业，先后担任过多个基层单位的工会主席、党支部书记。1998年开始，他更是置身工程施工一线，先后在杭州铁路新客站、黄岩区政府大楼、西湖文化广场、西湖博物馆、温州火车南站、中信银行大楼、浙江音乐学院等多项重点重大工程中担任项目党支部书记。

在长期的项目党建工作中，闻人卿始终坚信"党建也是生产力"，坚定党群工作必须紧密围绕生产经营和项目建设。他通过党建活动、民工学校、标准化创建、劳动竞赛等多种途径，提升项目形象，提高综合效益。所在的项目均得到政府主管部门、同行和业主的好评。

在温州火车南站项目中，他的合理化建议，被项目部采纳，节约工程成本60万元，同时获浙江省节能减排合理化建议优秀奖；在浙江音乐学院项目中，由他设计的"中国梦·劳动美"宣传橱窗、中国梦主题长幅广告、项目八牌一图等组成的现场围墙荣获杭州市现场宣传优秀围挡；他组织的现场"三比"劳动竞赛、支部共建活动，对项目建设起到了有力的促进作用，得到了省委书记夏宝龙的充分肯定，项目部同时获浙江省重点工程劳动竞赛先进集体称号。

全力地投入，骄人的业绩，也给闻人卿和他所在的项目、公司带来了很多的荣誉：他与"黄金搭档"——全国优秀项目经理陆优民合作，所负责的项目获得全国建筑工程质量最高奖"鲁班奖"2个、"钱江杯"7个、浙江省市文明标化和绿色样板工地10个。

尽管收获了很多荣誉，但闻人卿不太愿意说这些"分内事"。他总是说："我是一名共产党员，做一点事是理所当然的。作为项目党支部书记要做好'五大员'，自己不以身作则，不做出一点成绩难为情呀！这目标有点高，我也只是向着这个目标不断努力而已，我还做得不够啊！"目前，由他总结的关于项目党支部书记要当好"五大员"（党的宣传员、企业的监督员、项目部的服务员、民工兄弟的辅导员和后勤管理的保障员）的经验成为浙江省建筑系统项目党建推介的经典案例。

▶ "我是真的离不开工地"

闻人卿是这么说的，也是这么做的。他几十年如一日奋战在艰苦的工地上，身上始终焕发着无限的活力和精气神。但人的身子毕竟不是铁打的，他曾因罹患肾结石、阑尾炎动过5次手术。

2008年，在参与西湖文化广场建设项目时，闻人卿日显消瘦、常感乏力，他总以为是工作忙累的，也就没将这些症状当回事。直到当年上半年单位安排体检时，他居然被查出得了白血病。可能是这病发现的还不算太晚，也可能是医生的医术高明，更可能是他本人的乐观性格和坚强意志，他的病情奇迹般地得到了控制。

闻人卿本应该在家好好休养，但他却闲不下来，他觉得自己身体既然好起来了就得继续工作，连家人、同事和领导都劝不住。此时集团刚承接了一项重大工程——温州火车南站项目，项目经理正是闻人卿的老搭档陆优民。陆优民自然想过让闻人卿来担任项目党支部书记，他们的关系就好比《亮剑》里的李云龙和赵刚，不过陆优民这次实在不忍心开口。闻人卿却舍我其谁地毛遂自荐了，他跟老搭

■ 浙江音乐学院项目现场的"幸福建工人"（闻人卿 摄）

档说："我这辈子吃了建筑这碗饭，就根本没想过离开，我是真的离不开工地、离不开同事们啊！"闻人卿的话都说到这份上了，大家见拦不住了，只好同意让他再次披挂上阵。

于是，闻人卿带着手术刀疤还没愈合的伤痛，与同事们一起奔赴环境差、工期紧、难度大、要求高的温州火车南站项目，参与这个需要24小时连轴转、10个月内要完成通常需要两年时间才能完成的工程建设。

大家都感叹闻人卿旺盛的精力，但了解他的人都知道，他真的是在"拼命"工作。除了靠药物抑制白血病外，闻人卿还患有肾结石的老毛病，天冷了就会发作，但他总是咬咬牙坚持着。同事们劝他多休息，可他总是笑笑："工期这么紧，要做的事这么多，大家都在没日没夜地干，我这个当书记的怎么能休息呢？"

▶ "他将我们当成自家孩子来培养"

浙江音乐学院项目具有工期紧、要求高、难度大、单体多、占地广等特点，是省、市领导和社会各界都高度关注的文化强省建设项目。作为该项目的党支部书记，闻人卿始终坚持实行"将党员发展为业务骨干，把业务骨干发展为党员"的"双培养"制度。

工程建设过程中，在闻人卿的带领下，项目党支部主动与工程指挥部党支部开展共建活动，并联合开展了以"比进度、比质量、比安全"为主要内容的"三比"劳动竞赛：每月评选先进，共评出12个批次24个先进集体和230名岗位明星。劳动竞赛得到了全体员工的热情参与，项目上掀起了你争我赶的劳动热潮，工程建设得到了快速推进。

身为项目党支部书记，闻人卿却没有一点架子，他就像一位慈祥的长者，一位相知的朋友。项目部中常有刚刚走上工作岗位的大学生，面对陌生的环境和工作，心中常怀忐忑和困惑。对于他们，闻人卿总是给予无微不至的关怀和帮助：不仅为他们安排带教的师傅，还开展各项活动，鼓励他们找准目标、建功立业。

在闻人卿担任党支部书记的项目里，除了发展党员，为党增添新鲜血液外，更重要的是他为集团培养和输送了大量的技术、管理骨干，其中产生了集团第一位全

■ 闻人卿为获奖民工颁发荣誉证书

国优秀民工、第一位杭州市"平民英雄"、第一位浙江"最美建设人"、第一个浙江省"金锤奖"集体，还有6名同志走上了集团的中层管理岗位，1名同志通过公推竞选成为浙建集团子公司最年轻的副总。

闻人卿对年轻人的成长从心底里感到高兴，年轻人也对亦师亦友的闻人卿充满了感激之情。说起闻书记，这些大学生和已经成为骨干甚至走上企业重要领导岗位的人就会激动地说："闻书记将我们当作自己的子女一样关心、爱护，没有他的悉心培养，我们不可能这么快成长成才啊！"

闻人卿时刻准备着再次奔赴新的重点重大工程，继续让自己的生命发出更多的光和热，为国家建设和基层党建工作作出新的贡献。

六

凝心聚力、助推发展的
"双强型" 好支书

吴烂漫：党建抓实了就是凝聚力

文 | 吴来妹

| 人物名片 |

吴烂漫，浙江新安国际医院党委书记，1978年9月出生，2003年7月入党，获评嘉兴市优秀党员、市最美党员等；所在党组织被列为浙江省双重管理社会组织党组织，获浙江省基层医疗卫生单位学习实践科学发展观活动先进基层医疗卫生单位、省红十字博爱功勋奖、嘉兴市十大红船先锋党组织、嘉兴市慈善奖等荣誉。

　　自1997年参加工作以来，吴烂漫先后在医院办公室、客服部、营销部及人力资源部主任等岗位上历练了多年。如今，她已从一名普通护士成长为医院高层管理者，担任浙江新安国际医院的党委书记。身份变了、工作环境变了，但她脸上灿烂的笑容、对病人及家属的爱始终没有变过。"吴书记不仅颜值高，还走心！"这是新安国际医院的党员们对这位"红色掌门人"的评价。党建工作如何做到走心，吴烂漫简单答道："新安党建，党建心安，获得感很重要！"

▶ 有为才有位

2016 年 2 月，新安国际医院将全院服务督查工作移交给党委。如何发挥两新组织党组织的实质作用，吴烂漫说"有为才有位"。

有一次，医院要新开 6 个住院病区，单单病人储物柜这项预算就在 35 万元左右。正当大家准备向商家询价时，吴烂漫却在地下室兜兜转转，围着近 100 个闲置的铁皮柜、文件柜喃喃自语："病房装修是深色的中式风格，可这些是白色铁皮的……"

后来，吴烂漫竟然找到了一种和病房家居颜色相一致的自贴壁纸材料。当后勤党员把贴过壁纸的柜子样品抬到病房时，在场所有人都没有看出端倪，竟和定做的实木柜并无两样。就这样，党员们的一项小举措，就把冰冷的铁皮柜改成了温馨实用的储物柜，35 万元的开支，用 6000 元就搞定了。

医院开诊六年，有些设施设备需要更新，吴烂漫就号召行政后勤支部开展"变废为宝"活动，仅仅是等候椅"换皮不换椅"这一项举措就直接减少支出近 20 万元。医院董事会知道此事后，对吴烂漫竖起了大拇指："党员就是不一样！"

老人绝食相逼子女要住进新安国际的事情，曾经让康复病区的医护人员哭笑不得。原来，医院独有的环境与服务吸引了近 100 位离休老党员前来住院，但带来的问题是，要么老党员们不能参加原单位的党组织生活，要么老人请假外出给医疗安全带来隐患。吴烂漫得知后，向组织部、老干部局专题汇报，在医院成立了老干部康复党支部。

现在康复党支部的老党员在医院过组织生活，开展党员活动，其乐融融。比如"我和国旗合个影"活动，让五世同堂的家人相聚在病房。浓浓的党味，让这些经历过新中国成立的离休老干部们找到了组织的归属感，所以也就出现了老人绝食相逼子女要入院的闹剧。

康复病区的医护人员李金秀说："党委的工作，不是锦上添花，而是雪中送炭！他们经常帮我们化解管理难题。有些老干部们觉得伙食不好，吴书记知道后，就找来食堂负责人召开座谈会研究如何改善伙食；有些老同志在病房使用大功率电器，给用电安全带来严重隐患，吴书记就让老干部康复支部采用挂流动红旗、评星级病房、邀请消防队播放消防宣教视频等做法来禁止病人使用违规电器。没想到这几招比我们医护人员反复劝阻效果要好得多。"

"如果今天党员地位不够，多半是我们作为不够。"就是这种脚踏实地的工作作风，过硬的党性党风党纪，让吴烂漫从一名普通护士成长为医院最年轻的院领导，同时也坚定了医院"党管人才"的决定，为医院的发展提供了强有力的组织保障。

▶ 要和大家温暖地在一起

"群众的痛点是我们工作的'高、冷'，别端着，和大家温暖地在一起很重要。"吴烂漫是这样说的，也是这样做的。

"这里的医生医德好，这是我第二次来住院。"患者许大爷说。2013年，许大爷要请肿瘤外科付斌主任做手术。手术前，尽管家属送红包被退回，但许大爷觉得这是性命相托的事情，心里还是放不下，便又亲自送去2000元红包。这次付主任竟然"收"下了，许大爷在手术前睡了一个安稳觉，手术也非常顺利。术后第二天，医院天使社工室的社工来到许大爷床边，交给他一张2000元的住院缴费收据，说："大爷，您的心意我们收下了，但这个钱已经替你交到住院账上了。"病人与家属直夸医院工作做得真是暖心。

原来，医生简单地拒收红包后，有些病人手术前寝食不安，影响治疗。于是，吴烂漫创办了嘉兴首个医务社工室创新廉政建设机制，"'收下'病人的期望与心意，手术后'返还'病人财物"的做法，既让病人安心配合治病，又能使医生做到廉洁行医。翻开医院的廉政记录本，上面详细地记录着近10万元的病人红包被人性化地退回。吴烂漫用"走心"的方式，与患者温暖在一起，而这一本小小的本子更记载着医者的圣洁、党性的清亮。

党员服务群众的工作千头万绪，但吴烂漫常把一句话挂在嘴上："办法有没有，关键是看内心想不想做。"党员力量不够怎么办？党员带队三工（即员工、社工、义工）联动的工作模式产生了。志愿服务不成体系怎么办？四进（即进小区、进企业、进学校、进家庭）活动方案产生了。吴烂漫带领的这支志愿者队伍人数近400人，每年开展100多场急救知识普及、义诊咨询、健康讲座等活动，平均每

■ 集体签名承诺做合格党员

2—3天就有一场活动，每年直接服务群众近2万人次。

在吴烂漫的带领下，新安国际医院党委的公益脚步从未停歇：向四川广元元坝区王家中学捐资百万元建造"嘉兴爱心教学楼"；成立全市首家纯公益爱肾组织——嘉兴市爱肾协会，连续10年每年捐款10万元用于救治肾病患者……同时，医院党委还积极参加造血干细胞捐献、献血、"五水共治"等活动，彰显爱心，聚力公益慈善。

▶ 让员工幸福是我们刷存在感的好方式

"能让员工成长与幸福，也便解决了员工对党建工作的痛点。"这是吴烂漫的痛点思维在党员服务员工方面的总结。

"这样的培训让人记忆深刻，原来我离女神还差一个真诚的微笑。"新晋的收费员小金参加完青春支部的窗口礼仪培训后说出了心里话。原来青春支部与人力资源部一起创新了新员工培训方式，把以前枯燥乏味、说教式的窗口礼仪培训改成男神女神养成季的训练营。

在新安国际医院，35周岁以下的党员占到了近80%，凝聚青年、培育青年党员是保持党的肌体充满生机和活力的重要保证，如何把年轻人的时尚感与党的优良传统结合起来，吴烂漫没有少花心思。她创新支部划分方法，除了原来的5个支部设置不变外，增设了青春支部，35周岁以下的党员自动加入该支部。小女成长季、泰迪熊学习吧、DLY草坪婚礼、灰姑娘舞会等融员工成长、生活、学习的活动吸引了众多年轻党员与年轻员工的参与。而"创新支部活动，严肃组织生活"的青春党建工作法，也作为嘉兴市直机关"知行论坛"的分享案例，吸引了省内众多两新组织前来参观交流。

"没有满意的员工，就没有满意的服务。"由吴烂漫担任组长的员工支持委员会自成立以来，为员工带来了很多暖心服务。如投入近200万元重新装修员工宿舍；开设集咖啡吧、小厨房功能于一体的员工加油站，改善了员工生活和工作环境；经常为员工送去关怀慰问，如生日有蛋糕、生病有探望、生孩子有祝福、高温有慰问等。此外工会还举办了"sleeping day"、羽毛球比赛、甜蜜护士节等人性化活动，让员工从心里感受到了党组织与医院这个大集体的温暖。

这位"红色掌门人"搭建"新安党建，党建心安"的工作体系，让各方都拥有满满的获得感，基本实现了：红色领航健康新安，让医院更心安；服务助力和谐新安，患者更心安；文化铸就幸福新安，员工更心安；先锋激发活力新安，党员更心安；爱心践行公益新安，社会更心安。

"打造磁性党组织，对内有凝聚力，对外有吸引力，我们还有很多工作要做。"吴烂漫说。就是这样的使命感，让她充满着正能量与活力，让医院的党建工作充满了"心"的力量。

王炎明：学习创新就是"致富经"

文 | 黄璐芳

| 人物名片 |

王炎明，绍兴市嵊州市黄泽镇前良村党支部书记，1972年2月出生，2000年2月入党，获评绍兴市优秀共产党员、嵊州市优秀共产党员等；所在村获浙江省全面小康示范村、省基层科普示范村、省绿化示范村、省卫生村、省五好基层党组织、省绿色生态示范村、省文化示范村、省民主法治村、嵊州市五星级基层党组织等荣誉。

走进嵊州市黄泽镇前良村，宛如来到一座美丽的公园：一汪镜湖水惹人喜爱，孩子们在村儿童公园里嬉戏；高高低低的房屋鳞次栉比，整洁宽敞的主干道绿树成荫；占地近 2000 平方米的"一厅七室三中心"村公共服务楼拔地而起；全国最大的桂花古树群公园——中国百年桂花园，园林风格已初显。

"房屋成方路成行，清清溪水绕村庄。绿树成荫桂花香，一汪镜湖好风光。"这是前良村村民自编的一首赞美诗。说起这为之骄傲的崭新面貌，村民们总是会不约而同地对村党支部书记王炎明竖起大拇指："有他当我们的书记，真好！"

▶ 奋战一线有担当

谁也想不到，几年前，前良村还到处是破旧的房屋，村道路宽度都不到 2 米。而如今，村道路宽敞笔直，村里小楼簇新、林木葱茏。

大学生村官张能清楚地记得，2014 年嵊州市"两会"期间，王炎明在接受记者采访时说了这么一句话："治污需从百姓的房前屋后开始。"两年多过去了，她见证了前良村的生活污水由"浊"变"清"。

如何推动"五水共治"，王炎明心里有一本账："农村治污要先从村民的房前屋后开始，让生活污水、厨房废水入地纳管，改善农村居住环境；同时，也要做好水源地的保护工作，解决老百姓的饮用水安全问题。"两年来，他想方设法筹措资金，为治污工作跑前奔后。村里先后投资 12 万元，完成了石桥头自来水改造工程；投入 400 万元，实施村庄污水处理工程；投入 500 万元，实行新田畈三面光改造工程。

2015 年，前良村每户人家的污水管网全部改造完成后，王炎明又趁势做起了村里的环境整治工作。他坦言，农村环境最大的问题，就是房前屋后的环境卫生缺乏有效管理，其中种菜和杂物乱堆这两个问题最为突出。"虽然造起了新房，但村民还是习惯在房子周边堆放杂物和种菜。"王炎明说，"要想改变村民几十年甚至是一辈子的习惯，肯定要多花点时间耐心地去解释、劝导。"

当然，治好也要管好。王炎明在村里聘用专职保洁人员的同时，组建了志愿者队、党员干部义务巡查队两支队伍来开展村子长效保洁工作。他又亲自挂帅，担任江南畈灌溉渠和黄泽江前良段河道的河长，亲自摸排河道情况。为了防止环境卫生问题反弹，他和村干部商量后，决定在村民的房前屋后种上欣赏性的矮灌木，围上了漂亮的篱笆。"苍蝇、蚊子比以前少了很多，难闻的味道也没有了，就像住在城市的小区里"，这是村民们最直接的感受。

正是怀抱着要把前良村变得像公园一样美丽的信念，王炎明带领村两委干部和全体党员迎难而上，啃下了一块又一块的硬骨头，拔除了一颗又一颗的硬钉子，打赢了一场又一场的村庄环境卫生保卫战。

▶ 发展经济有思路

王炎明一直有个信念：村干部只为群众解决困难是不够的，更重要的是富民兴村，让村民过上好日子。

奔着这个目标，王炎明从前良村的村情出发，围绕"提高主导行业，开拓新兴产业"的发展思路，致力于培育经济发展增长点：形成工业集聚区，以主导产业为中心，积极发展村级集体经济和村民个私民营经济，生产各具特色的工艺产品。截至目前，前良村已初步形成了嵊州市雨晨包装印刷有限公司、嵊州市彩色包装厂等为主体，工艺竹编、木制品、丝织服装、塑料制品等个私企业协同发展的格局。

与此同时，前良村别具特色的食品也成了新的经济增长点。如今走在村里，村民会发现村里的文化墙与众不同，除了党建引领、历史文化等内容外，还有麦镬、桂花糕、青麻糍等前良村特色小吃的图片。就是这些貌似普通的食物，去年为村民带来近300万元的销售额。"前良村的这些小吃在小范围内很受欢迎，但要如何扩

■ 王炎明与前良村特色美食——
桂花糕的制作者交谈

大小吃的销量，为村民谋利，我想了很多办法。"2014 年，王炎明联系有关专家老师，为 90 位村民开展了实用电商技能培训。"现在村里有 20 多户人家在做微商，不出家门就可以做生意了。"借着互联网拓展销路后，村里冯小海的桂花糕做出了名气，不到 100 平方米的小作坊已然不够生产了。王炎明还打算在前良村的桂花古树群公园——"百年桂花园"里搞一个休闲旅游项目，冯师傅的桂花糕是他招商的第一个对象。

同时，王炎明也注意到，如今的农村，年轻人都外出就学、务工，年长的人则"留守"农村。对此，他提出了"蔬菜支撑，畜牧带动，多业并举"的新型效益农业的发展思路，引用新理念、新思路带领村民发展特色产业，走一条别样的"致富路"。王炎明带领前良村农户们种的"早西瓜""早玉米"和"早芋艿"成了畅销货。"别村同样的农产品到 6 月份才能上市，我们村里种的农产品能提早一个月上市不说，品质还更胜一筹。"村民们都开玩笑说，一到丰收的季节，来村里买农产品的车辆就排起了长队，连运输费都省下了。

在王炎明心里，技术和创新是实现经济增长的关键，"村民遇到技术问题，我把老师'请进来'教学，如果哪里有可供学习的先进经验，我把大伙儿'送出去'学习"。如今，前良村村民的人均收入达 3 万多元，比十年前翻了两番。

▶ 村民的"好保姆"

在前良村村民眼中，王炎明是什么事都管的"好保姆"。邻里之间闹矛盾，家里改建房子，经济遇到困难，就学就业遇上麻烦……村民们第一个想到的不一定是自己的亲人，而是王炎明。

"王书记的手机号码，我张口就能背出来。"村民吕香南说。几年前的一天晚上，吕香南从亲戚家回来，快到家的时候被突如其来的汽车撞倒，懵懵懂懂中，他叫路人帮他打通了王炎明的电话。接到电话后的王炎明第一时间赶到现场，将吕香南送到医院并通知吕香南的家属。王炎明从晚上 10 点多一直忙到第二天天亮，就像照顾自己的家人一样，让看在眼里的吕香南十分感动。

王炎明对于外来村民的事情同样上心。有一次，王炎明在走访外来村民的过程

■ 王炎明走访了解村里的纺织
  企业生产状况

中，了解到来自新昌的何炉忠夫妇正为孩子上小学的事情而烦心。何炉忠夫妇在前良村的一家木雕企业上班已经有3年多了。"如果孩子回新昌读书，我们就照顾不了了，如果孩子不能在黄泽镇上学，我们只能为了孩子选择回新昌工作。"何炉忠无奈地说。王炎明听说后，立马跑到镇中心小学，咨询外来孩子如何能在本地学校就读，又主动帮他们跑教办、跑派出所，报资料、走流程，最终解决了孩子的就学问题。"现在小孩已在黄泽镇读小学了，我们工作也安心多了，真的非常谢谢王书记。"何炉忠夫妇对王炎明充满了感激之情。

这些事情在王炎明看来，都不过是寻常事。他说："为了让村民们第一时间找到我，我的手机24小时都是开机的。能帮助百姓把问题都解决了，是我当村党支部书记最大的心愿。"

"群众在干部心中的分量有多重，干部在群众心中的分量就有多重。"王炎明的一言一行、一举一动，换来了群众无限的尊敬和支持，赢得了百姓的拥护和信赖，也带来了美丽乡村建设的新发展、新希望。现在的他又给自己定了一个新目标：做好前良村关于绿色农业和休闲旅游农业的结合文章，将前良村打造成为"宜居、宜业、宜游"的和谐新农村。

孙建英：巾帼敢向潮头立

文｜张 伟

｜人物名片｜

孙建英，衢州市开化县七一电力器材有限责任公司党支部书记，1965年10月出生，1988年6月入党，获评全国"三八"红旗手、衢州市优秀共产党员、开化县优秀共产党员、县最美爱心妈妈、最美开化人等；所在企业和党支部获浙江省文明单位、省创先争优先进基层党组织、衢州市先进基层党组织、市劳动关系和谐企业、开化县模范集体等荣誉。

在浙江省开化七一电力器材有限责任公司（以下简称"七一电器"），只要提及党支部书记孙建英，员工们无人不熟悉。她率领全体员工苦练内功，以管理降成本，向管理要效益；她经常深入现场进行调查研究，制定切实可行的管理方案……大到企业的管理效率、产品转型，小至员工的办公环境、家庭状况，孙建英都事无巨细地管理着企业的每项事务，她也因此被同事们亲切地称为"孙大姐""好书记"。

▶ 打响"七一工作法"的党建品牌

"许多人认为,'七一电器'这个名字肯定跟党有着莫大的联系。其实并不是这样,企业名称只是一个巧合。"孙建英说,1989 年 7 月 1 日,她和公司另外 6 名党员共同出资创办了开化电工器材厂,2000 年改制成为开化七一电力器材有限责任公司,孙建英担任党支部书记……经过 20 多年的发展,如今一座投资 6 亿元、占地 200 亩、产能 20 亿元、利税 3 亿元的"七一产业园"正在建设当中。

"10 多年来企业的高速发展离不开党建这个红色引擎。"孙建英介绍说,公司党支部始终坚持把融入生产经营作为党建工作的出发点和落脚点,总结提炼出了以"组织架构一体化、党性锤炼一标准、美丽青春一彩虹、人才培育一条龙、绩效考核一颗星、党建共建一张网、党建责任一张单"为主要内容的"七一工作法"。

2008 年,全行业不景气,面对公司业绩下滑、职工人心浮动的困境,作为党支部书记的孙建英多次找业主沟通,找职工谈心,最终公司董事长面向全体职工做出了"不灰心、不裁员、不降薪"的承诺。同时,孙建英还号召全体党员、职工围绕企业"低压求生存、高压求发展"的思路,打赢了科技攻关战、销售阵地战、增长保卫战等"三大战役",公司业绩蒸蒸日上。

如今的七一电器,到处可见党员身影:中层以上骨干力量几乎都是党员;公司重要岗位全部都由党员坐镇;新厂区搬迁都是党员骨干带头放弃休息时间完成的;每年遇到恶劣天气,又都是党员骨干自觉留守加班守夜,帮助企业正常生产……

▶ 红色火种代代传

公司现有 300 名职工,其中 45 岁以下的中青年职工占了总人数的 61.3%。年轻力量的涌入让孙建英感受到了朝气蓬勃的活力,但是如何引导和凝聚年轻力量,让她陷入了深深的思考当中。为此,孙建英打出了"青春党建"这张年轻牌,组织青年党员、团员现身说法,谈感受、表决心、作承诺,在共同分享、交流成长经历中将党建工作入脑入心,凝聚青春力量。

2015 年,对于七一电器的党建工作来说,是卓有成效的一年,在孙建英的推

■ "七一"前夕,孙建英组织红色七股东进行入党宣誓活动

动带领下,公司出资 200 万元,耗时 3 个月,建成了"七一精进馆""七一加油站""七一阅览室""七一健身房"。

其中,七一精进馆是公司对外宣传产品及展示品牌形象的窗口,是一个集中展示企业发展史和企业文化建设成果的平台,更是党支部重点打造的企业文化宣教阵地。该馆集中展现了公司在党的领导下,由小变大、由弱变强的发展历程和喜人成就,也是公司党员、职工认识企业、增进交流的一个平台,是员工唱歌、喝茶、看书、健身的好去处,是员工放松情绪、提升能力的人气集聚区。

在展馆建成开放日,孙建英多次通过党支部组织企业员工进行了分时分批的参观,她说:"希望借此机会,用党史、企业史教育全体员工,尤其是让一些新员工和青年党员、团员,不要忘记企业创建的艰辛和成绩的来之不易,同时也激励他们将七一电器的红色火种一代一代传下去,并转化为建设企业的实际行动。"同时在生活中,孙建英组织党员志愿者每天为职工提供茶水服务,寒暑假她还专门请老师为外地员工的子女授课辅导。

2015 年 10 月,党支部成功承办了全市三季度的党建现场会,得到了市、县领导的充分肯定。同时，党建现场会还吸引了县、市、区各部门和客户单位前来指导、参观，不仅树立了企业的良好形象，还提高了公司的知名度。

▶ 反哺社会　提升企业社会形象

孙建英一直致力于凝心聚力、和合同创的目标，并将这一目标延伸拓展到整个公司的"家"文化建设中，提出了"信任每个人、关心每个人、依靠每个人、成就每个人"的理念，构建起"以公司为家、风雨同舟、共同奋斗"的思想政治教育文化价值体系，牢固树立"党建＋"理念，开展了一系列"党建＋"的"红色七一"特色活动。

公司在健康有序发展的同时，党支部一直将更多精力放在对社会的回报上。作为党支部书记，孙建英充分整合团工妇等群团组织力量，动员公司全体党员职工，组建爱心服务队，积极开展扶困助教、访贫问苦活动，经常组织党员职工走访社区、学校、敬老院，为困难群众、失学儿童及孤寡老人送上一份温暖与爱心。公司党员职工的服务社会意识不断增强，公司社会形象得到进一步提升。

2015 年 2 月，在孙建英的带领号召下，全体员工、党员积极为公司经济困难员工捐款献爱心；3 月，她与华埠镇华锋村困难家庭陈某结对，将其家属聘为公司名誉员工，每月给其发放最低生活保障金；5 月，她来到大溪边乡建国希望小学与"留守儿童"结对，并获得了"最美爱心妈妈"称号；7 月，她组织公司党员职工开展"包饺子、送水果"等慰问一线员工的活动；8 月，她号召公司全体党员职工为车间困难职工程荣亮爱心募捐等。

近年来，公司先后在服务"五水共治"、关爱留守儿童和资助贫困家庭等公益事业上累计捐款总额高达百万元。

在强手如林的市场竞争中，在波澜壮阔的经济大潮中，巾帼不让须眉。在孙建英的带领下，在这个红色团队的共同努力下，通过这些行之有效的党建活动，企业发展与党建工作一步一个脚印，逐年提高。作为公司员工心中的"好书记"，孙建英敢于担当、敢为人先，以实际行动体现了一位新时代女性的优秀素质，体现了一名共产党员的高尚情操。

颜连根：让需要帮助的人沐浴爱的阳光

文 ｜ 施肖敏

｜人物名片｜

颜连根，台州市温岭市泽国镇个私协会党总支书记，1952年4月出生，1999年4月入党，获评全国先进工商个体户、第五届浙江省优秀中国特色社会主义事业建设者、台州市优秀党务工作者、温岭市优秀党员、市十大市场优秀管理员等；所在个私协会获全国个私协会系统先进单位、浙江省非公党建工作示范点、台州市创先争优活动先进组织、市先进党组织、温岭市先进党支部、泽国镇先进基层党组织等荣誉。

作为一名个体户，颜连根几十年如一日地诚信经营、照章纳税；作为一名党员，他热心公益、胸怀大爱；作为一名党代表，他尽心履职、奉献社会，他的一举一动让人钦佩、让人感动。"虽然不能事事顺利，但是我会事事尽力。"这是颜连根常挂嘴边的口头禅，也是他长期以来坚持的原则。

▶ 先锋模范的带头人

颜连根出生在 20 世纪 50 年代。1975 年，23 岁的他便外出闯荡，四海为家。在外漂泊的日子里，他吃咸菜、住茅房，风餐露宿是常有的事。有了一定积蓄的他开始考虑自己做生意。他回到家乡，从摆地摊开始，逐步走上了轴承经营的道路。

早在创业初期，颜连根就积极加入泽国镇个私协会，踏实肯干、乐于奉献的他自 2004 年开始担任泽国镇个私协会副会长、党支部书记。2011 年，他又连任了协会党总支书记一职。

任职期间，颜连根一边不断学习、提高自身业务水平和学识，一边又时刻关注协会党员们的发展。他多次邀请镇政府、税务、工商等部门的工作人员为党员经营户开课讲解税务政策、劳动保障法等与日常经营息息相关的法律法规，时刻要求党员经营户们牢记党员职责、诚信经营、照章纳税。

颜连根始终牢记自己是一名共产党员，心里始终牵挂着那些需要帮助的人，以

■ 颜连根接待来访群众

自己的力量去帮助周围的人，以自己的行为去感动身边的人。2013 年，他组建了个私协会党员志愿服务队，每到"七一"建党节，他都带领党员志愿服务队走上街头，为环卫工人免费理发，送上洗发套装和矿泉水，送上清凉和关怀。到了"八一"建军节，他又带着党员们前往部队慰问，这个活动至今已经坚持了 26 年，党员们与部队官兵结下了深厚的情谊。

这些年来，"五水共治"一直是泽国镇的中心工作，颜连根带领个私协会党员志愿服务队积极投身助力，争做治水行动的实践者、宣传者、监督者、示范者、守护者，举办"最美母亲河"随手拍活动，鼓励大家用镜头捕捉泽国"五水共治"的成果，用照片记录水乡泽国的美丽。

颜连根结对负责泽国南官河峰江与泽国交界处到牧屿三港口总长 9.4 公里的河段，他将沿河的协会会员召集起来，一个不落地签订"五水共治"承诺书，亲自监督检查"五水共治"的承诺践诺情况。

炎炎夏日，颜连根和协会的会员们一起，走村入户，挨家挨户上门开展宣传教育活动，倡导广大群众自觉做到不乱排污水、不乱倒垃圾、节约用水、保护河道，呼吁全镇人民重视"五水共治"工作，共同参与河段的垃圾清理和日常环境维护工作。

在 2016 年泽国镇创建国家级卫生镇之际，颜连根又带着党员们在集镇街道向过往的群众宣传卫生知识，发放创卫倡议书，耐心劝导不文明行为，动员全民行动为创卫助力。

▶ 反哺社会的公益人

2015 年"六一"儿童节的前夕，泽国镇双峰村的贫困生王虹裙正在自己的小房间里专心看书，忽然听到敲门声，开门进来的是颜连根和协会的成员们，他们带着水果和衣服来看望这个勤奋、优秀的孩子。颜连根和蔼地询问王虹裙的学业和生活情况，并和协会的成员们一起为小女孩送上"奖学金"，鼓励她再接再厉。

王虹裙原本也拥有幸福安稳的生活，然而几年前因一场意外，家里唯一的顶梁柱——她的爸爸近乎成了一个植物人。为了给父亲看病，家里不仅用光了积蓄，还

■ 颜连根组织温岭个私协会慰问部队

四处借债。母亲因为要照顾瘫痪在床的父亲和年迈的奶奶不能外出打工赚钱，还得不断花钱为父亲寻医治疗，这个家庭被生活逼到了悬崖的边缘，品学兼优的王虹裙刚上小学二年级就被迫向学校提出休学申请。

在 2010 年个私协会开展贫困学生结对帮扶活动中，得知王虹裙家庭情况的颜连根第一时间召集泽国个协分会党总支的党员们商议，研究决定将王虹裙作为每年贫困学生结对的首选对象，定期上门送温暖，送一些生活、学习用品及日常的生活费用，同时支部还帮王虹裙办理了重新入学的申请。

颜连根经常鼓励王虹裙："不管生活上遇到多大困难，都一定要把书读好，我们个协分会的党员们会时刻关注着你和你的家人。"年少的王虹裙在党员们的关怀中度过了一个又一个难忘的儿童节。

2015 年，王虹裙以优异的成绩考上了温岭中学，从入学那天开始，她的成绩一直名列班级前茅。姑娘的努力和优秀让颜连根深感欣慰："这不仅是王虹裙本人的一次成功，更是泽国个协分会党总支全体党员的一份喜讯！党总支还将一如既往地支持下去，直到王虹裙大学毕业的那一天。"

自此，颜连根更加坚定了反哺社会的信念，他牵头发起建立了助学帮扶基金，组织党员们踊跃捐款，投身公益事业。自成立以来，基金共募集到助学帮扶款79300元，结对资助了像王虹裙一样需要帮助的4名贫困学生，持之以恒地为他们解决生活与学习上的困难。

▶ 排忧解难的代表人

尽管已经年逾花甲，在事业上也已有所成就，但颜连根仍然在2012年6月成立了自己的"颜连根党代表工作室"，这也是温岭第一家以个人名义成立的党代表工作室。每月的27日上午，颜连根都会在工作室内接待党员、群众来访，帮助他们排忧解难。接受过帮助的群众都亲切地称他"老颜"。

在帮助群众解决困难的过程中，有件事一直让老颜印象深刻。曾贵平是四川内江人，因为撞车与人发生纠纷，导致受伤骨折，要求赔偿的事情却因对方不愿意调解而一直没能解决。抱着试试看的心态，曾贵平来到颜连根的党代表工作室反映情况。

颜连根了解了详细情况后，立马向法院了解处理意见，又全程督促派出所联系对方当事人协调处理。经过三番五次的电话联系和上门催促，终于在9天时间内为曾贵平争取到了已拖延半年的4万多元赔偿款。

颜连根还帮助李秀琴、吴素花等人拿到了被拖欠2年多的8万元工资，让几位打工者感动落泪。有人开玩笑地说：老颜就爱管闲事儿！可究竟是什么激励着他在5年时间里接待了78名来访群众，受理了56起群众诉求，并顺利地破解了50起甚至连当事人都不敢奢望解决的难题？"金杯银杯，不如老百姓的口碑。"颜连根这份实实在在的信念让人为之动容。

现年64岁的颜连根敢打敢拼、乐于奉献，他的乐于助人和朴实无华的人民公仆精神感动了许多人，教育了许多人，带动了许多人。尽管年逾花甲，尽管依然忙碌，他的脸上却时刻洋溢着幸福和快乐。

郑雅萍：一所独立学院的华丽转身

文｜陶佳苹

｜人物名片｜

郑雅萍，浙江工业大学之江学院党委书记，1962年1月出生，1984年10月入党，获评浙江省优秀党务工作者、全省高校优秀党务工作者和"事业家庭兼顾型"先进个人、全国高校后勤系统先进社团工作者、浙江省高校后勤改革十周年先进个人等；所在学院获第二届全国民办高校党的建设和思想政治工作优秀成果二等奖、"全国模范职工小家"、浙江省"先进团委"等荣誉。

　　她早上6点起床，6点半从杭州出发赶往绍兴柯桥，马不停蹄地开始一天的工作。傍晚则在食堂简单吃个饭，如果住在学校，她还会去各个学生公寓楼走一走。绕完一圈，她就再回到办公室工作。这是郑雅萍普通的一个工作日。自从2013年新校区迁建绍兴市柯桥区以来，双城生活、早起晚归、加班加点是郑雅萍最平常的状态。在旁人眼里，郑雅萍在工作中兢兢业业、不辞辛苦，总是那么的有激情。

▶ 全力以赴 "护航"新校区迁建工程

自2012年上任之江学院党委书记以来，郑雅萍就面临学院发展历史上最棘手的问题——整体搬迁至绍兴市柯桥区。当时，新校区即将开工建设，但学院内人心浮动，各项工作可谓千头万绪。

从2013年7月3日到9月20日，短短80天内要完成绍兴新校园10万平方米建筑面积的改造，时间紧、任务重，又值炎热的大暑天，一开始，大家心里都像是悬着一块石头。

此时，稳定人心比一切都重要。一方面，郑雅萍积极组织人员配合柯桥区建设指挥部赶工期；另一方面，她带领师生现场演出慰问建设工人，并及时开辟"高温下的感动"专栏，以图文并茂的形式报道一线教职工的奋斗情况。看到前线稳定的"战况"，很多老师渐渐安下心来。

进入8月份，超强台风来袭。由于新校区位于柯桥区大小坂湖湖畔，且拥有220亩水域，台风一来，湖水倒灌，顿时水漫校园。穿着雨鞋、披着雨衣的郑雅萍

■ "书记有约"已经成为学院内青年教师、学生交流教学、科研和思想的重要平台

展现出 2008 年任浙江工业大学容大后勤集团总经理时现场指挥抗洪的魄力，再次稳定住了军心。

围绕边迁建边办学的特殊情况，郑雅萍主动和师生交流，拉近与师生的距离。她坚持每学期为大学生上党课，带头开展思想政治教育。"三严三实"活动中，她第一时间推出"书记有约"活动，在教室、图书馆、食堂、寝室以及校园等"第三空间"倾听同学们的想法。截至 2016 年年底，"书记有约"已开展了 15 期，参与的大学生近 650 人次，解决问题达 600 多个。

为了新校园的建设，郑雅萍积极发动校友力量，成立了之江学院校友发展基金，募集到 65 万元资金用于校园文化建设；她还发起建立省内外校友分会 20 多个，近三年校友返校 2000 余人次……一系列数据的背后，离不开郑雅萍付出的大量心血。

"有时候开校友会，郑书记恰好有会议，但即使很晚了，她也一定会过来和大家聚一聚，听取校友对学院发展的建议，为校友推荐学生，对接校友企业与学院科研工作。郑书记忙起来总是马不停蹄，但工作却有条不紊，所有校友都对她非常敬佩。"之江学院校友会会长董国民说。

▶ 创新推动　党建工作多点开花

如何践行党委主体责任，履行好党委书记第一责任人的职责，发挥党组织、党员干部的作用，更好地促进学院发展？这是郑雅萍任职以来，不断思考、不断探索的问题。四年来，郑雅萍抓住了最核心的关键词——创新。

学院党委创新党风廉政教育的新方式：组织制作廉政动画片；开通每周一短信提醒；组织全体中层干部、党支部书记到看守所接受现场警示教育。这些有效的方式自从之江学院搬迁到绍兴柯桥以后每年都会开展。

党委积极创建"四有党支部"；打造党建特色品牌；推出党员干部联系寝室制度，带头了解学生动态，写好"宿情日记"；探索"互联网＋"思维，建设"之江党建"微信公众号，成立"书记说"微信交流群；近期，又推出"两学一做、红星闪闪"专栏，记录并宣传师生党员的 24 个瞬间……

■ 郑雅萍带领教师骨干参观柯桥新农村建设

　　四年来，党员干部职工的身份意识明显加强，先锋作用突显，师生党员在各类荣誉中的先锋指数逐渐提升，学院党委获得了浙江工业大学先进基层党组织和精神文明优良奖等荣誉。

　　在郑雅萍的推动下，学生党员参与志愿服务比例高达30%，学生党建工作也全面开花：由学院学生成立并参与的关注残障儿童的爱心公益团队——"花儿团队"两次登上《中国梦想秀》舞台，在全社会引起强烈反响，"花儿行动助力残障儿童圆梦"项目获得第二届中国青年志愿服务项目大赛全国银奖；"360红色导学管家：探索党员互助帮扶长效机制"项目荣获校"支部建设创新奖"，并成功入选全省高校党建特色服务品牌案例；"学生社区党员之家：高校学习型党组织创新与实践"获得第二届全国民办高校党建和思政工作优秀成果……

▶ 精准对接地方　助力学院发展

"郑书记为人非常亲和，总是笑盈盈的，愿意倾听我们提出的任何问题。"在之江学院，从教师、学生、退休教职工到保卫队员、清洁工，几乎所有人对郑雅萍的印象都是如此。很多师生愿意找书记谈心。"有事情就去找'书记有约'。"学生房子恒感慨道，"我在'书记有约'上向郑书记提出了一个在学校食堂里发现的小问题，没想到第二天情况马上就得到了改观。书记总是把我们放在心上。"

除了时刻心系学生，营造学院发展的良好氛围外，对于学院未来的发展，郑雅萍也从未停止过思考：从省城杭州市迁至绍兴市柯桥区办学有哪些机遇和挑战？学院在内涵发展、转型发展和跨越发展中又如何当好独立学院的排头兵？

带着这些问题，2014年暑假，郑雅萍跑遍了全省22所独立学院，与22所母体高校、独立学院的领导进行了深入交流，形成了一份长达2万多字的调研报告，递交给浙江省教育厅，为2016年4月浙江省出台《关于支持独立学院发展的若干意见》提供了大量的第一手材料。

外迁独立学院与当地政府有效合作，协同培养应用型人才是今后独立学院发展的一大趋势。在郑雅萍的推动下，柯桥区16位镇（街道、开发区）党委（党工委）书记成为学院的创新创业导师。她还建立了干部到地方挂职机制，连续选派7名干部挂职，了解当地经济社会文化发展状况；带博士团赴绍兴科创园、产业园和研究院参观考察，对接绍兴的相关产业，完成绿色印染、黄酒延伸产品开发以及文化产业等调研报告；结合学院专业，建立绍兴首个大学生法律援助工作站；带领师生党员全力护航G20，开展柯桥区食品安全劝导行动，积极践行"两学一做"。

由迁建到转型，之江学院经历了二次"创业"，面临着重大的发展机遇。作为党委书记，郑雅萍直面挑战，顶住压力，为学院的发展作出了很大的贡献。有人说，郑雅萍书记管得太多太细，太辛苦了。而她听后只是淡淡地说："作为书记，我必须站在学院发展的高度来思考，通过解决实事来提振广大师生的信心，这是我的职责所在，也是我的使命所在。"

陈旭东：让老字号起死回生的"情怀支书"

文｜徐 伟

| 人物名片 |

陈旭东，丽水市鱼跃酿造食品有限公司党支部书记，1971 年 4 月出生，2007 年 6 月入党，获评丽水市劳动模范、市优秀共产党员、市政协优秀委员、市优秀思想政治工作者、市诚实守信道德模范、市政府质量奖、莲都区劳动模范等；所在企业获浙江省消费者信得过单位、省科普教育基地、丽水市诚信守法企业、市信用管理示范企业、市劳动关系和谐企业、市农村科技示范户、市知识产权示范企业、市生态精品现代农业示范企业等荣誉。

　　如今的丽水市鱼跃酿造食品有限公司（以下简称"鱼跃公司"）已经声名在外。这块浙江老字号招牌，也重新赢得了消费者的信任。可鲜为人知的是，在 10 年之前，鱼跃公司已是奄奄一息，不得不走上了"改制"之路。10 年来，公司以"不求百强，但求百年"的核心价值观，用心酿造放心食品，在消费者中获得了良好口碑，成为了丽水市食品行业质量的标杆。从山穷水尽到枯木逢春，再到润物无声，鱼跃公司的振兴路上，少不了陈旭东的身影。

▶ "五金老板"重振老字号雄风

"鱼跃"这两个字，对于很多老丽水人而言，都意义非凡。在那个物资紧缺的年代，鱼跃牌酱油的滋味，成了许多孩子心中难以抹去的回味。陈旭东就是这群孩子中的一个。

2006年，当陈旭东听说生产鱼跃牌酱油的丽水市酿造厂濒临破产即将改制重组时，他毅然决定放弃苦心经营多年的五金加工企业，倾其所有接手该"老字号"企业。

陈旭东的这一举动招致了许多亲朋好友的不解和质疑，但他却充满信心地说："我是吃鱼跃牌产品长大的，我对它有感情、有信心！"怀着创业的情怀，陈旭东希望凭借自己的努力重振这一老字号品牌。

2006年，陈旭东正式接手这家老字号企业，开始成为鱼跃公司的新掌门。可真正接手之后，陈旭东才发现，自己需要面对的困难超出了自己的想象。

"不求百强，但求百年"，这是经过沉思之后，陈旭东给鱼跃公司指出的方向。这看似不思进取、消极应对的不求，实则凸显了陈旭东的管理哲学——以高度的责任感，用良心做产品，视质量为企业生命的最高境界。

在陈旭东的努力之下，这个濒临倒闭的丽水老字号企业第二年就实现了扭亏为盈，此后连续三年销售额成倍增长。那个满载着丽水人记忆的"鱼跃"又回来了！

▶ 做企业就是要讲良心

"酿造无人见，存心有天知"的牌匾醒目地挂在鱼跃公司的大门两旁，这是公司的企业宗旨，更是陈旭东用心做人做事的不二准则。

也许有人会说：在商言商，道义放两旁。可陈旭东不这么认为，作为党支部书记，他说，自己企业生产出来的产品，一定要过得了良心关。

刚刚接手企业的时候，陈旭东哪里懂什么酿造技术，做五金生意出身的他，完全不懂缸里发生的一切化学反应。可作为一家老字号企业的"掌柜"，如果自己完全不懂酿造技术，还谈什么产品质量？于是，陈旭东开始学习和研究传统酿造工

■ 陈旭东走进人文大讲堂，宣讲企业诚信经验

艺，他一边虚心地向厂里的老师傅请教，一边自己亲自动手实践。

那时候，陈旭东常常一个人在车间里琢磨到深夜，他认真地记录酿造的程序，研究原料的最佳配比，摸索发酵的精确时间和温度控制。有一次为了详细观察酿造关键控制点的变化，陈旭东干脆就在车间住了下来，饿了就吃几包方便面，困了就在墙角打个地铺休息一会儿，这一待就是整整三天三夜。

仅一年时间，这个曾经的"门外汉"就完全精通了传统酿造工艺，并在2011年让企业成为了丽水市莲都区唯一的"浙江老字号"企业，陈旭东也正式成为"鱼跃"老字号的传承人。

好的产品，是生产出来的，不是监管出来的。陈旭东对于每一个生产环节的把控都近乎"偏执"；对于每一个可能存在安全隐患的流程，他都想尽办法改良。"企业一定要自律、讲规则。做企业就是要讲良心，特别是做食品，更要讲良心、讲道德、讲责任，这是最基本的底线。"陈旭东说。

▶ "情怀支书"不负党的恩情

在员工的眼里，陈旭东是个"厚道总裁"，更是个"情怀支书"。"宁可不求财，也要讲诚信、知感恩"。这是陈旭东做人的最大原则。

如今，鱼跃公司重回正轨，陈旭东却一直打心底里感谢党的恩情。"没有党和政府为企业创造的环境，没有党给我们指明方向，我觉得现在的一切都是不可能实现的。"

早在 2007 年，公司就成立了党支部，陈旭东担任党支部书记。这个党支部，也成为了陈旭东锻造鱼跃文化的重要载体。通过党建活动，鱼跃公司不断提升企业凝聚力。党建文化也在企业文化建设中起到了积极的作用，形成了独特的鱼跃文化。

在"掌柜"的带领下，鱼跃公司党支部渐渐认识到，必须在公司内树立"食品安全我自豪"的荣誉感，在公司上下形成一个良好的重视产品质量的氛围。通过党支部对员工的思想教育和实际行动，公司员工的质量安全意识得到了明显的提升，不仅确保了产品的质量，还让鱼跃公司成为了丽水食品行业的质量标杆。

党支部不但教育员工严把质量关，还义务向消费者宣传食品安全知识，指导消费者如何利用传统酿造食品达到养生保健的目的。公司从 2011 年起，每周定期邀请各界市民代表到公司举办"鱼跃杂谈"，与消费者共同讨论食品安全问题，并义务向他们讲授如何识别酿造食品的优劣，如何注意饮食健康，如何发挥酒、醋、酱油的保健养生功能等。

以人为本，关爱员工，让员工感受党的温暖。这也是陈旭东作为党支部书记一直向员工传递的信号。在企业效益好转之后，陈旭东首先想到的就是回馈与企业一路风雨走来的员工。公司首先成立了工会，在职工福利待遇、员工奖励、企业股份分红等方面及时兑现承诺，从不拖延。为了构建和谐的工作环境，陈旭东坚持每年递增员工工资，企业主动承担起员工社保的个人承担部分，每年举办组织员工外出旅游考察等工会活动，每月为员工发放福利。这一系列举措极大地增强了员工对公司的归属感。

陈旭东说，做企业要有担当。这担当一分为二，一份是对员工，还有一份就是

■ 陈旭东组建的党员宣讲团向小朋友们和家长们宣传食品安全知识

对社会。2014 年丽水遭遇"8·20 洪灾",陈旭东立即为全乡灾民带去了 350 份总价值 15000 多元的慰问品,并组织人员顶着烈日帮助灾区恢复秩序;2015 年莲都区发生"里东山体滑坡灾害",陈旭东更是深入灾区,不仅捐款捐物,还充分发挥党支部的作用,支援现场救援⋯⋯

在陈旭东的带领下,鱼跃公司目前已成长为丽水市区唯一的浙江老字号企业,鱼跃传统酿造技艺已被列入"丽水市非物质文化遗产名录",是目前丽水市规模最大的品牌白酒、黄酒、酱油、食醋等系列产品的生产厂家。

如今,一个更宏伟的蓝图业已绘制:古色古香的鱼跃文化产业园项目即将完工,鱼跃公司也将从一个酿造企业,升级为集养生、旅游、食品研发生产于一体的生态绿色企业。

王生枝：女书记的"三字经"

文 | 林晓燕

| 人物名片 |

王生枝，金华市义乌市三鼎控股集团党委书记，1982年12月出生，2003年7月入党，获评金华市非公有制企业和新社会组织党员技术标兵、义乌市十佳党务工作者；所在单位获浙江省先进基层党组织、省非公有制企业廉政文化建设示范单位、省工人先锋号、省劳动争议调解先进单位等荣誉。

从普通的办公室文员到副总裁级的集团党委书记，王生枝用了十余年时间完成了自己的蜕变。在同事的眼中，这位浦江姑娘长相并不出众，其父母是老实本分的农民，毕业时也仅是一名计算机专业的大专生，但是她积极进取、能拼敢干，凭着自己总结的"三字经"，带领集团党委不断前进，干出了一番新天地。

▶ 三省吾身——凭着一股"韧劲儿"干事业

"干事业，要吾日三省吾身，坚持做到最好。"王生枝说。

2004 年 2 月，王生枝结束毕业实习的工作，满怀激情地从浦江来到义乌，敲开了浙江三鼎织造有限公司的大门。不曾想到，她在这里一干就是 13 年。尽管刚开始时只是担任秘书部文员，但是，王生枝凭着出色的成绩得到了领导的赏识，很快被任命为集团的采购部长。

"整个办公楼就她每天工作到晚上 10 点以后，每次都得来报备，否则我们一锁门，她就只能在办公室过夜了！"当时的保安队长闫召志回忆说，王生枝几乎天天都出现在他们的值班记录里。

"睡前脑子里还尽是各种表格、票据和商品的名目，不过工作累了，我就没时间去想那时才刚出生几个月的儿子了！"王生枝笑着说，眼里却噙满了眼泪。

高强度工作一个月后，王生枝瘦了整整 15 斤。王生枝的丈夫觉得她的工作实在太辛苦了，就建议她辞职。"我能扛得住，挺锻炼我的意志的，我不相信我连一个采购部长都做不了。"王生枝态度坚决地否定了这个提议，丈夫也只好不再坚持，转而支持王生枝的工作。

有了家人的理解和支持，王生枝把更多的精力投入到了工作中。据王生枝自己回忆，担任采购部长的经历，是她职业生涯里最大的收获，也造就了她不服输的性格。

▶ 三位一体——服务党群有了新阵地

王生枝先后担任过分公司党支部书记、控股集团团委书记等职位。期间，她始终以一名优秀共产党员的标准严格要求自己，在工作岗位上发挥模范带头作用。2013 年 7 月，她高票当选为党委书记。此时，王生枝才 31 岁，来公司还不到 10 年的时间。

当时，集团党委下设 9 个党支部，有党员 186 名。根据集团公司的工作分工，集团党委要分管工会、团委、妇联等组织的工作，而这些组织的负责人无论是年

■ 王生枝定期举办"青年人才沙龙"，从优秀的青年人才队伍中培养后备干部

纪，还是资历，都是王生枝的前辈。

"你一个小姑娘来当书记，能管好这么多人？我看够呛。"面对周围人们的质疑声，深信"喊破嗓子不如甩开膀子"的王生枝只是用行动和成绩说话。"作为金华市级双重管理两新党组织，三鼎集团必须发挥'排头兵'作用。"王生枝暗下决心，一定要把集团党建工作推上一个新高度。

2015年3月，集团党委开始筹建党群服务中心。"我第一时间就想到了三鼎家园综合楼二楼。这里早在2010年就规划要建设成职工之家，但一直未有进展。"王生枝说。

说干就干。她马上同工会主席、基建部进行了对接，又联系了设计公司，自行垫付了室内设计费。随后，她又到公司董事长处申请预算。"结果真是出乎意料，党群服务中心规划从一层变为了两层，预算也从100万元变成了300万元。拿董事长的话讲，党群服务中心要做大、做好，体现出三鼎集团的党建高度。"

2015年11月，逾2000平方米的党群服务中心投入使用，就这样，"说在口头

■ 王生枝组织策划党员义务日活动之"六一与爱同行，关爱特殊儿童"活动

上、写在图纸上"的职工之家升级成了党群服务中心，成为党群联谊、学习教育、展示交流、娱乐休闲、健身运动的综合性服务平台，被大家称为"给员工真正的福利""我们的第二个家"。

"党建工作要注意虚实结合，把握基层党员的需求。"王生枝坦言，"在非公企业只有虚实结合，才能充分带动广大党员和企业员工的积极性，从而推动党建工作的顺利开展。"

"服务党员、服务职工、服务企业是党群服务中心的核心，我们要做到三位一体。"王生枝如是说。自王生枝走马上任书记后，总结出了三鼎集团党建的"十六字"工作法，推行"一支一品"计划，制订了《党支部标准化建设指导手册》，集团党委新增6个党支部，先后被评为浙江省非公有制企业廉政文化建设示范单位、金华市非公有制企业党建工作示范企业、金华市先进基层党组织。

▶ 三天两望——职工的事情放不下

每个月到各支部走访是王生枝日常工作的一部分。一天，环球支部书记吴万根向王生枝汇报了党员的最新动态："我们支部的杨某在最近的支部会议上发言少了，整个人也感觉像是蔫了，没了以前的激情，我感觉可能发生了什么事情。"

大家都知道，杨某此前有慢性肾功能衰竭的病症，他也一直配合医生积极治疗。听完吴万根的汇报后，王生枝急匆匆奔赴杨某家中。杨某终于道出了实情：原来，杨某被查出患有肾功能衰竭终末期即尿毒症，治病不仅花光了杨某的积蓄，还打乱了他正常的工作和生活。

了解情况后，王生枝立即用党委微信工作群召开了党委会议，让党员们都拿出实际行动帮助杨某面对困难。此后，王生枝就一直记挂着杨某的病情，哪怕工作再忙，她都会一次又一次地前去看望杨某，给与鼓励和支持，并亲自带去集团的礼物以及向上级部门申请来的党员关爱基金。

群众利益无小事。当获悉有不少员工反映食堂饭菜单一，希望增加面食的呼声后，王生枝主动去食堂了解情况并跟厨师谈心沟通；当有员工提议能否在节假日丰富企业文体活动时，她尽可能创造条件，开展乒乓球对抗赛、卡拉 OK 大赛等特色活动，还亲自上阵策划晚会……

集团党委的真诚和努力员工们都看在眼里，员工们对党组织，对公司有了认同感和归属感，这也为企业创造了不少效益。"我们只有切实地去帮助员工解决实际性困难和问题，才能得到大家的支持和信任。"王生枝说。

抛开工作，王生枝也有自己的烦恼：夫妻两地分居，几乎每天都要上演义乌、武义"双城记"，每周只有一天能完全陪在即将上小学的儿子身边。谈及对儿子的思念，她的眼里含着泪水："当集团党委书记，我可以无愧地给自己打 95 分，作为妻子和孩子的妈妈，我却是不称职的。"

吴香华：村里的电商弄潮儿

文 | 徐泽标

| 人物名片 |

吴香华，衢州市江山市清湖镇清泉村党支部书记，1974年9月出生，2006年10月入党，获评衢州市最美普法人、江山市优秀共产党员、市十佳优秀治调员、市基层党建先进个人等；所在村获浙江省民主法治村、省卫生村、省绿化示范村、衢州市美丽乡村精品村、市生态村等荣誉。

在世界自然遗产地之一的江郎山脚下有个浙西地区最大的下山搬迁新村——江山市清湖镇清泉村。清泉村从当初的"无集体经济、无集体资产、无土地资源"的"三无村"转变成为富裕、美丽、文明、和谐的幸福乡村精品村，背后少不了吴香华的贡献和付出。他自2011年担任村党支部书记以来，始终以"勤政为民，实干兴村"为标准，时刻把群众冷暖放在心上，努力为群众做好事、办实事，改善了群众的生活环境，推动了农民增收致富，促进了全村经济和社会事业的健康快速发展。

▶ 一棵桂树"种"出和文化

讲起清泉村的故事，村民们都要提起那棵名叫"和为贵"的桂花树。这棵种在村民广场上的桂花树枝繁叶茂，根部以上分出的几枝树杈，齐刷刷向上伸展着。村民说，这树杈象征着来自各个乡镇的村民，他们以和为贵，聚在一起就是清泉村这棵大树。

原来，清泉村是江山市级下山搬迁安置新村，2007年9月设立村民委员会，2008年5月建立村党支部，现已累计安置居民1000多户共4011人，涉及13个乡镇和78个行政村。

2010年，当了三年村主任兼村会计的吴香华受命担任清泉村党支部书记，他感到"压力山大"。吴香华坦言，当时的清泉村是个典型的"三无村"——无集体经济、无集体资产、无土地资源。当时，来自四面八方山区的村民互相不熟悉，导

■ 吴香华（右一）研究销售经营情况

致邻里之间矛盾纠纷较多，管理难度较大。

这时，吴香华拿出了治村"法宝"，发起了创建"和"文化活动，用来自78个村的泥土共栽一棵桂花树，寓意"和为贵"，并大力倡导和谐文化，消除彼此间的"疙瘩"，引导村民们走向一条手牵手、肩并肩，心往一处想，劲往一处使的"和"文化发展之路。

说起吴香华，村民们还有个形象的说法，说他任职的前三年是个"泥瓦工"，后来才成为"规划员"。自上任以来，吴香华便关注民生，大力推动村庄建设，按照低碳生态理念和新农村建设的要求，统一规划、设计、配套，全力打造下山搬迁精品村。

吴香华与村两委干部一起通过对接政府相关部门，积极争取资金，烧旺了"几把火"，对村庄环境进行了大改善：投资1000多万元实现了全村所有大小村道的硬化，投资300多万元使全村绿化率达56%以上，投资400多万元建设排水排污管道和污水处理池等，还不定期义务开展村庄环境整治……那一把把火"点燃"了村民凝心聚力地共建美丽家园的激情和信心。

如今，以"和"为本，村两委每年都会组织一次以上的由全村村民参与的文艺晚会和村民运动会，建立老年人生活补助和慰问制度，成立资金互助社，强化"信用村"建设。如今村里形成了无矛盾纠纷上交、无违法违纪案件、无突发灾害发生，争发展、学先进的良好氛围。

▶ 一个电商"抢"出淘宝村

在江山市，快递员可能不知道"清泉村"，但一定熟悉"清泉淘宝村"。"说明我们清泉的'淘宝村'做出名气来了。"清泉村的电商黄石华打趣说。黄石华就是被吴香华连哄带骗"抢"到清泉的第一个电商。

建村初期，如何发展壮大村集体经济难倒了村干部。当时，吴香华决定利用江山市大力发展电子商务的机会，搭上好政策这趟顺风车。勤调研、跑部门、访电商、查资料，一个建设淘宝综合楼吸引成熟电商承租、带动村民做电商的设想，在他脑海中逐步清晰了起来。经过深思熟虑后，吴香华带领村两委破釜沉舟，于

■ 清泉村的淘宝大楼

2014年背负300多万元债务，建起了5层占地2000平方米的清泉淘宝大楼。

2015年3月，清泉淘宝大楼在清泉村46省道旁落成开业。但是，刚开始招商的一个多月时间里，清泉村只来了三五个电商，且都没有和村里签订合约。轮到吴香华坐镇招商的当天上午，有客户上门了。黄石华当时在江山市经营电脑配件，同时经营着一家淘宝店，销售江山市的土特产。当天他只是恰好路过清泉村，顺便进村转转。

一顿饭的时间里，吴香华向黄石华介绍了清泉淘宝大楼的互联网配置、村里的物流快递配套以及用工成本等信息。尽管黄石华有些心动，但他仍以没有货车搬店为借口婉拒了。没想到吴香华马上叫好车和人，只花了半天时间，就把黄石华在市区的店全都搬进了大楼。

有了第一个正式入驻的电商，招商工作就顺利多了。2015年，当吴香华得知村民王京伟在义乌、杭州等地做跨境贸易后，多次登门邀请王京伟回乡发展电子商务。在吴香华的不断劝说和"淘宝村"的诱人政策面前，王京伟不禁心动了，成立了江山亿网国际电子商务有限公司入驻清泉村。目前，公司已把汽车小配件、雨刮器、挂件、贴件等产品通过"淘宝村"不断销往国外。"公司未来将把本地的工业产品、农副产品也销往国外，把土特产变成外汇，好好挣'洋钱'。"提起下一步发展计划，王京伟信心满满。

如今，清泉村已有 10 余家电商企业入驻，并吸引了 9 家快递公司。2015 年，清泉村电商贸易额突破 1 亿元，被衢州市命名为"淘宝专业村"。

▶ 一次婉拒"辟"出富裕路

尽管当初招商困难，吴香华一直坚持着对入驻电商的考量标准。

2015 年，一位领导向吴香华推荐了一家规模水平在江山市数一数二的电子商务企业，对方也有入驻意向。可是吴香华考察后却婉拒了。原来，这家企业虽然规模大，但除去一年 15 万元的房租收入外，村民几乎得不到其他好处。

"村里发展电子商务，就是要带动村民创业就业从而一起致富的。"在吴香华看来：即使企业规模再大，不能为村民带来好处，也不行。所以现在清泉村的十几家电商，要么是销售农产品的，要么是在村民的迁出村建有农业基地的，因为这些企业理所当然地会在村民中招收员工。

拥有 200 多亩高山茶园的村民刘小军就是村里的电商之一。一到采茶旺季，他每天都要雇请近百位村民上山采茶，持续 20 多天。每天仅采茶工资就要支付 2 万多元。采茶最多的人，一天的工资就有 500 多元。这对于村民来说可是一笔不小的收入。

目前，清泉村有 300 余位村民从事电商产业。村民人均纯收入也从 2007 年的 1480 元涨到了 2015 年的 18500 元，村集体经济收入从 2007 年的零收入涨到了 2015 年的 30 万元。

如今，走进清泉村，会让人眼前一亮，这里宛如一幅江南水乡小桥、流水、人家的画卷，处处皆风景：别墅式的楼房，花园式的庭院，宽敞的村道。村民们都说，这如诗如画村庄的背后，多亏了吴香华书记这个最好的"领头雁"。

盛卓禾：海关通关改革的担当人

文 | 赵 锋 朱 菁

| 人物名片 |

盛卓禾，杭州海关审单处处长、审单处党支部书记，1963年3月出生，2003年5月入党，受聘为浙江大学、浙江财经大学国际商务专业硕士研究生社会导师，2003年被杭州海关党组授予三等功，2011年获得个人嘉奖。

"党建工作要心细如发，才能如同涓涓细流，沁人心田。"盛卓禾是这么说的，也是这么做的。他善于运用党的思想政治工作手段和方法，增强海关工作人员的归属感、荣誉感和责任感，带动关区业务线上下齐心、协力地推进改革；他善于采取措施，加强正面引导，开展集体谈话、个人谈心，以会议、座谈、研讨等多种形式，确保人员思想稳定，不断鼓舞士气，以淡定和从容的心态面对改革，特别是以"抓铁有痕"和"踏石留印"的精神参与改革；他善于将基层党建工作与业务改革紧密结合，互为促进，打造出一支"想干事、能干事、会干事、干成事、不出事"的人才队伍。

▶ 盛书记的"谈心谈话记录本"

2014 年，一场全新的通关作业改革正在海关系统内部酝酿——如何打破区域界限，如何整合优势资源，实现跨部门、跨区域的通盘合作，最终实现"一地申报、全国通关"的一体化格局，成为萦绕在每一个海关改革攻坚者心头的难题。

值此关键时刻，杭州海关党组织令旗一挥，将拥有丰富理论知识和实践经验的盛卓禾调至审单处任处长及支部书记，希望他一肩双挑，确保杭州海关的通关改革能顺利有序推进。不熟悉海关业务的人可能并不了解，如果全国海关通关一体化改革顺利推进，审单处将是第一个面临改革阵痛的部门。其职能将发生重大调整，更侧重于适应改革后的通关管理需要，随之而来的是工作量以及工作难度的成倍递增。但盛卓禾还是义不容辞地挑起了这个重担。

当全国海关通关一体化改革进入关键期的时候，审单处职能转变、机构调整、人员分流逐渐提上议事日程，不少同志出现了一些心理波动。就在这时，盛卓禾在央视新闻联播节目里第一时间就看到了有关开展"两学一做"的报道，他敏锐地感觉到这将是一项长期的、贯穿日常的学习教育活动，同时也是一次发挥党建引领作用的绝佳机会。于是，他马上着手制定审单处党支部"两学一做"学习教育计划。

■ 盛卓禾利用
HL2008 廉勤
系统处置审
单风险

从开展每周讲解着手，盛卓禾循循善诱、删繁就简，把习总书记"七一"重要讲话、十八届六中全会公报等一系列学习材料，如庖丁解牛般进行深入解读，把自己的认识理解同解决海关改革发展中的重大问题结合在一起，在潜移默化中向同志们传输了党员的"四个意识"，从讲政治的高度正确看待这次全国海关通关一体化改革。

除了每周讲解，盛卓禾经常随身携带一本"谈心谈话记录本"，里面详细记录着他每次与同志们谈话时了解到的困惑和难题。"盛书记经常找我们谈心，我们有什么困难也愿意跟他讲。他那种睿智和豁达，能直击问题的本质，瞬间就能让我们茅塞顿开。""他经常帮我们分析自身的业务优势，甚至帮我们考虑转型方向。"……有了盛卓禾的谆谆教导，审单处的同志们干劲十足，对于完成改革任务也充满了信心。

在盛卓禾的带领下，审单处不仅圆满完成了规范申报考核、报关单批量复审等一系列职责任务，还主动配合全国通关一体化试点工作，保证改革后的通关模式顺畅运行。

▶ "盛教授"深度融合党务业务

在海关系统，盛卓禾被同志们亲切地称为"盛教授"。作为理论型人才的党支部书记，他更多地关注如何在顶层设计领域理顺海关办事流程，从制度上为进出口企业和广大群众服务。

在盛卓禾的带领下，杭州海关审单处成功确立了"常态化批量复审、专业化验估、审单质量监控、规范申报"四位一体的海关通关一体化审单作业新模式，建立起事前申报控制、事中专业验估、事后复审监控的审单质量控制体系，为深化改革、便利通关打下了坚实基础。目前，已有6篇以他本人为课题组组长或副组长的研究报告在《海关研究》《海关审价》《海关与经贸研究》等全国海关期刊杂志上刊登，许多研究成果和建议得到海关总署和有关部门的肯定和采纳。

同时，作为党支部党建第一责任人，盛卓禾十分注重将党建工作和业务建设融合起来。2016年，盛卓禾已6次组织杭州海关通关战线上的党员骨干，参加审单业务改革工作会议及审单课题组集中工作。每次业务研讨前，他必定先行开展"两

■ 盛卓禾为党员们上党课

学一做"学习教育、习近平系列讲话解读等活动。在业务骨干集中工作期间，盛卓禾还成立了临时党支部，把党建影响力延伸到各个业务现场。由"临时支部书记"盛卓禾本人为审单系统党员干部上党课，不仅增强了队伍凝聚力，保证了在较短工作时限内完成课题研究、题库建设等重要业务工作，而且促进了党务和审单业务高度融合。

▶ "开门搞党建" 助推基层党建共建

在完成海关总署和党组织的各项基层党建工作部署要求外，盛卓禾还充分发挥海关系统垂直管理和党组织关系的体制优势，主动接受浙江省直机关工委对基层党建工作的指导，组织本支部配合其开展党建工作。

2016年，盛卓禾已至少6次受邀为省直机关工委党建工作支部书记培训班介绍党建经验，每次上课前，他都不忘悉心准备。"这是党组织对我的信任，基层党建工作头绪万千，情况也错综复杂。"他希望把海关开展基层党建的经验做法介绍好、推广好。盛卓禾的介绍深入浅出，广受全省各地基层支部书记好评，甚至有基层支部书记在授课结束后还主动找盛卓禾要联系方式，希望到杭州海关审单处党支部进行现场学习和交流。他本人也被聘为省直机关工委讲师团成员。

盛卓禾经常跟支部同志灌输一个理念，那就是"开门搞党建"。他带头加强本部门党员与其他支部和外单位的交流沟通，要求组织委员充分利用地方党建平台开展共建，不断吸收和学习其他单位党建成果，探索创新，推进具有审单特色的党建文化建设。

在加强基层党建基础工作方面，盛卓禾也丝毫不含糊，严格按照《中国共产党基层组织选举工作暂行条例》规定，严格把关换届选举各个程序环节。2016年还特别加强了党费收缴的管理，他率先根据职务晋升、工资变化核算自己应缴的党费额，保证党费足额缴纳，并坚持在每月第一周第一个工作日交纳个人党费，起到了良好的带头作用。在规范党员组织关系管理上，盛卓禾一方面及时提醒调离本单位的党员尽快办理组织关系转移手续，另一方面，在组织关系转移办结前，对已调离党员仍按本支部党员进行管理，保证每名党员同志不脱离组织。

为了给支部活动提供更好的活动场所，盛卓禾还提议压缩行政办公用房面积，把自己的处长办公室腾空，开辟党建活动室，为党建工作提供硬件基础。

都说党支部书记是一个支部的领头人，但这个领头人并不好当。盛卓禾却义不容辞地担负起自己的责任，让每一位同志感到精神富足，对未来充满希望！

周剑凌：善于"爬火山"的实干书记

文 | 毛露娜

| 人物名片 |

周剑凌，浙江物产化工集团宁波有限公司总经理、第六党支部书记，1973年2月出生，1994年1月入党，所在单位和党支部获浙江物产化工集团有限公司"新锐发展奖"、物产中大集团股份有限公司先进基层党组织等荣誉。

作为浙江物产化工集团宁波有限公司的党支部书记和总经理，周剑凌仅仅花了5年时间，就将公司从最初只有5名创始人发展成为如今拥有81名员工的团队。在浙江物产这个大平台上，他不断为打造中国优秀企业的目标奋斗和努力着。五年来，他的休息时间寥寥无几，为了找准公司的战略方向，他可以开会到凌晨；为了节约出差时间，他可以连夜返程。正是这种格局、情怀和付出，他征服了无数商场上的伙伴，也赢得了广大员工的敬佩和好评。

▶ 像爬火山一样寻求转型

在周剑凌看来，企业存在的意义有两点：一是要有持续的盈利能力——这是企业的生存之本；二是要有社会责任感和核心价值观——这是企业的发展之本。所以，周剑凌认为党支部开展党建工作的第一要点是带领全体员工认真思考并形成企业清晰的战略定位，明确转型升级方向，探索适合的商业模式，并通过各种党建工作平台统一广大员工的战略思维。

在公司的发展过程中，周剑凌始终以物产中大集团的优势结合化工产业未来的趋势来指导企业。同时，如何保证企业从上至下战略方向的一致性也是他一直在思考的问题。在他看来，只有通过一次次地让公司上下达成思维共识才能解决这个问题。因此，只要他在公司，就会参与各类凝聚共识的会议。他从不拘泥于形式，只要有一块白板、一只油墨笔，他就可以侃侃而谈。

周剑凌常用生动的例子和最本源的逻辑让大家理解和感悟深奥的理论。例如，周剑凌常用"爬火山"的例子来说明企业转型的必要性。他认为，对于有经验的业

■ 平时在公司，周剑凌就抽空参加各类共识会议

务部门经理来说，好比正在爬一座火山，目前的形势是处在半山腰上，不往上爬就在"等死"，继续往上爬就在"找死"，唯一的出路就是往下爬去找另一座对的山。所以，业务部门经理如果不想被形势淘汰或者替代就必须转型。而对于刚进公司的新员工来说，他们需要跟着公司的方向直接从新的山开始爬起。

在这种共识下，公司逐渐形成了自己的整体战略：明确了成为全球化工行业的现代流通服务平台的企业愿景，探索出了供应链集成服务＋产业链价值延伸及产业银行＋公共服务平台的商业模式，形成了帮助客户实现价值的同时实现公司利润的经营理念和快乐工作、幸福生活的企业文化。

▶ 善于谆谆引导的带头人

周剑凌出生在教师家庭，这也从小培养了他勤于学习的工作习惯和正直乐观的生活态度。在公司发展过程中，他除了把强化政治理论学习作为提升公司软实力的重要组成部分外，还积极引导广大员工树立正确的人生观和价值观。

作为公司的党支部书记，周剑凌非常重视基层党员的党建素质培养，每季度他都会定期召开党组织会议进行政治理论学习，与大家共同学习研习习近平总书记系列讲话，同时他要求所有党员务必把"三严三实""两学一做"的讲话精神落实到实际工作中，并以实际行动给全体党员和广大员工做了最好的示范。

2015年，周剑凌因身体不适需要住院接受手术。住院期间，为了不耽误工作，他要求中层管理人员一律以短信的形式向他汇报请示公司的重要业务。直至手术的前一天，周剑凌仍在处理工作。但是因为连续10多天的禁食，他的身体已极度虚弱，无法亲自回复员工的短信，他只好以沙哑的声音指挥着家人帮他及时回复。正是周剑凌的率先垂范，公司形成了甘于付出的良好氛围：高层团队高强度出差不喊累，基层员工日常加班不喊苦，把勇于担当放在了工作的第一位。

为了感恩和回报社会，周剑凌和部分校友共同捐款在其母校武汉工程大学建立了资助贫困大学生的基金，并创立了"爱在天涯"助学金，为学校贫困学生提供帮助。目前，基金已累计捐款数十万元，资助的贫困学生和困难群体近200人。他还积极组织党组织成员、身边的朋友和同学参与到各类公益活动中去，充分体现了他的社会责任意识。

事业心是坚定员工信心、引领员工把事情做好的方向，是员工把事情做好的价值体现。在周剑凌的带领下，宁波公司着力开展了以下工作：积极开展党组织成员和广大员工的座谈会，为广大员工建立起"梦想平台"，让每个员工看到实现梦想的可能性，让员工看到自己努力的方向，找到个人梦想与企业梦想的结合点；举办各类培训，为广大员工创造公平、公正的晋升平台，让员工明确自己的职业发展规划；开放了总经理和总助接待日，专门了解和掌握员工的思想动态，及时解决员工工作与生活中的问题，帮助员工明确发展方向，坚定工作信心，树立正确的价值观。

▶ 亮团队之光

周剑凌在党建工作和企业经营管理中，高度重视团队建设，将"以人为本"理念落到实处。他非常关心员工的工作和生活，不管工作再忙，每月都会特地安排一天时间来接待基层员工，与员工谈心，听取员工的想法和意见，帮助员工解决实际困难。

■ 每周一次的晨练活动也是团队建设的重要内容之一，全体成员都积极参与其中

周剑凌注重充分发挥民主，集中全体员工智慧促进企业发展。在周剑凌的带领下，支部成员和高管团队每周召开行情研讨会议，把党的触角渗透到业务经营活动中，搭建了业务活动信息共享平台。同时，公司设置了合理化建议的反馈机制，鼓励基层员工建言献策，集中了全体员工的智慧从而促进企业发展。

同时，周剑凌注重精英团队的建设和企业人才的培训。团队成长的速度，决定公司的成长速度；团队的素质与能力，决定了公司的经营规模与运行效率。在周剑凌的带领下，公司始终坚持"党管干部"的原则，目前已形成完善了中层经理、主管、储备主管、在职、新员工分层次的培训体系，并从战略的角度出发，制定符合公司企业文化建设的培训课程。另外，各层级都设置了完善的考核机制，加强各层级的竞争力培养和团队的建设。对于业务活动中的优秀骨干，公司吸纳其成为党组织成员并对其进行思想政治再教育，同时还注重把优秀的党员员工培养成业务和管理骨干，不断优化党组织结构。

用服务诠释追求的快乐，用责任演绎拼搏的人生，这是周剑凌多年工作的真实写照。他也以杰出的党务管理和业务能力、饱满的工作激情、积极的生活态度、无私的奉献精神，赢得了广大员工的尊重和好评。

黄向阳：美丽葛塘的设计者

文 | 朱　锐

| 人物名片 |

黄向阳，杭州市建德市钦堂乡葛塘村党总支书记，1967年12月出生，2009年6月入党，获评杭州市第二批"双百"优秀乡村干部、建德市优秀共产党员等；所在村获浙江省秀美宜居示范村建设点、建德市"三改一拆"拆后利用示范村、"五水共治"先进村等荣誉。

　　自2013年9月当选建德市钦堂乡葛塘村党总支书记以来，黄向阳始终坚持以集体为重，以事业为重，不计个人得失，一心扑在工作上。他特别重视村庄整治和文化建设，全面打响了"强基、富村、美村、安村"的品牌，倡导村里实行村务、财务、党务三公开制度，增加了工作透明度，赢得了群众的理解和支持。葛塘村先后多次被钦堂乡党委、政府提名表扬。

▶ 兑现承诺为民办实事

早在 2002 年，黄向阳就开始涉足商海，并于 2006 年创办了建德市嘉和新型材料有限公司，亲自担任公司的董事长。随后的几年里，公司的发展规模不断扩大，至 2013 年时，公司产值甚至一度突破亿元。

在商场打拼多年的黄向阳过上了富足的生活。不过，每当黄向阳回到从小长大的葛塘村时，心里总不是滋味。虽然葛塘村地域适中、资源丰富，但是底子薄、经济基础差，村里路不平、灯不明，集体经济负债累累。黄向阳觉得自己应该为家乡和乡亲们做点事。

2013 年，黄向阳参与竞选葛塘村党总支书记并高票当选，这让黄向阳更感责任重大。他常说："我有现在的企业和生活，都是家乡父老给的，大家选我当书记，我就要为家乡的父老乡亲做点事。"

虽然之前从来没有当过村干部，但黄向阳心怀为大家办实事的热忱，上任之初他就向村民作出了郑重的承诺："不折不扣执行乡党委、政府布置的工作任务，千方百计实现葛塘村发展面貌大变样，全心全意为葛塘村群众办实事、解难题。"

他是这样说的，更是这样做的。毫无治村经验的黄向阳活学活用，将自己经营企业的思路搬到了发展村集体经济上。一上任，他就开始实施村庄亮化工程，补装路灯 27 盏，使村道小巷都亮起来了。随后他又烧起了"三把火"：整修蓄水池让村民喝上放心水，改造加固堤坝保证水利安全，开展土地改造工程增加农民收入。

"农村富不富，关键在支部，我们要突破困境辟思路，做到民意不可违、班子不能散、遇事不能拖，把葛塘村真正变个样。"黄向阳做事雷厉风行，始终将责任扛在肩上，敢抓敢管，不断开拓创新，不仅带出了和谐的村委班子，也让葛塘村的村民看到了奔向幸福的希望。

▶ 用心书写乡村的幸福篇章

作为建德市政协的特聘委员，黄向阳善于抓住机会，积极反映群众关心的问题，很多建议得到上级部门的重视，推动了问题的解决。

葛塘村至乾潭镇宋家村的公路已经开工多年，却因为种种原因一直处于停工的状态，群众关注度高，要求解决问题的呼声很强烈。黄向阳利用各种渠道，积极向上反映，争取乡党委、政府和市级部门的支持。在黄向阳的坚持下，建德市交通运输局十分重视该问题，多次到实地查看，研究项目实施办法，筹措资金，终于使得该段公路继续开工建设。

黄向阳特别注重村集体经济发展。村里原有一处石矿，但开采证已经过期，黄向阳通过各种途径，向建德市国土局申请采矿权延期，重新招标开采企业，为村集体落实了每年100万元的矿山道路使用费。

为了解决村里没有一处可操办婚丧嫁娶场所的问题，黄向阳向建德市农办、市移民局等部门积极争取项目资金和支持，建成了村红白理事厅、文化大礼堂，每年可为村里带来20万元左右的收入，既壮大了集体经济，又能够服务村民群众。

"让百姓实现真正的共同富裕，就不能让任何一名村民掉队。"黄向阳一直没有忘记那些需要关照的群体。村里有想找工作的年轻劳动力，他首先介绍到自己的企业工作，并给予丰厚的劳动报酬，至今已有16名村民在他的公司上班。在乡党员关爱基金启动仪式上，他个人向"钦爱十条"关爱基金捐资1万元，他的企业捐资2万元。

通过加强党建来发挥党员的先锋模范作用，带动村子形成良好风气，从而助推集体经济的跃升，是黄向阳治村的又一"法宝"。三年来，在黄向阳的带领下，葛塘村党总支高度重视党建工作，以党建带动村级发展，设立网格化管理，提供组团式服务，成立党员志愿服务队，开展党员群众"四季比武"等活动，先后兑现责任清单21条，实施"党建＋农产品"经济、"党建＋果园"经济、"党建＋矿产"经济等专项行动，形成了党员干部加油干、人民群众得实惠的良好局面。

■ 黄向阳走访从事来料加工的农户，了解其生产效益情况

▶ 绘就美丽乡村的蓝图

葛塘村是钦堂乡比较偏远的行政村，村庄范围集中，村内农房密集，道路十分狭窄。村庄环境不好成为葛塘村发展的最大制约因素，必须借好"拆违治水"这股东风，为今后的发展争得平台和机遇。

在"三改一拆"工作中，黄向阳带领两委干部，发动党员群众，把政策讲透彻，把规划讲清晰，做好每一位涉改、涉拆村民的思想工作，援助和借款50余万元，帮助5户生活困难群众解决建房资金困难的问题。

3年来，全村累计拆除房屋面积达3万平方米、新建农户住房50余户，完善了村主干道＋支线的交通路网。同时，结合"四边三化"和"清洁乡村"行动，葛塘村实施了葛塘溪堤坝的改建工程，对违法畜禽养殖、临时用房进行了整顿清理，培育美丽庭院100户。如今，村中的河道变干净了，溪水变清澈了，葛塘村也成了景色优美的诗意乡村。

"绿水青山就是金山银山"，黄向阳对这句话有自己独特的理解。在他的带领下，葛塘村围绕打造"休闲综合区"的战略，利用好近代艺术大师李叔同隐居地和南宋通儒古道等资源，实施通儒岭、通儒亭、碧云寺整体改造工程，力求重现"长亭外、古道边，芳草碧连天"的绝美画卷。

建于20世纪80年代的跃进水库是葛塘村的一颗"明珠"，库区周围群山环抱、苍崖吐翠。如何依托绿色资源开发美丽经济，成为黄向阳一心想要破解的难题。

经过两年的调研和反复推敲，跃进水库慢生活休闲体验区规划制定完成，涵盖高端民宿、休闲旅游、养生度假等精品项目，吸引了不少湖州、义乌等地客商前来投资洽谈，初步测算盈利后可每年实现村集体经济收入200万元。

2015年，黄向阳专门邀请中国联合工程公司、中国美院设计艺术学院有关专家，为葛塘村量身打造了美丽乡村建设的中长期规划，一幅美丽葛塘的蓝图蔚然绘就。

作为一名村支书，黄向阳心里总是想着集体和村民，惠民生聚民意，带领一个经济薄弱村的村民们开辟了新愿景，走上了发展新征程。他时刻把群众的利益放在第一位，时刻将心与群众贴在一起，更怀有一份责任心和一种感恩情怀，在为民服务、推动发展的道路上一步一个脚印，踏实又坚定地前行。

中共浙江省委组织部（通知）

浙组通〔2016〕31 号

关于进一步学习宣传"千名好支书"和
"万名好党员"的通知

各市、县（市、区）委组织部，省直机关工委、省委教育工委、省国资委党委：

为扎实开展"两学一做"学习教育，给广大党员和基层干部树立学习标杆，在前年集中推选宣传第一批"千名好支书"的基础上，今年上半年我省又集中推选了第二批"千名好支书"和"万名好党员"。现就开展学习宣传有关事项通知如下：

一、把学习宣传"千名好支书"和"万名好党员"作为"两学一做"学习教育的生动教材。各级党组织在"两学一做"学习教育中，结合推荐表彰全国和省级优秀共产党员、优秀党务工作者、先进基层党组织，广泛开展学习宣传"千名好支书"和"万名好党员"活动，引导广大党员见贤思齐、对标赶超。扎实开展"万场党课到基层"行动，组织"好支书""好党员"的优秀代表讲党课，以"支书讲给支书听""支书讲给党员听""党员讲给党员听"等形式，增强党课的吸引力和感染力。通过"好支书论坛""好党员讲堂"、座谈交流、专题讨论、巡回宣讲、举办培训班等多种方式，组织各行业各领域党员干部向

"好支书""好党员"学习看齐。全面开展"看齐创优当先锋"行动，推动广大党员以"好支书""好党员"为榜样，立足岗位作贡献、干事创业当先锋，争做发展的带头人、新风的示范人、和谐的领路人、群众的贴心人。

二、深入开展"千名好支书"和"万名好党员"宣传报道。坚持省市县三级联动，在报纸、电视、电台、网站等主流媒体开设"百姓喜爱的好支书""我们身边的好党员"专栏，安排重要版面、重要时段深入报道"好支书""好党员"先进事迹，讲述他们的好故事，努力把第二批"千名好支书"、重点推荐的"好党员"都报道一遍。"七一"前后，要加大报道频率，掀起"好支书""好党员"宣传报道的高潮。各地各单位要充分运用网站、微博、微信、手机APP等新兴媒体，有计划宣传推送"好支书""好党员"的先进事迹，努力让他们的好故事口口相传、家喻户晓，真正起到打动人心、激励人心、凝聚人心的作用，努力在全社会营造对标思齐、创先争优的良好氛围。

三、把学习宣传"好支书""好党员"转化为推动中心工作的强大动力。"好支书""好党员"是各行业各领域自觉践行五大发展理念、坚决执行党的路线方针政策、推动中心工作落实的优秀代表。各地各单位要把学习宣传"好支书""好党员"凝聚起来的共识、焕发出来的热情，转化为推动高质量完成全年各项目标任务的强大动力，全力实施"十三五"规划、服务保障G20峰会，着力打好"五水共治""三改一拆"、浙商回归等转型升级组合拳，大力落实农村党建"浙江二十条"、全面推动"整乡推进、整县提升"，为"两富""两美"浙江建设作出新的贡献。同时，要抓住学习宣传"好支书""好党员"契机，切实加强基层党组织带头人队伍和党员队伍建设，不断增强党组织的创造力、凝聚力、战斗力。

各地、各单位学习宣传情况请及时报省委组织部。

附件：浙江省第二批"千名好支书"名单

中共浙江省委组织部

2016 年 5 月 18 日

附件：

浙江省第二批"千名好支书"名单

杭州市（共计123名）：

郑鸳鸯	女	杭州市上城区南星街道馒头山社区党委书记
朱 虹	女	杭州市上城区湖滨街道吴山路社区党委书记
沈培红	女	杭州市上城区清波街道社区卫生服务中心党支部书记
萧 云	男	杭州市娃哈哈集团精机公司党总支书记兼副总经理
崔 欣	女	杭州市下城区武林街道环西社区党委书记
潘华法	男	杭州市下城区东新街道沈家社区党委书记，沈家经济合作社董事长、总经理
印 慧	女	杭州市下城区市场监管局石桥所党支部书记、所长
忻 皓	男	杭州市下城区文晖街道彩虹人生党支部书记、浙江省绿色科技文化促进会副会长、秘书长，杭州市生态文化协会副会长
钱金花	女	杭州市江干区采荷街道常青苑社区党委书记
陈振凤	女	杭州市江干区闸弄口街道濮家联合社区党委书记、居委会主任
沈宇帆	女	杭州市江干区凯旋街道景湖社区党委书记、居委会主任
屠红燕	女	万事利集团有限公司党委书记、董事长
李 岗	男	杭州市江干区城市管理局办公室党支部书记、主任
胡忠华	男	杭州市拱墅区上塘街道善贤社区党总支书记、股份经济合作社董事长
田 宁	男	浙江盘石信息技术股份有限公司党委书记、董事长
郁龙旺	男	浙江锦绣育才教育集团党委书记

蒯　骏　男　杭州市拱墅区上塘街道党工委副书记

陈宏伟　男　杭州市西湖区转塘街道横桥社区党支部书记

李国兴　男　杭州市西湖区三墩镇双桥村党委书记、经济合作社社长

俞　亮　男　杭州市西湖区灵隐街道庆丰社区党委书记

唐　芸　女　杭州市西湖区西溪街道欧美中心楼宇集群党委书记

郑仁东　男　杭州市求是教育集团党总支书记、总校长

赵　欣　女　杭州市滨江区人民法院机关党总支书记

何国祥　男　杭州市滨江区长河街道江三社区党委书记

吴才龙　男　杭州市滨江区浦沿街道杨家墩社区党委书记

封飞行　男　浙江吉利控股集团有限公司党委专职副书记

陈荧平　男　聚光科技（杭州）股份有限公司党委书记

李国兴　男　杭州市萧山区城厢街道车家埭社区党总支书记

章鸣燕　女　杭州市萧山区新塘街道汇宇社区党支部书记

沈毛银　男　杭州市萧山区宁围街道新华集团党委书记

袁奕相　男　杭州市萧山区新街街道盛中村党委书记

沈德法　男　杭州市萧山区临浦镇苎东村党总支书记

李建江　男　杭州市萧山区所前镇祥里王村党总支书记

沈彩琴　女　杭州市萧山区瓜沥镇长联村党委书记

郑剑锋　男　杭州市萧山区益农镇群围村党总支书记

高　明　男　杭州市萧山区南阳街道岩峰村党委书记

陈国军　男　杭州市萧山区党湾镇裕民村党总支书记

徐柏兴　男　杭州市萧山第三高级中学党委书记、校长

鲁冠球　男　万向集团党委书记、董事局主席

陈　捷　男　传化集团党委书记、副总裁

唐建忠　男　杭州市余杭区东湖街道红丰社区党总支书记

何建国　男　杭州市余杭区良渚街道新港村党委书记、股份经济合作社董事长

袁建民　男　杭州市余杭区运河街道褚家坝社区党总支书记、股份经济合作社
　　　　　　　董事长

赵金虎　男　杭州市余杭区乔司街道方桥村股份经济合作社董事长

沈慧霞　女　杭州市余杭区临平街道西大街社区党委书记、居委会主任

周国荣　男　杭州市余杭区崇贤街道北庄村党委书记

姚国华　男　杭州市余杭区余杭街道仙宅村党委书记

孙建强　男　杭州市余杭区仓前街道高桥村党委书记

朱永兴　男　杭州市余杭区中泰街道白云村党委书记

洪秋平　男　杭州市余杭区百丈镇半山村党总支书记、村委会主任、股份经济
　　　　　　合作社董事长

林加忠　男　杭州市余杭区人大常委会党组成员、办公室主任、机关党总支书记

朱方志　男　浙江春风动力股份有限公司党委书记、工会主席

唐根泉　男　杭州老板实业集团有限公司党委副书记、副总经理、工会主席

孙建元　男　杭州市富阳区渌渚镇莲桥村党总支书记、村委会主任

许时新　男　杭州市富阳区场口镇东梓关村党总支书记、村委会主任

王忠慧　男　杭州市富阳区东洲街道黄公望村党委书记

丁卫祥　男　杭州市富阳区银湖街道大地村党委书记

孙权健　男　杭州市富阳区新登镇南津村党委书记、村委会主任

吕敏会　男　杭州市富阳区大源镇杨元坎村党总支书记

俞红英　女　浙江华达集团有限公司党委书记

徐建儿　女　杭州市富阳区富春街道后周社区党委书记

倪冠群　女　杭州市富阳区新桐乡新桐村党委书记

汪华生　男　杭州市富阳区常安镇东村坞村党支部书记

庄道群　男　杭州市富阳区春江中心小学党总支书记

申屠永惠　男　桐庐县江南镇荻浦村党委书记

沈柏潮　男　桐庐县分水镇后岩村党总支书记、村委会主任

邵小龙　男　桐庐县旧县街道合岭村党总支书记

许素华　男　桐庐县合村乡瑶溪村党总支书记

陆群英　女　桐庐县桐君街道迎春社区党委书记

柴生标　男　桐庐县住建局党委委员、公用事业管理科负责人

姜贵姣　女　桐庐县城市建设投资集团有限公司资产经营部负责人兼桐庐美丽
　　　　　　城乡建设发展有限公司负责人

胡海燕　女　淳安县千岛湖镇江滨社区党委书记

缪发春　男　淳安县千岛湖镇屏湖村党总支书记

方贵军　男　淳安县石林镇岭足村党总支书记、村委会主任

何淳安　男　淳安县临岐镇吴峰村党总支书记

汪红球　男　淳安县姜家镇双溪村党总支书记

严政军　男　淳安县界首乡鳌山村党总支书记

毛长丽　男　淳安县汾口镇汾口村党委书记

汪华北　男　淳安县中洲镇南庄村党总支书记、村委会主任

吴约木　男　淳安县枫树岭镇乳洞山村党支部书记、村委会主任

卢全德　男　淳安县道路运输管理处党支部书记

陈汉康　男　浙江康盛集团党委书记

陈慧珍　女　建德市新安江街道丰产村党总支书记

陈晓良　男　浙江新化化工股份有限公司后勤党支部书记

邹建红　男　建德市大同镇富塘村党总支书记

于爱香　女　建德市三都镇前源村党支部书记

张美芳　女　建德市下涯镇丰和村党委书记

鲁文通　男　建德市大慈岩镇双泉村党总支书记

王　军　男　建德市航头镇大店口村党委书记

童显明　男　建德市大洋镇庆丰村党支部书记

邵　炯　男　建德市市政园林管理局党支部书记、局长

孙　琪　男　临安市城市管理综合行政执法大队城南中队党支部书记、中队长

陈联河　男　浙江万晟药业有限公司党委书记

杨金华　男　临安市锦城街道东门居委会党总支书记

吴建丰　男　临安市锦北街道上东村党委书记

章顺良　男　临安市玲珑街道桥岭村党总支书记

徐明良　男　临安市板桥镇桃源村党总支书记

查玉英　女　临安市於潜镇昔口村党支部书记

邱庆军　男　临安市昌化镇朱穴村党支部书记

朱永春　男　临安市湍口镇迎丰村党支部书记

程玲琳　女　杭州市就业管理服务局第一党支部书记、境外人员就业管理处处长

庞文德　男　杭州市散装水泥办公室（杭州市新型墙体材料管理办公室）党支
　　　　　　　部书记、主任

郭水荣　男　杭州市水产技术推广总站党支部书记

陈天力　男　杭州市环境信息中心党支部书记、主任（现挂职杭州市五水共治
　　　　　　　领导小组办公室河长组组长）

孙俊明　男　杭州人民广播电台西湖之声党支部书记、总监

李　剑　男　杭州市红十字会医院党委书记、副院长

孙国建　男　浙江绿城心血管病医院病区党支部书记、心内科副主任

钟霄蕾　女　杭州市美术职业学校第三党支部书记、教科室主任、工会主席

陈春来　男　浙江大学城市学院工程分院教工党支部书记和土木学生第一党支部书记

高　勇　男　杭州科技职业技术学院直属企业党总支书记、杭州科新教育咨询有限公司总经理

王贤军　男　浙江育英职业技术学院商务贸易分院党总支书记

桂传信　男　杭州市强制隔离戒毒所党支部书记、所长

邵　军　男　杭州市委办公厅综合一处、督察室党支部书记，综合一处处长

冯伟群　女　杭州市人民政府机关幼儿园党支部书记、园长

李长根　男　杭州凯利不锈钢厨房设备有限公司总经理，杭州金鱼电器集团有限公司党委委员

谢晓东　男　杭州联华华商集团副总经理、生鲜采配支部书记

应巩华　男　杭州汽轮机股份有限公司制造部副部长、转子车间主任、转子党支部书记

张福良　男　杭州大江东产业集聚区义蓬街道义蓬村党委书记

许伟国　男　杭州大江东产业集聚区新湾街道三新村党委书记

高晓丽　女　杭州福莱蒽特精细化工有限公司党支部书记

张敏华　女　杭州市开发区白杨街道邻里社区党支部书记

李建宏　男　松下电化住宅设备机器（杭州）有限公司党委书记、工会主席、工场长

朱俊瑞　男　杭州师范大学政治与社会学院党委书记兼执行院长

宁波市（共计119名）：

黄宝康　男　余姚市临山镇邵家丘村党总支书记

张志灿　男　余姚市梁弄镇横坎头村党委书记

王国炎　男　余姚市马渚镇开元村党总支书记

唐明岳　男　余姚市低塘街道汤家闸村党总支书记

张元冲　男　余姚市三七市镇三七市村党总支书记

鲁炎峰　男　余姚市阳明街道北郊村党总支书记

朱建立　男　余姚市兰江街道磨刀桥村党总支书记

鲁韵琴　女　余姚市凤山街道东江社区党支部书记、居委会主任

叶辽宁　男　舜宇集团有限公司党委书记、董事长

杨茂源　男　余姚阳明税务师事务所党总支书记、所长

宣乐平　男　余姚市国税局城区税务分局党支部书记、局长

王学泽　男　宁波江丰电子材料股份有限公司党支部书记、副总经理

孙利群　女　慈溪市白沙路街道西华头村党委书记

钟敏世　女　慈溪市古塘街道舒苑社区党总支书记、居委会主任

陈华军　男　慈溪市宗汉街道周塘西村党委书记

钱林宝　男　慈溪市掌起镇陈家村党总支书记

王　平　男　慈溪市观海卫镇大岐山村党总支书记

王文学　男　慈溪市逍林镇福合院村党总支书记

毛军林　男　慈溪市桥头镇五姓村党总支书记

李海锋　男　慈溪市周巷镇小安村党总支书记

茅忠群　男　宁波方太厨具有限公司党委书记、董事长

陈百亨　男　慈溪市嘉利机械实业有限公司党支部书记、董事长

陈伟丰　男　慈溪市特殊教育学校党支部书记、校长

俞成方　男　奉化市溪口镇沙堤村党支部书记

印彭耀　男　奉化市尚田镇印家坑村党支部书记

陆宝法　男　奉化市大堰镇谢界山村党支部书记

吴贤球　男　奉化市裘村镇吴江村党支部书记

卓龙华　男　奉化市松岙镇街横村党支部书记

王明华　男　奉化市江口街道浦口王村党支部书记

傅建国　男　奉化市萧王庙街道傅家岙村党支部书记

唐蓉蓉　女　奉化市岳林街道民主社区党总支书记

戴凤娥　女　宁波奥迪斯丹包装有限公司党支部书记

刘瑞芳　女　奉化市老年大学党支部书记、常务副校长

庄允肖　男　宁海县力洋镇海头村党支部书记

叶全奖　男　宁海县茶院乡许民村党支部书记

葛武军　男　宁海县桑洲镇六合村党支部书记

陈家龙　男　宁海县越溪乡大陈村党支部书记

王志强　男　宁海县岔路镇白溪村党支部书记

葛海峰　男　宁海县大佳何镇葛家村党支部书记

徐宗宽　男　宁海县深甽镇白岩村党支部书记

潘　渊　女　宁海县跃龙街道杏树社区党总支书记、居委会主任

娄用猛　男　宁波双林集团党委书记

陈孔苗　男　宁海县人民法院机关党总支专职副书记、第九党支部书记

梁孟丽　女　象山县丹东街道塔山社区党总支书记、居委会主任

王世新　男　象山县丹西街道仇家山村党总支书记

张方鸣　男　象山县西周镇夏叶村党支部书记

周正贵　男　象山县鹤浦镇樊岙村党支部书记

欧昌伍　男　象山县墙头镇方家岙村党支部书记

陈成定　男　象山县定塘镇叶口山村党支部书记

高良德　男　象山县晓塘乡中岙村党支部书记

陈宝国　男　象山县茅洋乡李家弄村党支部书记

陈云勤　男　宁波戴维医疗器械股份有限公司党委书记

汪剑军　男　象山县爵溪街道瀛海社区党支部书记、居委会主任

胡志刚　男　宁波市海曙区月湖街道梅园社区党委书记、居委会主任

姚　涛　男　宁波市海曙区西门街道胜丰社区党委书记、居委会主任

丁玲玲　女　宁波市海曙区南门街道澄浪社区党委书记、居委会主任

吴晓春　女　宁波市海曙区白云街道白云庄社区党委书记、居委会主任

徐孟儿　女　宁波市海曙区望春街道水岸心境社区党支部书记、居委会主任

陆敏丽　女　宁波市海曙公安分局户证办理中心党支部书记、主任

裘丽萍　女　宁波市海曙区社会工作协会党支部书记、社会组织服务中心主任

李伟明　男　宁波市江东区福明街道明一社区党支部书记、明一股份经济合作
　　　　　　　社董事长

李燕波　女　宁波市江东区东胜街道樱花社区党委书记

水　洪　女　宁波市江东区百丈街道潜龙社区党委书记

石春雷　女　宁波市江东区明楼街道常青藤社区党委书记

张　锋　女　宁波市江东区东柳街道华侨城社区党委书记

邵　琴　女　宁波市江东区白鹤街道丹凤社区党委书记

阮文良　男　浙江铭生律师事务所党支部书记、主任

方国君　男　宁波市江北区慈城镇毛岙村党支部书记

余世荣　男　宁波市江北区洪塘街道邵家渡村党支部书记

邬明忠　男　宁波市江北区洪塘街道鞍山村党支部书记

陈必华　女　宁波市江北区庄桥街道天水社区党支部书记、居委会主任

魏莺莺　女　宁波市江北区甬江街道湖西社区党支部书记、居委会主任

孙兰君　女　宁波市江北区卫生监督所党支部书记

龚利红　女　宁波亚虎进出口有限公司党支部书记、总经理

叶纪良　男　宁波市镇海区九龙湖镇九龙湖村党总支书记

吴民丽　女　宁波市镇海区招宝山街道后大街社区党委书记

周光瑞　女　宁波市镇海区蛟川街道银凤社区党委书记

林宝夫　男　宁波市镇海区骆驼街道团桥村党总支书记

李飞雄　男　宁波市镇海区庄市街道万市徐村党总支书记

都跃良　男　镇海石化建安工程有限公司党委书记、董事长

张咏梅　女　镇海中学党委书记

王春风　女　宁波市北仑区新碶街道紫荆社区党总支书记、公共服务中心主任、居委会主任

姚　云　男　宁波市北仑区小港街道衙前村党支部书记

乐瑞华　男　宁波市北仑区大碶街道湖塘村党支部书记

周芳裕　男　宁波市北仑区柴桥街道红光村党支部书记

郑君飞　男　宁波市北仑区白峰镇怡峰社区党支部书记

陈军浩　男　宁波市北仑区"红领之家"社会服务中心党支部书记、主任

郑祖海　男　浙江吉利汽车有限公司党委书记、春晓基地总装厂厂长

林高明　男　宁波市北仑区人民法院党组成员、政治处主任、调研员，机关党委书记

谢江伟　男　宁波市鄞州区高桥镇民乐村党支部书记

毛伟亮　男　宁波市鄞州区五乡镇政府新村办常务副主任、五乡镇明伦村党支部书记

傅志康　男　宁波市鄞州区东吴镇西村村党支部书记

谢飞春　男　宁波市鄞州区瞻岐镇东一村党支部书记

洪国年　男　宁波市鄞州区龙观乡李岙村党支部书记

张伟定　男　宁波市鄞州区洞桥镇李家村党支部书记

王莲芬　女　宁波市鄞州区邱隘镇镇南社区党总支书记

王丽娜　女　宁波市鄞州区中河街道飞虹社区党支部书记、居委会主任

李如成　男　雅戈尔集团股份有限公司党委书记、董事长

董国福　男　博威集团有限公司党委副书记、行政党支部书记

徐秉云　男　宁波市鄞州区正始中学党总支书记、副校长

丁慧青　女　宁波市第一医院产科主任、妇产科党支部书记

杨　林　男　宁波市拘留所（市公安局收容教育所）党支部书记、所长

徐燎原　男　宁波公运汽车客运服务中心公司宁波中心站党支部书记、经理

朱大刚　男　宁波大榭海关副关长、办公室党支部书记

马春玉　女　宁波宝韵幼儿园园长、党支部书记

汪　丹　女　宁波大学法学院党务秘书、教工行政党支部书记

王向锋　男　宁波工程学院理学院教授级辅导员、党总支委员、统计专业学生党支部书记

丁春文　男　浙江工商职业技术学院宁海学院旅游党支部书记

孙　钢　男　宁波市职业技术教充中心学校党总支书记、副校长

徐金平　男　宁波市轨道交通集团有限公司机电处党支部书记、副处长，机关党委委员

叶文存　男　宁波明州热电有限公司党支部书记、总经理

沈茂如　男　库柏（宁波）电气有限公司党总支书记、工会主席

屠世林　男　杭州湾新区庵东镇新舟村党总支书记

方福良　男　宁波环洋化工有限公司党支部书记、总经理

胡嘉志　男　宁波大榭开发区大榭街道长墩村党支部书记

吴　伟　男　宁波国家高新区新明街道新晖社区党支部书记、居委会主任

罗　琴　女　宁波市骏逸信息科技有限公司党支部书记、法务总监

金竹君　女　宁波汽车软轴软管有限公司党支部书记

胡海标　男　宁波港股份有限公司镇海港埠分公司煤炭队党支部书记

温州市（共计108名）：

李秀林　男　温州市鹿城区南郊街道龙方村党支部书记

张利夫　男　温州市鹿城区仰义街道陈村村党支部书记

陈秀英　女　温州市鹿城区松台街道菱藕社区党委书记

王开来　女　温州市鹿城区滨江街道宏源社区党委书记、居委会主任

王炳玉　女　温州市鹿城区大南街道虞师里社区党委书记、居委会主任

李小燕　女　温州市鹿城区蒲鞋市街道芳园社区党委书记、居委会主任

蔡发荣　男　康奈集团党委书记

徐玲珍　女　温州市鹿城区水心小学党总支书记

王纯亮　男　温州市龙湾区永中街道城北村党委书记

高炳南　男　温州市龙湾区蒲州街道下埠村党支部书记

曹永祥　男　温州市龙湾区瑶溪街道金岙村党支部书记

郑源贺　男　温州市龙湾区职业技术学校党支部书记

张杰生　男　森马集团办公室副主任、党委委员、第一党支部书记

项洪文　男　温州市瓯海区第一高级中学党总支书记、校长

金丽丹　女　温州市瓯海区新桥街道金蟾社区党总支书记

张育聪　男　温州市瓯海区娄桥街道上汇村党支部书记

叶长生　男　温州市瓯海区瞿溪街道瞿岙村党支部书记

陈素丽　女　温州市洞头区北岙街道城中社区党总支书记

蔡明新　男　温州市洞头区元觉街道小北岙村党支部书记

郑晓华　女　温州金源化工有限公司党总支书记

施佰余　男　乐清市柳市镇蟾东村党支部书记

黄道弟　男　乐清市北白象镇中垟田村党支部书记

倪胜申　男　乐清市虹桥镇四村党支部书记

卓庆喜　男　乐清市淡溪镇西湖村党支部书记

王贤进　男　乐清市清江镇富岩头村党支部书记

蔡　荣　男　乐清市芙蓉镇良园村党支部书记

陈全妙　男　乐清市雁荡镇小岙村党支部书记

王国增　男　乐清市大荆镇中庄村党支部书记

徐福友　男　乐清市乐成街道北门村党支部书记

薛国强　男　乐清市城南街道丹霞社区党支部书记

朱文生　男　乐清市翁垟街道门前村党支部书记

陈洪扬　男　乐清市石帆街道前林村党支部书记

林　丹　女　乐清市文化馆党支部书记、馆长、研究馆员

陈献峰　男　华仪集团党委书记、副总裁

岑年六　男　瑞安市塘下镇岑头村党支部书记

姜宗省　男　瑞安市马屿镇姜家汇村党支部书记

毛传松　男　瑞安市高楼镇大京村党支部书记

姜江汝　女　瑞安市玉海街道碔桥社区党支部书记

郑力姆　男　瑞安市锦湖街道第一桥村党支部书记

陈志勇　男　瑞安市莘塍街道董四村党支部书记

游世栋　男　瑞安市上望街道东安村党支部书记

余成光　男　瑞安市汀田街道联余村党支部书记

范德虎　男　瑞安市云周街道黄垟村党支部书记

潘康梁　男　瑞安市市场监督管理局安阳所党支部书记

徐锦彪　男　瑞安市市区自来水有限公司党总支书记

蔡金友　男　瑞安市食品行业协会党支部书记、秘书长

曹光夏　男　浙江振中工程机械有限公司党支部书记、董事长

叶建善　男　永嘉县沙头镇渔田村党支部书记

周文元　男　永嘉县岩坦镇张溪林坑村党支部书记

张建新　男　永嘉县东城街道大溪村党支部书记

周益朋　男　永嘉县鹤盛镇西炉村党支部书记

叶蔓菁　女　永嘉县北城街道三元堂村党支部书记

余章龙　男　永嘉县江北街道珠岙村党支部书记

徐锦东　男　永嘉县乌牛街道西垟村党支部书记

李小新　女　永嘉县人民医院儿科党支部书记、主任

王振哲　男　永嘉中学副校长、副书记、第六党支部书记

瞿增甫　男　红蜻蜓集团党委书记

孙　亮　男　宣达实业集团党委书记

叶益斌　男　文成县大峃镇珊门村党支部书记

林梅伍　男　文成县珊溪镇塘山村党支部书记

叶成怀　男　文成县百丈漈镇同垟村党支部书记

张仁建　男　文成县峃口镇新联村党支部书记

刘旭平　男　杭州文成商会党委书记、会长

叶朝飞　男　平阳县昆阳镇后垟村党支部书记

曾大满　男　平阳县鳌江镇浙江三星机电股份有限公司党总支书记

谢秉初　男　平阳县鳌江镇联丰村党支部书记

吴孔准　男　平阳县水头镇远洋皮件服饰有限公司董事长兼小微企业链党总支书记

姚必望　男　平阳县水头镇下林村党支部书记

徐乃锭　男　平阳县萧江镇胜利社区党支部书记

缪小祥　男　平阳县万全镇周垟村党支部书记

杨丽妹　女　平阳县腾蛟镇凤翔社区党支部书记

徐宪展　男　平阳县山门镇水口村党支部书记

张良茂　男　平阳县顺溪镇石柱村党支部书记

盖　军　男　平阳县公安局办公室主任、第一党支部书记

张世荣　男　泰顺县罗阳镇上舟垟村党支部书记

陈尚松　男　泰顺县司前畲族镇台边村党支部书记

雷大良　男　泰顺县彭溪镇玉塔村党支部书记

陈宗运　男　泰顺县泗溪镇李垟村党支部书记

董步快　男　泰顺县仕阳镇董源村党支部书记

金文胜　男　浙江苍南仪表集团有限公司党委书记

洪丽雪　女　苍南县灵溪镇楼下村党支部书记

陈如奏　男　苍南县龙港网商创业园党支部书记

陈增旺　男　苍南县龙港镇乾头村党支部书记

项芳炼　男　苍南县钱库镇项东村党支部书记

陈守中　男　苍南县宜山镇甲第村党支部书记

林初平　男　苍南县马站镇棋盘村党支部书记

黄大宏　男　苍南县马站镇后槽村党支部书记

朱玉琴　女　苍南县矾山镇新街居党支部书记

孙绍信　男　温州新星学校党总支书记

李真尧　男　苍南县人民法院第十一党支部书记、司法警察大队大队长

曾益林　男　温州瓯江口产业集聚区灵昆街道海思村党支部书记

瞿韶贵　男　人本集团有限公司党委书记

夏　晶　女　浙南产业集聚区星海街道望海社区党总支书记、居委会主任

朱　虹　女　温州市职业中等专业学校党委书记、第一党支部书记

缪心军　男　温州市中心医院急诊科党支部书记

肖　敏　女　温州市公安局出入境管理局受理中心党支部书记

池邦芬　男　温州市财政地税局信息化管理处党支部书记、处长

王　政　男　温州市人才市场管理办公室副主任、托管党支部书记

王玉铜　男　温州市水利局水库管理处机关直属党支部书记、处长

郑　策　男　温州交运集团城东公交有限公司副总经理、行政党支部书记

徐贤俊　男　温州市工业投资集团木材集团党委书记、董事长、总经理

李 虹　女　温州金洋集装箱码头有限公司党总支书记

胡记芳　男　温州大学物电学院党总支书记

林礼区　男　温州大学机电工程学院实验中心党支部书记、主任

李 军　男　温州医科大学附属第二医院麻醉学系主任麻醉手术部党总支书记、主任

周恩红　女　温州医科大学仁济学院学工党支部书记、学工部部长

余 爽　女　温州职业技术学院建工系学生党支部书记、学工办主任

潘成峰　男　温州城市大学第二党支部书记、教务一处副处长

嘉兴市（共计83名）：

范思明　男　嘉兴市南湖区新丰镇杨庄村党总支书记

孟利军　男　嘉兴市南湖区凤桥镇茜柳村党总支书记

卫 华　男　嘉兴市南湖区大桥镇花园村党委书记

马红妹　女　嘉兴市南湖区新嘉街道西马桥社区党委书记

徐惠琴　女　嘉兴市南湖区解放街道凌塘社区党委书记、居委会主任

何玲娣　女　嘉兴市南湖区南湖街道民北社区党委书记、居委会主任

李明锁　男　天通精电新科技有限公司董事长、天通科技园党总支书记

钟 屹　男　嘉兴市南湖区市场监督管理局嘉兴工业园区党支部书记、分局局长

陈永明　男　嘉兴市秀洲区王江泾镇古塘村党支部书记

张 力　男　嘉兴市秀洲区油车港镇澄溪村党总支书记

胡效忠　男　嘉兴市秀洲区新城街道亚都社区党委书记

马建伟　男　嘉兴市秀洲区高照街道高家桥村党总支书记

王新林　男　嘉兴市秀洲区新塍镇西吴村党支部书记

李东良　男　嘉兴市秀洲区洪合镇凤桥村党总支书记

吴烂漫　女　浙江新安国际医院党委书记

朱雪林　男　嘉兴捷顺旅游制品有限公司党支部书记、董事长、总经理

张 军　男　嘉兴市秀洲区财政局党总支书记、副局长

卞向东　男　嘉善县魏塘街道城桥社区党总支书记

袁鑫明　男　嘉善县罗星街道魏南社区党总支书记

王掌林　男　嘉善县西塘镇红菱村党总支书记

江菊英　女　嘉善县姚庄镇北港村党总支书记

陆根其　男　嘉善县陶庄镇翔胜村党总支书记

章纪荣　男　嘉善县天凝镇三发村党总支书记

丁法强　男　嘉善县大云镇缪家村党委书记

周引春　男　浙江双飞无油轴承有限公司党委书记、董事长、总经理

陶华兴　男　嘉善县第一人民医院党委书记、副院长

沈　斌　男　平湖市当湖街道北河溇社区党支部书记

高木龙　男　平湖市新埭镇兴旺村党总支书记

徐国军　男　平湖市新仓镇三叉河村党委书记

钱永炳　男　平湖市独山港镇优胜村党委书记

吴林飞　男　平湖经济技术开发区（钟埭街道）花园村党委书记

陆叶根　男　平湖市曹桥街道百寿村党委书记

徐　威　男　日本电产集团党委书记、日本电产（浙江）有限公司工会主席

徐仿其　男　浙江得盛实业股份有限公司党支部书记、董事长

邬利明　女　平湖市国税局机关党委书记、纪检组长

朱火明　男　海盐县武原街道华星村党总支书记

陆晓弟　男　海盐经济开发区（西塘桥街道）永宁社区党总支书记

沈汉忠　男　海盐县秦山街道秦兴社区党总支书记

朱建良　男　海盐县沈荡镇白洋村党总支书记

黄顺飞　男　海盐县澉浦镇茶院村党总支书记

许马平　男　海盐县通元镇长山河村党总支书记

蔡培英　女　浙江友邦集成吊顶股份有限公司党支部书记

宋建强　男　海盐县疾病预防控制中心党支部书记、主任

陈湘英　女　海宁市许村镇报国村党总支书记

俞祖明　男　海宁市长安镇（高新区）兴城村党委书记

吴一明　男　海宁市周王庙镇长春村党总支书记、村委会主任

莫东林　男　海宁市丁桥镇诸桥村党委书记

许勤芬　女　海宁市袁花镇新袁村党支部书记

王丽琴　女　海宁市硖石街道东山社区党委书记

沈荣华　男　海宁市海洲街道双凤村党总支书记

张海青　男　海宁市海昌街道双冯村党总支书记

沈国甫　男　宏达控股集团党委书记、董事长

潘建清　男　天通控股股份有限公司党委书记、董事长、总裁

李小平　男　海宁市公安局巡特警大队党支部书记、教导员

周志红　女　桐乡市梧桐街道庆丰社区党委书记

王兴标　男　桐乡市凤鸣街道新农村村党总支书记

邹雪明　男　桐乡市龙翔街道翔厚村党总支书记、村委会主任

朱永良　男　桐乡市濮院镇新联村党总支书记

许利仁　男　桐乡市高桥镇骑力村党总支书记、村委会主任

沈迎新　男　桐乡市崇福镇星火村党总支书记、村委会主任

吴立峰　男　桐乡市洲泉镇清河村党总支书记

朱　良　男　桐乡市振东新区凤凰社区党总支书记、居委会主任

朱建华　男　浙江铭龙控股集团有限公司党委书记、总裁

钟洪兴　男　桐乡市石门镇鞋业综合党委书记、桐乡市鞋业行业协会会长、嘉
　　　　　　　兴市圣丹丽鞋业有限公司董事长

沈丽娟　女　桐乡市民政局联合党支部书记、桐乡市儿童福利院院长

吴永祥　男　嘉兴经济技术开发区城南街道禾源社区党支部书记、居委会主任

吕　萍　女　嘉兴经济技术开发区城南街道金穗社区党支部书记、居委会主任

屠春甫　男　嘉兴市蔬菜食品有限公司党总支书记、总经理

肖向荣　男　嘉兴港区乍浦镇王店桥村党总支书记

蒋水虎　男　浙江传化合成材料有限公司党支部书记、工会主席、办公室主任

金　丹　女　嘉兴市国家税务局经济开发区税务分局党支部书记、局长

张利祥　男　嘉兴市人民检察院机关党委第五党支部书记、办公室主任

鲁士辉　男　嘉兴市杭嘉湖南排工程盐官枢纽管理所党支部书记、所长

谭霄红　女　嘉兴市委组织部机关党总支第二党支部书记、干部综合处副处
　　　　　　　长、公务员管理处处长

沈凯军　男　浙江中铭会计师事务所有限公司党支部书记、董事长兼主任会计师

童云飞　男　嘉兴职业技术学院党委行政第三党支部书记、学工部部长、学生
　　　　　　　处处长、保卫处处长

张益民　男　北京师范大学附属嘉兴南湖高级中学党总支书记

章　虹　男　嘉兴市园林市政局党支部书记、副局长

唐黎东　男　嘉兴市高速路政大队第一党支部书记、嘉兴市公路局高速大队路
　　　　　　　政法制科科长

朱富祥　男　嘉兴市第一医院内科第二党支部书记、肾内科主任

赵　斌　男　嘉兴农产品交易中心开发建设有限公司党支部书记、总经理

朱明华　男　加西贝拉压缩机有限公司总装二车间党支部书记、车间主任

黄越燕　女　嘉兴学院医学院药学系党支部书记

湖州市（共计60名）：

沈新华　男　湖州市吴兴区高新区北塘村党总支书记

沈金全　男　湖州市吴兴区织里镇孟乡港村党总支书记

邱根芳　男　湖州市吴兴区道场乡施家桥村党总支书记

吴绍林　男　湖州市吴兴区妙西镇五星村党支部书记

陈有才　男　湖州市吴兴区埭溪镇乔溪村党支部书记

林顺春　男　湖州市吴兴区东林镇南山村党总支书记

毛　艳　女　湖州市吴兴区朝阳街道红丰社区党委书记

方明康　男　美欣达集团有限公司党委书记、总经理助理

陶阿凤　女　湖师附小教育集团党总支书记

姚卫泉　男　湖州市南浔区开发区圣驾桥村党总支书记

钱新春　男　湖州市南浔区练市镇花林村党支部书记

李阿三　男　湖州市南浔区双林镇邢窑村党总支书记

叶占芳　男　湖州市南浔区菱湖镇陈邑村党支部书记

徐　伟　男　湖州市南浔区和孚镇漾东村党总支书记

沈建新　男　湖州市南浔区南浔镇农业综合服务中心党支部书记、主任

俞金生　男　湖州市南浔区双林镇爱国路社区党支部书记

金中元　男　湖州市南浔区千金镇千金村党总支书记

钱新财　男　久盛地板有限公司党支部书记、工会主席

朱鸿宾　男　德清县新市镇仙潭社区党总支书记

吴金泉　男　德清县钟管镇青墩村党支部书记

胡金璋　男　德清县洛舍镇砂村村党总支书记

沈文松　男　德清县新安镇新桥村党支部书记

翁小龙　男　德清县武康街道春晖社区党总支书记

陆建国　男　德清县舞阳街道宋村村党支部书记

王建青　男　德清县下渚湖街道宝塔山村党支部书记

徐金松	男	德清县钟管镇南舍工业功能区外企党总支书记
范　妍	女	长兴县国家税务局党支部书记、纳税服务科科长
周利强	男	长兴新城环保有限公司党支部书记、总经理
王胤康	男	长兴县李家巷镇章浜村党总支书记
孔有明	男	长兴县夹浦镇吴城村党支部书记
曾善烽	男	长兴县和平镇回车岭村党支部书记
包爱平	男	长兴县林城镇桥南村党总支书记
温雪峰	男	长兴县太湖图影横山桥村党总支书记
李剑勇	男	长兴县南太湖石泉村党总支书记
许群娣	女	长兴县雉城街道大西门社区党委书记
朱仁斌	男	安吉县递铺街道鲁家村党支部书记
朱雪慧	女	安吉县章村镇长潭村党支部书记
褚雪松	男	安吉县上墅乡刘家塘村党总支书记
周文鑫	男	安吉县山川乡高家堂村党总支书记
郑久忠	男	安吉县昌硕街道灵芝社区党支部书记
陆　勇	男	安吉县灵峰街道横山坞村党支部书记
汪武勇	男	安吉县民政局机关党支部书记
方隽彦	男	浙江洁美电子科技股份有限公司党支部书记
高兴江	男	永兴特种不锈钢股份有限公司党委书记、董事长
郭　颖	女	湖州开发区凤凰街道阳光城社区党总支书记、居委会主任
金柏林	男	湖州开发区杨家埠街道潘店村党支部书记
沈晓枫	男	太湖度假区仁皇山街道垄山村党支部书记
陆晓玮	女	太湖度假区哥伦波太湖度假中心（湖州）有限公司党支部书记
叶根林	男	湖州市注册会计行业党委专职副书记
宋荣根	男	湖州市看守所党总支书记、政委
施玉如	女	湖州市国税局机关第三党支部书记、纳税服务处处长
施建永	男	湖州市社会保险管理局党总支书记、局长
杨卫红	女	湖州丝绸大厦（国际大酒店）党支部书记、总经理
朱　斌	男	浙江长三角建材有限公司党支部书记、副总经理
胡　峰	男	浙江银湖律师事务所党支部书记、合伙人
蒋为民	男	菱湖中学党总支书记
陈海勤	女	湖州市第三人民医院行政党支部书记、护理部副主任

陆树荣　男　湖州市交通规划设计院党支部书记、院长

毛俊雯　女　湖州师范学院理学院物理系教工党支部书记、系主任

王群飞　女　湖州职业技术学院商贸系教师党支部书记

绍兴市（共计80名）：

沈岳兴　男　绍兴市越城区东浦镇王城寺村党总支书记

祁志良　男　绍兴市越城区鉴湖镇王家葑村党总支书记

何伟炎　男　绍兴市越城区塔山街道塔山村党委书记

成　娟　女　绍兴市越城区城南街道南门社区党总支书记

李晓勤　女　浙江绍兴形尔尚居家空间有限公司党支部书记、办公室主任

沈建利　男　绍兴市柯桥区齐贤镇齐贤村党总支书记、村委会主任

孙泽良　男　绍兴市柯桥区平水镇同康村党总支书记

沈菊仙　女　绍兴市柯桥区柯桥街道瓜渚湖社区党支部书记

丁春来　男　绍兴市柯桥区湖塘街道铜井村党支部书记

李　建　男　绍兴市柯桥区钱清镇白马山村党总支书记、村委会主任

洪继明　男　绍兴市柯桥区杨汛桥镇江桃村党委书记

刘建明　男　绍兴市柯桥区漓渚镇棠棣村党总支书记、村委会主任

王晋候　男　绍兴市柯桥区王坛镇上王村党支部书记

王伟良　男　绍兴市柯桥区人民法院第二党支部书记，刑事审判庭庭长，审判委员会委员

沈为民　男　绍兴市柯桥区鲁迅中学党委书记

陈永根　男　中设建工集团有限公司党委书记

濮黎明　男　浙江绍兴昕欣纺织有限公司党委书记、董事长

宋惠清　女　绍兴市上虞区百官街道大通社区党总支书记

王张明　男　绍兴市上虞区东关街道高泾村党总支书记

梁建祥　男　绍兴市上虞区岭南乡许岙村党总支书记

桑明华　男　绍兴市上虞区下管镇管梁村党支部书记

叶泽军　男　绍兴市上虞区丰惠镇谢桥村党总支书记

莫和祥　男　绍兴市上虞区梁湖镇皂李湖村党总支书记

金小龙　男　绍兴市上虞区小越镇小越村党支部书记

胡建海　男　绍兴市上虞区谢塘镇岑仓村党总支书记

吕灿良　男　绍兴市上虞区崧厦镇吕家埠村党总支书记

梁新中　男　上虞新和成生物化工有限公司党总支书记

张敏勇　男　新天龙集团有限公司党委书记

倪　炳　男　绍兴市上虞区供水有限公司党总支书记

蔡云伟　男　诸暨市暨阳街道鸬鹚湾居民区党支部书记

金　雷　男　浙江华纬弹簧有限公司党支部书记、董事长

王海军　男　诸暨市枫桥镇杜黄新村党支部书记

周生余　男　诸暨市牌头镇下岭脚村党支部书记

俞楼炳　男　诸暨市次坞镇上连村党支部书记

郦校国　男　诸暨市涅浦镇马郦村党支部书记

周渭兴　男　诸暨市王家井镇新南村党支部书记

寿国明　男　诸暨市同山镇丽坞底村党支部书记

何金灿　男　诸暨市赵家镇东溪村党支部书记

何长江　男　诸暨市安华水库管理处党支部书记

谢忠学　男　诸暨市医药药材有限公司党总支书记、董事长

骆西灿　男　诸暨市学勉中学党总支书记

赵建根　男　诸暨市人民医院外科一党支部书记

朱信达　男　浙江展诚建设集团股份有限公司靖江城市景园项目党支部书记

王建平　男　嵊州市城南新区（三江街道）上东潭村党支部书记

金国安　男　嵊州市甘霖镇东湖村党支部书记

俞维洋　男　嵊州市崇仁镇富二村党支部书记

裘蔡安　男　嵊州市石璜镇白竹村党支部书记

王炎明　男　嵊州市黄泽镇前良村党支部书记

金君钦　男　嵊州市鹿山街道新板头村党支部书记

王红卫　女　嵊州市新闻传媒中心党支部书记

章小燕　女　嵊州市市五爱幼儿园党支部书记

王灵杰　男　嵊州市人民医院、浙大一院嵊州分院党委书记

金　耀　男　巴贝集团有限公司党总支书记、董事长

何裕方　男　绍兴市新昌县梅渚镇红庄村党支部书记

何柏均　男　绍兴市新昌县镜岭镇溪西村党支部书记

潘陆平　男　绍兴市新昌县儒岙镇儒一村党总支书记

吕士正　男　绍兴市新昌县大市聚镇姚卜丁村党支部书记

俞伯良　男　绍兴市新昌县羽林街道马大王村党支部书记

陈国城　男　绍兴市新昌县七星街道元岙村党支部书记

梁赛南　女　万丰奥特控股集团汽轮党支部书记

徐雅妃　女　浙江陀曼精密机械有限公司党支部书记

徐兴达　男　绍兴市新昌县交警大队城区中队党支部书记

石新妃　女　绍兴市新昌县羽林街道卫生院党支部书记

胡国祥　男　绍兴市越城区稽山街道丁斗弄居委会党支部书记

滕卫江　男　绍兴市越城区皋埠镇独树村党总支记

钱国统　男　绍兴市天龙锡材有限公司党支部书记兼总工程师

王全康　男　绍兴市越城区富盛镇乌石村党支部书记

赵建昌　男　浙江富陵控股集团有限公司党委书记、董事长

许纪云　男　绍兴市马山镇陆家埭村党总支书记

赵正富　男　绍兴市孙端镇前双盆村党支部书记

阮志灿　男　绍兴市滨海新城沥海镇光荣村党总支书记

孙孝庆　男　绍兴市公安局越城区分局刑事犯罪侦查大队党支部书记、教导员

徐　兵　男　绍兴市人民医院急诊党支部书记

陈小明　男　绍兴市市级机关财务结算中心党支部书记、副主任

傅保卫　男　浙江古越龙山绍兴酒股份有限公司古越龙山酒厂党总支书记、厂长

吴世玲　女　绍兴职业技术学院经贸管理学院党总支书记

林萍华　女　绍兴市建功中学第一党支部书记、副校长

朱春华　男　浙江中行律师事务所党支部书记

柳国庆　男　绍兴文理学院党委委员、医学院党委书记

缪春芳　女　绍兴文理学院数理信息学院党委委员、数学教工党支部书记

金华市（共计89名）：

陈加平　男　金华市婺城区湖头村党支部书记

徐志亮　男　金华市婺城区白龙桥镇王路荡村党支部书记

滕勤男　男　金华市婺城区琅琊镇浩仁村党支部书记

邵胜红　女　金华市婺城区城中街道杨思岭社区党委书记

胡槐皎　　女　浙江润华投资有限公司党支部书记

柴桢华　　男　金华市婺城公安分局城西派出所党支部书记、所长

于惠丰　　男　金华市金东区东孝街道下于村党支部书记

潘志荣　　男　金华市金东区孝顺镇车客村党支部书记

陈姣凤　　女　金华市金东区源东乡东叶村党支部书记

陈国成　　男　金华市金东区塘雅镇竹村党支部书记

汤旭林　　男　金华市金东区江东镇南下王村党支部书记

傅延际　　男　金华市金东区人大常委会办公室机关党支部书记

张乾康　　男　浙江飞亚电梯有限公司党支部书记

徐文强　　男　兰溪市兰江街道殿山社区党委书记

詹秀玲　　女　兰溪市兰江街道兰花社区党委书记

赵利平　　女　兰溪市云山街道金钟岭社区党委书记

施展松　　男　浙江云山纺织印染有限公司党委书记、副总经理

吴顺达　　男　兰溪市上华街道会桥村党支部书记

杨金龙　　男　浙江康恩贝制药股份有限公司党委书记

朱　倩　　男　兰溪市人力资源市场管理办公室党支部书记

郑晓文　　女　兰溪市城市管理行政执法局云山中队党支部书记

张淑林　　男　兰溪市公安局黄店派出所党支部书记、教导员

单章新　　男　东阳市城东街道单良村党支部书记

单涨跃　　男　东阳市三单乡搭钩村党支部书记

应争先　　男　东阳市人民医院党委书记、院长

邵钦祥　　男　东阳市南马镇花园村党委书记

吴正平　　男　东阳市个私协会党委书记

楼飞华　　男　东阳市西安市场党委书记

韦中总　　男　中天建设集团有限公司党委书记

许晓华　　男　横店集团英洛华电气有限公司党委书记

韦国清　　男　浙江横店影视职业学院党委书记

吕新忠　　男　浙江欧意智能厨房股份有限公司党支部书记

吴介平　　女　义乌市上溪镇和平村党支部书记

陈德胜　　男　义乌市大陈镇楂林一村党支部书记

龚陵娟　　女　义乌市稠城街道词林社区党委书记

罗其田　　男　义乌市福田街道罗店村党支部书记

金名潮　男　义乌市江东街道东新屋村党支部书记

王生枝　女　义乌市三鼎控股集团党委书记

叶忠明　男　义乌市稠江街道水冰塘村党支部书记

陈永新　男　义乌市北苑街道宇宅口村党支部书记

朱为民　男　义乌市后宅街道寺前村党支部书记

王国田　男　义乌国际商贸城第六党支部书记

朱　琦　男　义乌市公路管理处党支部书记

陈霄燕　女　义乌市房地产管理处党支部书记、副主任

虞晓峰　男　义乌市市场开发服务中心党总支书记

应天行　男　永康市芝英镇芝英六村党支部书记

陈建伟　男　永康市前仓镇大陈村党支部书记

程赞顺　男　永康市方岩镇下宅村党支部书记

朱文哲　男　永康市龙山镇桥一村党支部书记

陈小红　女　永康市西溪镇棠溪村党支部书记、村委会主任

马佳余　男　永康市象珠镇清渭街村党支部书记

李　中　男　永康市唐先镇前渡金村党支部书记

华安波　男　永康市城西新区华村党支部书记

吕惠芳　女　浙江宏伟供应链股份有限公司党支部书记

徐伟雄　男　众泰控股集团党委副书记、直属党总支书记

夏　霆　男　浙江中国科技五金城集团有限公司党委书记

项品兴　男　浦江县浦阳街道大桥路社区党委书记

张三定　男　浦江县白马镇夏张村党支部书记

杨峥嵘　男　浦江县郑家坞镇杨家村党支部书记

胡建富　男　浦江县虞宅乡马岭脚村党支部书记

陈荣贵　男　浦江县大畈乡建光村党支部书记

李家庆　男　浦江金磊有限公司党支部书记

徐江浩　男　浦江人民医院临床党支部书记

叶文胜　男　武义县城市自来水有限公司党支部书记

郑　鸣　男　浙江田歌实业有限公司党支部书记

韩忠元　男　武义县桐琴镇水韩上村党支部书记

方晓辉　男　武义县王宅镇陶宅村党支部书记

王雪峰　男　武义县桃溪镇项湾村党支部书记

吴小平　男　武义县大田乡五登村党支部书记

俞森鑫　男　武义县俞源乡俞源村党支部书记

涂荣进　男　武义县大溪口乡桥头村党支部书记

王红星　男　武义县熟溪街道熟溪经济合作社党支部书记

周英洪　男　磐安县胡宅乡横路村党支部书记

孔　伟　男　磐安县盘峰乡沙溪村党支部书记

应彩元　男　磐安县安文镇羊山头村党支部书记

胡德为　男　磐安县玉山镇佳村党支部书记

马淑仙　女　金华广鸿礼品有限公司党支部书记

厉土跃　男　磐安县金磐开发区管委会党总支书记

楼美丹　女　金华经济技术开发区西关街道寺后皇社区党委书记

章红兵　男　金华经济技术开发区罗埠镇丁章村党支部书记

厉小华　女　金华经济技术开发区财政局党支部书记、局长

孙光祥　男　金华市顺丰速运有限公司党委书记

吴根升　男　金华山旅游经济区罗店镇西吴村党支部书记

盛希虎　男　金华山旅游经济区赤松镇工业园区党委书记、亚虎工具有限公司
　　　　　　　董事长

倪竹坚　男　金华市公安局出入境管理局机关党支部书记

陈　武　男　金华市就业管理服务局党支部书记、局长

巫冬兰　女　浙江交通技师学院离退休党支部书记

姜建华　男　金华酥饼行业协会党总支书记

夏祖兴　男　金华安泰会计师事务所有限责任公司党支部书记、董事长

衢州市（共计59名）：

叶光清　男　衢州市柯城区航埠镇航埠村党支部书记

徐奕飞　男　衢州市柯城区华墅乡华墅村党支部书记

卢宋家　男　衢州市柯城区沟溪乡碗东村党支部书记

万伟强　男　衢州市柯城区姜家山乡前昏村党支部书记

郑龙祥　男　衢州市柯城区万田乡荷塘村党支部书记

龚元龙　男　衢州市柯城区九华乡妙源村党支部书记

余黎莉　女　衢州市柯城区府山街道坊门街社区党委书记

方忠和　男　浙江实达实机械设备有限公司党支部书记、行政副总经理

冯玉祥　男　衢州市衢江区峡川镇珠坞村党支部书记

方忠宝　男　衢州市衢江区浮石街道方家村党支部书记

汪水荣　男　衢州市衢江区高家镇湖仁村党支部书记

范文胜　男　衢州市衢江区黄坛口乡茶坪村党支部书记

郑金宝　男　衢州市衢江区后溪镇菖蒲垄村党支部书记

温泉洪　男　衢州市衢江区湖南镇蛟垄村党支部书记

蓝祖文　男　衢州市衢江区举村乡洋坑村党支部书记

王敏岚　女　仙鹤股份有限公司党委书记、常务副总经理

储建峰　男　龙游县庙下乡严村村党支部书记

胡孝成　男　龙游县模环乡五都桥村党支部书记

胡新贤　男　龙游县溪口镇大沃口村党支部书记

童根林　男　龙游县塔石镇塔石村党支部书记

宋有根　男　龙游县社阳乡红光村党支部书记

周达和　男　龙游县东华街道槐王村党支部书记

舒忠达　男　龙游县横山中学党支部书记

何益红　男　龙游县国税局机关二支部党支部书记、税政法规科科长

金来丰　男　江山市双塔街道金家村党支部书记

徐　萍　女　江山市虎山街道桐岭社区党总支书记

何　军　男　江山市贺村镇狮峰村党支部书记

吴香华　男　江山市清湖镇清泉村党支部书记

周宣文　男　江山市凤林镇凤里村党支部书记

罗富军　男　江山市峡口镇合新村党支部书记

张淑华　男　江山市张村乡秀峰村党支部书记

汪礼国　男　江山市养蜂产业化协会党支部书记

徐盛祥　男　浙江驰骋控股有限公司党支部书记

祝日耀　男　江山市林业局老干部党支部书记

赵立文　男　江山市财政局机关党支部书记

江志耀　男　常山县辉埠镇彭川村党支部书记

廖端泉　男　常山县球川镇东坑村党支部书记

裴军荣　男　常山县何家乡长风村党支部书记

邱有青　男　常山县天马街道天马村党支部书记

郑富红　男　常山县东案乡田蓬村党支部书记

郑光华　男　常山县金川街道上埠村党支部书记

王志根　男　常山县威诗朗照明有限公司党支部书记、总经理

孙建英　女　浙江省开化县七一电力器材有限公司党支部书记

许义凤　女　开化县华埠镇溪东村党支部书记

苏敦旭　男　开化县桐村镇王畈村党支部书记

余永庚　男　开化县芹阳办事处翁村村党支部书记

王红英　女　开化县芹阳办事处城北社区党总支书记

方的荣　男　开化县池淮镇芹源村党支部书记

程米红　男　开化县齐溪镇仁宗坑村党支部书记

潘玉群　男　巨化集团氟制冷剂事业部党委书记

柴福有　男　衢州市博物馆党支部书记、馆长

张建兵　男　衢州市国税局机关第五党支部书记、纳税服务处副处长

祝志昌　男　衢州市中级人民法院第四党支部书记、刑二庭庭长

潘廉耻　男　衢州东方集团党支部书记、董事长、总裁

缪菊仙　女　衢州市公共资源交易中心机关第二党支部书记、工会主席、政府
　　　　　　采购科科长

郑惠棠　男　衢州元立公司机关党总支书记、公司党委委员、纪委书记

郑秀云　男　衢州市柯城区白云街道双塘岭村党支部书记

沈晓莉　女　衢州学院化学与材料工程学院环境系党支部书记

徐有强　男　衢州职业技术学院艺术设计学院党总支书记

舟山市（共计41名）：

朱优娜　女　舟山市定海区城东街道檀东社区党总支书记

乐珠亚　女　舟山市定海区环南街道蓬莱社区党委书记

练国平　男　舟山市定海区盐仓街道虹桥社区党委书记

金顺利　男　舟山市定海区小沙街道增辉社区（村）党总支书记

蒋马良　男　舟山市定海区白泉镇金山社区（村）党委书记

周最昌　男　舟山市定海区白泉镇星马社区（村）党总支书记

贺海珠　女　舟山市定海区综合行政执法局（环保局）直属机关党委书记

宋德法　男　舟山金色海洋船舶洗舱有限公司党支部书记、总经理

姚　峰　男　舟山市定海区金塘个体劳动者协会党支部书记

孙　涛　男　舟山市定海二中教育集团党总支书记，定海二中教育集团总校长

张微芬　女　舟山市普陀区六横镇永胜村党支部书记

周国南　男　舟山市普陀区桃花镇塔湾村党支部书记、村委会主任

夏海平　男　舟山市普陀区虾峙镇灵和社区（村）党总支书记、大岙股份经济
　　　　　　合作社党支部书记、村委会主任

贾亚春　女　舟山市普陀区沈家门街道大干社区党委书记

陈国庆　男　舟山市普陀成功维修服务有限公司党支部书记

陆蔚蔚　女　舟山市普陀区东港街道兴普社区党总支书记

李斌忠　男　舟山市普陀区展茅街道干施岙经济合作社党支部书记

沈明杰　男　浙江飞鲸新材料科技股份有限公司党支部书记

陈荷亚　女　舟山市公安局普陀区分局党委委员、机关党委副书记，政治处党
　　　　　　支部书记、主任

顾孝海　男　岱山县衢山镇太平社区党总支书记兼打水村党支部书记

何群波　女　岱山县高亭镇竹屿社区党总支书记

夏松良　男　岱山县岱西镇仇江门社区党总支书记

洪光伟　男　岱山县秀山乡秀北社区（村）党总支书记

方央定　男　岱山县审批服务与招投标管理办公室党支部书记

杨国增　男　浙江东邦修造船有限公司党总支书记

平腰红　女　嵊泗县菜园镇大鱼岙村党支部书记

王永平　男　嵊泗县五龙乡黄沙村党支部书记、村委会主任

吴祥慧　男　嵊泗县黄龙乡峙岙村党支部书记

於定华　男　嵊泗华利水产有限责任公司党支部书记、董事长

吴素月　女　舟山市新城管委会临城街道金鸡山社区党支部书记

张亚清　女　舟山市新城管委会勾山管理处浦西社区党支部书记、居委会主任

江海平　男　舟山市普陀山—朱家尖管委会普陀山镇合兴村党支部书记

赵东明　男　浙江舟山群岛新区海洋产业集聚区管委会衢山分区党支部书记、
　　　　　　衢山分区办事处主任

赵嘉懿　男　舟山医院骨科主任、外科第二党支部书记

戴跃波　男　舟山市市场监督管理局定海分局党委委员、机关第四党支部书

记，稽查大队长

| 李如光 | 男 | 舟山海峡轮渡公司总船长、船舶第一党支部书记 |

钟贤忠　男　舟山市国税局舟山港综合保税区税务分局局长、机关第九党支部
　　　　　　　书记

王舟勇　男　浙江省舟山市田家炳中学党总支书记

苏明杰　男　浙江省南海实验学校小学部党支部书记

苏　峰　男　浙江国际海运职业技术学院港口管理学院党总支副书记兼学生第
　　　　　　　一党支部书记

史安明　男　浙江兴业集团有限公司渔捞本部新世纪1号船长、渔捞本部前方
　　　　　　　党支部书记

台州市（共计90名）：

叶小林　男　台州市椒江区海门街道东方红村党支部书记

王　萍　女　台州市椒江区白云街道万康医院党支部书记

何丽招　女　台州市椒江区葭沚街道东上洋村党支部书记

陈守欢　男　台州市椒江区前所街道新殿村党支部书记

蔡云良　男　台州市椒江区三甲街道三丰村党支部书记

管敏富　男　台州市椒江区下陈街道三顶桥村党支部书记

杨亦吉　男　台州市椒江区章安街道柏树里村党支部书记

陈华明　男　星星集团党委书记

汪　霞　女　台州市椒江区人民法院党总支第三党支部书记、刑庭庭长

张岩荣　男　台州市黄岩区南城街道山前村党支部书记

葛冬云　女　台州市黄岩区西城街道西苑社区党支部书记、主任

饶其方　男　台州市黄岩区高桥街道坦桥村党支部书记

王俊昌　男　台州市黄岩区上垟乡沈岙村党支部书记

郑兴池　男　台州市黄岩区院桥镇繁荣村党总支书记

孔利君　男　台州市黄岩区新前街道西岙村党支部书记

卢震宇　男　公元集团党委书记、永高股份有限公司董事长

解卫敏　男　台州市黄岩区财政局第二党支部书记、预算局局长

杨义辉　男　台州市路桥区路南街道上马村党支部书记

陈云聪　男　台州市路桥区路北街道三角陈村党支部书记

缪惠平　男　台州市路桥区新桥镇长洋村党支部书记

杨文才　男　台州市路桥区横街镇杨桥村党支部书记

李友勤　男　台州市路桥区蓬街镇山下李村党支部书记

陈国庆　女　台州市路桥区金清镇金清港社区党委书记

王　钧　男　浙江泰隆商业银行股份有限公司党委书记、董事长

孙　捷　男　台州市博爱医院党委书记、董事长

应光远　男　台州市公安局路桥分局党委第四党支部书记、情报中心兼指挥中心主任

郑森银　男　临海市古城街道下桥村党总支书记

贺慧玲　女　临海市古城街道白塔社区党总支书记

蔡招月　男　临海市小芝镇中岙村党支部书记

周才舜　男　临海市东塍镇上街村党支部书记

蒋先华　男　临海市桃渚镇鲤鱼村党支部书记

冯仙友　男　临海市涌泉镇外岙村党支部书记

王全建　男　临海市沿江镇黄土山村党支部书记

黄　伟　男　临海市第二人民医院党委书记

朱启龙　男　浙江正特集团党总支书记

肖华春　男　临海市学海中学党支部书记

王丛青　男　温岭市泽国镇双峰村党支部书记

叶礼明　男　温岭市大溪镇桥外村党支部书记

马彩琴　女　温岭市箬横镇中库村党支部书记

胡菊英　女　温岭市石塘镇东山村党支部书记

颜春生　男　温岭市滨海镇民益村党支部书记

张学荣　男　温岭市城南镇寨门村党支部书记

童喜标　男　温岭市坞根镇洋呈村党支部书记

李正祥　男　温岭市中医院党总支书记

严守元　男　天颂建设集团有限公司党委书记

颜连根　男　温岭市泽国个私协会党总支书记

苏为方　男　玉环县玉城街道西门社区党总支书记、居委会主任

杨飞平　男　玉环县坎门街道红旗社区党委书记

余中碧　女　玉环县大麦屿街道杨家村党支部书记

蔡赋祥　男　玉环县楚门镇蒲田村党支部书记

苏为林　男　玉环县芦浦镇尖山村党支部书记

黄松土　男　玉环县干江镇上栈头村党支部书记

张　毅　男　玉环县人民检察院党组成员、第一党支部书记，玉环县人民检察
院检察委员会委员，楚门检察室主任

吴长鸿　男　浙江双环传动机械股份有限公司党委书记、董事长、总经理

林　兰　女　隆中控股集团有限公司党支部书记、办公室主任

徐世洋　男　天台县赤城街道响堂村党支部书记

姚日清　男　天台县平桥镇茅垟村党支部书记

朱用贵　男　天台县白鹤镇白水村党支部书记

陈文云　男　天台县街头镇后岸村党支部书记、村委会主任

王国先　男　天台县雷峰乡祥和村党支部书记

蒋朝设　男　天台县泳溪乡外溪平安村党支部书记

王昌银　男　天台县驻广东流动党总支书记

袁相洋　男　天台县财政局离退休党支部书记

徐森林　男　仙居县安洲街道市桥社区党总支书记

方建平　男　仙居县湫山乡方宅村党支部书记

王明奇　男　仙居县白塔镇圳口村党支部书记

陈森方　男　仙居县广度乡周坑村党支部书记

杨通慧　男　仙居县下各镇杨砩头村党支部书记

周方平　男　仙居县朱溪镇杨丰山村党支部书记

吴六昇　男　仙居中学党委书记

朱海递　男　宇杰集团股份有限公司党总支书记、副总经理

杨天徐　男　三门县海游街道善岙杨村党支部书记

叶亦本　男　三门县沙柳街道曼岙村党支部书记

胡广元　男　三门县亭旁镇梅坑胡村党支部书记

何永杰　男　三门县健跳镇鸟屿村党支部书记

叶继师　男　三门县珠岙镇胡村联合党委书记、胡村村党支部书记

付庆海　男　三门县浦坝港镇大域村党支部书记

钱启宁　女　三门县人民检察院党总支书记、党组成员，政治处主任

黎贤钛　男　浙江尔格科技有限公司党支部书记、董事长兼总经理

林　仙　女　台州学院人文学院汉语言文学（师范）专业学生党支部书记、学

工办主任

陈　晓	男	台州科技职业学院机电与模具工程学院第一党支部书记
林清辉	男	台州职业技术学院建筑工程学院第一党支部书记
陈国振	男	台州广电总台影视文化频道党支部书记
郑建军	男	台州市市场监督管理局第六党支部书记、消保分局副局长
王　媚	女	台州出入境检验检疫局第二党支部书记
阮金刚	男	台州市家得宝科技有限公司党支部书记、董事长
陈礼顺	男	台州市环境保护局集聚区分局党支部书记、局长
季文斌	男	台州医院放射科党支部书记、放射科副主任兼血管介入中心主任
章徽丽	女	浙江城市发展集团股份有限公司机关第一党支部书记、党委办公室主任
叶卫忠	男	台州市城市天然气有限公司党支部书记、董事长

丽水市（共计60名）：

徐联法	男	丽水市莲都区大港头镇利山村党支部书记
傅朝林	男	丽水市莲都区雅溪镇金竹村党支部书记
纪旭红	女	丽水市莲都区96345市民服务中心党支部书记
陈旭东	男	丽水市鱼跃酿造食品有限公司党支部书记
周宏伟	男	丽水市莲都区黄村乡黄泥墩村党支部书记
杜有雷	男	丽水市莲都区紫金街道金苑社区党总支书记
曾志华	男	龙泉市宝溪乡溪头村党支部书记
王旭平	男	龙泉市剑池街道大沙社区党支部书记
邱连有	男	龙泉市岩樟乡坑源底村党支部书记
黄忠毅	男	浙江毅力汽车空调有限公司党支部书记、董事长
李　斌	男	龙泉市第一中学第三党支部书记、教师
李海英	女	龙泉市环境卫生管理处党支部书记
刘土梅	女	龙泉市竹垟乡盖竹村党支部书记
王星华	男	青田县章村乡颜宅村党支部书记
刘　海	男	青田县瑞浦科技集团有限公司党总支书记
林飞燕	男	青田县高湖镇高湖村党总支书记

叶祖娇　女　青田县瓯南街道水南社区党支部书记

胡建超　男　青田县温溪镇温溪村党总支书记

沈小青　女　青田县烟草局党支部书记

陈金海　男　青田县鹤城街道北岸村党支部书记

司云峰　男　青田县起步股份有限公司党总支书记

夏大博　男　青田县山口镇大安村党支部书记

梁微琴　女　云和县委老干部局党支部书记

梁　力　男　云和县阀门第一联合党支部书记

王建波　男　云和县石塘镇规溪村党支部书记

杨克标　男　云和县元和街道霞晓桥村党支部书记

胡光松　男　庆元县隆宫乡莲湖村党支部书记

吴来火　男　庆元县举水乡荐坑村党支部书记

吴维东　男　庆元县屏都街道洋背村党支部书记

吴王仙　男　庆元县个私协竹口党支部书记

杨利平　男　浙江双枪竹木有限公司党支部书记

何伟峰　男　缙云县舒洪镇仁岸村党支部书记

杜秋文　男　缙云县东渡镇株树村党支部书记

王玉锋　男　缙云县大洋镇新西寮村党支部书记

赵有火　男　缙云县前路乡白茅村党支部书记

项伟林　男　缙云县壶镇镇心畈村党支部书记

丁泽林　男　浙江晨龙锯床集团有限公司党支部书记

陈福明　男　缙云县五云街道白岩村党支部书记

雷文彬　男　遂昌县妙高街道东峰村党支部书记

周岳运　男　遂昌县应村乡应村村党支部书记

毛仁松　男　遂昌县王村口镇弓桥头村党支部书记

朱伟群　女　遂昌县网店协会党支部书记、常务副会长，浙江"赶街"电子商
　　　　　　务有限公司副总裁

吴世尧　男　遂昌县环境卫生管理处党支部书记

叶景才　男　松阳县玉岩镇乌岩村党支部书记

鲍景福　男　松阳县四都乡庄河村党支部书记

潘土利　男　松阳县斋坛乡东圩蓬村党支部书记

吴岳平　男　松阳县西屏街道七村党支部书记

周龙水　男　松阳县水南街道程徐村党支部书记

吴延金　男　松阳县古市镇岗下村党支部书记

阙柳顺　男　松阳县第一中学党总支书记

蓝华亮　男　景宁县鹤溪街道敕木山村党支部书记

刘承勇　男　景宁县澄照乡三石村党支部书记

李　统　男　景宁县梅歧乡桂远村党支部书记

刘园英　女　景宁县自强实业有限公司党支部书记

李松平　男　丽水市气象局直属第一党支部书记、气象服务中心主任

李　维　女　丽水市国税局办税服务厅党支部书记、纳税服务处（车购税分
　　　　　　局）处长（局长）

洪涛清　女　丽水学院工程与设计学院数学系教工党支部书记

吴祥柱　男　丽水日报社第五党支部书记

程建强　男　纳爱斯集团生产第二党支部书记、塑制品车间主任

梁宜健　男　丽水市莲都区南明山街道旭光村党支部书记

省直机关工委（共计36名）：

叶　彤　男　省委宣传部文明办第一党支部书记、公德处（未成年人处）处长

邱　巍　男　省委党校党史党建教研部党支部书记

沈建良　男　省团校财务部（资产管理部）党支部书记、主任

张伟强　男　省法院行装处党支部书记

蒋元青　男　省人民检察院监所检察处党支部书记

虞　艇　男　省公安消防总队杭州支队萧山中队党支部书记、政治指导员

齐跃明　男　省公安厅政治部副主任兼离退休干部处党支部书记、处长

陈建义　男　省民政厅社会救助处党支部书记、处长

陶仙俊　男　省监狱管理局十里坪监狱四监区党支部书记、教导员

陈建勤　女　省莫干山女子强制隔离戒毒所四大队党支部书记

莫红民　男　省财政厅办公室党支部书记、厅办公室主任

贾伟江　男　省水文地质工程地质大队测绘研究院党支部书记

刘忠杭　男　省建设厅政务办理中心党支部书记、主任

金建军　男　省港航管理局机关工程党支部书记

方志英　女　浙江同济科技职业学院建筑系党总支书记

魏君聪　男　省商贸业联合会党支部书记、秘书长

冯　飞　男　浙江自然博物馆党总支书记

王黎明　男　省国税局办公室党支部书记、主任

盛卓禾　男　杭州海关审单处党支部书记、处长

宋海龙　男　浙江检验检疫局通关处党支部书记、处长

郑永明　男　华东勘测设计研究院海洋与水利工程院党支部书记、副院长、总工

骆文森　男　杭州供电公司配电运检室党支部书记

孟　磊　男　绍兴供电公司营销部（农电工作部、客户服务中心）党支部书记、副主任

李　勇　男　中国水电十二局潼南航电工程项目党支部书记

吴明亮　男　中核运行公司运行五处党总支书记、副处长

程新军　男　东芝水电设备公司铸造部党支部书记、部长

章　军　男　浙江电信公司政企党支部书记、部门经理

李芝琴　女　中国邮政储蓄银行桐庐县支行党支部书记、行长

陈晓希　男　浙江移动公司信息技术部党总支书记、总经理

金玉泉　男　浙江卫视党总支书记

徐卫东　男　财通证券股份有限公司湖州分公司总经理党支部书记

张　军　男　715所第三研究室副主任兼党支部书记

杨贵忠　男　中石化镇海炼化分公司化工部合成区域党支部书记

林　晓　男　宁波天翼制造公司象山工厂党支部书记、副厂长

陈春明　男　天健会计师事务所高级会计师人事代理第98党支部书记

任爱华　女　浙江医院内科第二党支部书记、妇委会副主任、心脏康复科顾问

省委教育工委（共计36名）：

魏仲权　男　浙江大学后勤集团党委书记

蒋笑莉　女　浙江大学研究生院学科建设处党支部书记

杨　巍　男　浙江大学医学院基础医学系神经生物学系教工和研究生联合党支部书记

王婉飞　女　浙江大学管理学院旅游管理系教工党支部书记

梁建设	男	浙江大学环境与资源学院农业遥感与信息技术应用研究所党支部书记
詹美燕	女	浙江大学信息与电子工程学院本科生党总支书记
陈 卫	女	浙江大学动物科学学院本科生党支部书记
杜 丽	女	浙江大学电气工程学院应用电子学系党支部书记
方红梅	女	浙江大学医学院附属邵逸夫医院药剂科康复医学科联合党支部书记
许 峰	男	中国美术学院专业基础教学部设计分部教工党支部书记
周晓帆	男	中国美术学院专业基础教学部设计分部党支部书记
钟伟军	男	浙江工业大学政治与公共管理学院第一学生党支部书记、教授
郑雅萍	女	浙江工业大学之江学院党委书记
鲍雨梅	女	浙江工业大学机械工程学院先制所副所长、先制学科直属党支部书记
李伟梁	男	浙江师范大学法政学院社工系教工党支部书记
蔡丽冰	女	浙江师范大学国际文化与教育学院研究生第二党支部书记
尹浩冰	男	浙江师范大学学工部党支部书记、副部长
杨云芳	女	浙江理工大学建筑工程学院党委书记
肖香龙	女	浙江理工大学马克思主义学院原理与办公室党支部书记、原理教研部主任
陈新峰	男	杭州电子科技大学管理学院2013级本科第一党支部书记
黄 岩	男	杭州电子科技大学马克思主义学院教工第二党支部书记
王 勋	男	浙江工商大学计算机与信息工程学院党委书记、副院长
李怀政	男	浙江工商大学经济学院国际贸易系党支部书记
章 珺	女	中国计量大学现代科技学院辅导员、学生电子专业党支部书记
尤利群	女	浙江财经大学创业学院党总支书记
陆颐浩	男	浙江财经大学财税学院学生第二党支部书记
马慧娟	女	浙江中医药大学第三临床医学院、附属第三医院党委书记
邱渊磊	男	浙江中医药大学富春校区党工委副书记、机关党总支第十四党支部（滨江学院）书记
孙勇智	男	浙江科技学院电气学院自动化系党支部书记
刘赫扬	男	浙江科技学院生化轻工学院实验中心主任、化工系副主任、教工第三党支部书记
林立荣	女	浙江传媒学院设计艺术学院学生第一党支部书记
陈审声	男	浙江农林大学经济管理学院组织员、农经创新学生党支部书记

张敏生　男　浙江农林大学外国语学院党总支书记

阮建苗　男　浙江外国语学院科学技术学院数学建模竞赛党支部书记

赵茵茵　女　浙江树人学院管理学院党委副书记、财务第一党支部书记

熊秀兰　女　浙江金融职业学院金融系党总支书记

省国资委党委（共计19名）：

邓　波　男　浙江物产金属集团有限公司船舶供应链部总经理、业务第六党支部书记

周剑凌　男　浙江物产化工集团宁波有限公司党支部书记、总经理

施关根　男　杭州丽园世嘉物业管理有限公司党支部书记、董事长

徐承标　男　浙江金丽温高速公路有限公司党支部书记、监控中心主任

范雪强　男　浙江省交通工程建设集团第三交通工程有限公司赞比亚L400项目党支部书记、项目经理

王锡峰　男　浙江省纺织品进出口集团有限公司所属浙江新宏洲贸易有限公司党支部书记、总经理

闻人卿　男　浙江省建工集团有限责任公司浙江音乐学院工程项目党支部书记

黄海炯　男　浙江省天和建材集团有限公司总经理助理，斯里兰卡项目部党支部书记、经理

章卫东　男　杭州钢铁集团公司炼铁厂烧结车间党支部书记

季国标　男　杭州钢铁集团公司转炉炼钢厂行车车间党支部书记

王丽娜　女　浙江省中国旅行社集团有限公司第五党支部书记、客户服务部经理

沈金潮　男　浙江省农村发展集团上虞有限公司党支部书记、董事长

吴湘江　男　杭州萧山国际机场有限公司运行管理部党支部书记

童林华　男　浙江衢州安邦护卫有限公司党委书记

杨国正　男　浙商银行信息科技部副总经理兼软件开发中心党支部书记、总经理

曹　莺　女　浙江金温铁道开发有限公司乘务党支部书记、列车乘务指导车长

孙　斌　男　浙江浙能温州发电有限公司运行部党支部书记

王　叙　男　台州发电厂检修分场党支部书记

江炳林　男　浙江机电职业技术学院电气电子工程学院党总支书记

图书在版编目(CIP)数据

点赞千名好支书：浙江省优秀基层党组织书记风
采录. 第二辑 / 中共浙江省委组织部编.
—北京:红旗出版社,2017.1
　ISBN 978-7-5051-4043-1

Ⅰ.①点…　Ⅱ.①中…　Ⅲ.①中国共产党–农
村–基层干部–先进事迹–浙江　Ⅳ.①D263

中国版本图书馆CIP数据核字(2017)第031180号

| 书　　名 | 点赞千名好支书：浙江省优秀基层党组织书记风采录（第二辑） |
| 编　　者 | 中共浙江省委组织部 |

出 品 人	高海浩	责任印务	林婷婷
总 监 制	蒋国兴	特约编辑	顾金生　陈晓嘉
总 策 划	李仁国　徐　澜	图片提供	中共浙江省委组织部
责任编辑	丁　鋆　吴琴峰	封面设计	戴　影　罗　鸣　谢敏捷

出版发行	红旗出版社		
地　　址	（南方中心）杭州市体育场路178号		
邮　　编	310039	编 辑 部	0571-85310806
E-mail	rucdj@163.com	发 行 部	（北京）010-64036925
			（杭州）0571-85311330

欢迎项目合作　联系电话	（北京）010-84026619
	（杭州）0571-85310806
图文排版	杭州兴邦电子印务有限公司
印　　刷	杭州富春印务有限公司

开　　本	710毫米×1000毫米	1/16	
字　　数	358千字	印　张	22.25
版　　次	2017年1月北京第1版	2017年1月杭州第1次印刷	

| 书　　号 | ISBN 978-7-5051-4043-1 | 定　价 | 55.00元 |